桃妆

【TAOZHUANG】

池灵筠 著

九州出版社
JIUZHOUPRESS

都说人间有情，
可情为何物？

目　录

第一章　花心动

1

我是幽幽山谷中的一株桃花，独自绽放、独自凋谢，多少年来无人问津。千年前，我于鸿蒙中忽闻有低微却饱含磁性的嗓音在耳旁吟道："桃之夭夭，灼灼其华。之子于归，宜其室家！"

就在一刹那，我寂静生命里有了声音，之后我睁开了眼睛，看见青山森郁秀，溪水凌波皱。

有了元神，之前独自花开、独自花落的日子变得更加难熬，眼睁睁看着日出日落、月圆月缺，听着莺燕啼鸣、树叶沙沙，却什么也不能做。

后来多亏好心的喜鹊姐姐引荐，我得以拜在白娘子座下修行。

其实人间流传的有关白娘子与许仙的故事都不是真的，真实的结局是这样的：白素贞被法海压在雷峰塔下，许仙另觅佳人结为夫妻，白素贞自缢身亡，应劫之后，她便飞仙了，这些年一直掌管着妖界秩序。

故事本就该是这样的，妖精从不相信人世间所谓的爱情。可是我看见白娘子眸中的哀怨，忽然明白那虚妄的爱情其实是存在的，不然，为何许仙早已化作白骨，她却还恨着他。

当时她靠在我身上，疲倦阖眼，桃红的花瓣簌簌落下，落满她的白发三千丈。

是的，白发，她飞仙时，瞬间白头。

我曾经那样惊讶过，她却只是淡淡笑着说："白娘子么，不就图白得彻底？"

她将一片片花瓣拾起，捧在手心："你看你多美？"

我满不在乎道："这都是我掉的头屑，有什么好看的！"

"噢……"她恍然盯着我，"你身上有字。"

"字？字是什么？"

"桃之夭夭，灼灼其华。之子于归，宜其室家……"她笑了，"这是男人的笔迹。"

我懵懵想起那个赋予我元神的声音，他曾念着同样的句子。

"小妖精，你还没有名字吧？"

"没有……"我难过极了。

"本座今日替你取名，就叫你'于归'吧。"白娘子轻轻抚了抚我的脸颊，"你真的很美，难怪文人墨客都对你着迷。"

静心修炼了千年，我才得以离开自己的躯干，像一团云雾在山谷中飘荡。

白娘子用法力轻轻弹了我一下："于归，一千年不短了。你想继续住在山谷，还是飞天成仙？"

"这样的日子太寂寞了，我宁愿飞升成仙。"

"你可想好了？我上天去司命天君那讨个应劫的日子，到那时我也会助你修成人形。"

"为何要修成人形？"我在她身边不停绕来绕去，撩起她的白发："我这样不好么？"

"人乃万物之灵，思想丰沛，爱恨由衷。"

我心有不平，"我们妖精同样有爱恨。"

"哦？你爱谁恨谁？"

"我最喜爱白娘娘你！最恨的是法海，其次是那个叫唐伯虎的诗人。"

"唐伯虎？他惹你了？"

我气得在原地打转转，卷起一阵呼呼的风："谁让他写那句诗！"

"什么诗？"

"又摘桃花换酒钱！人类真是无情无义，亲手种的桃树都不知珍惜，居然摘了去卖钱！枉他们是万物之灵！"

白娘子笑起来："于归，你没做过人，你不会明白。六界之中，唯有人类可结为夫妇，白头偕老。"

我脱口而出："你和许仙为什么没有白头到老？"

白娘子浑身一僵，我后悔了，冲动是魔鬼。

不一会儿，她又浅浅笑起来，语重心长说："所以你记住，越界爱情是没有好结果的。人类婚配，讲究的是门当户对。待你应劫之后便能明白了……刚习得元神出窍，尚未融会贯通，会耗损大量灵力，你回去罢。"

我乖乖回到躯干之中，顿觉疲乏。白娘子临走时看了我一眼，那眸中除了无止境的哀怨，还夹杂着担忧之色。我假装没看见，其实我知道她的手指在掐算，她一定算出什么了。一定是不好的事，但是我没所谓，只要能飞仙，在人间吃点苦头算什么？

2

白娘子为我讨的应劫日就在四月，那时候，我可以堂堂正正化作人形，而不是一缕幽魂。

这晚，因白日贪玩，过于疲累的我不得不回树干里休息。迷糊中，我隐隐感觉周遭有火光，并听到了火燃烧发出的毕剥声。

咦？这荒芜人迹的地方怎么会有火？我只见过天火，那是雷公电母在打架，几乎一百年才一次。

火越燃越烈，我终于醒了，目瞪口呆看着自己眼前的一个人。我真的没眼花，他背对我而坐，一身布衣裹着清瘦的躯体，髻上披了方巾，从旁边的小筐子里翻了一会儿，拿出一些干粮和水，整个人靠在我身上，狼吞虎咽吃了起来。

火很温暖，我第一次这样接近火，原来并没有想象中可怕。

人的躯体也很温暖，不像神仙，浑身冷冰冰的。

我贪婪极了，想出去看看他的样子。可惜我使足力气，也挣脱不得。顿时懊恼不已，怪只怪自己白日玩得筋疲力尽，现在力不从心，千载难逢的机会就要错过了。

就在我沮丧不已的时候，忽然听见附近传来急促的脚步声。我不由暗自欢喜，没想到今天居然能接连见到两个人。脚步渐渐近了，伴着粗重的喘息，来人从黑暗中走出来，惊喜道："远远就看见火光，果然有人！"

我笑了，那家伙看见人比我还兴奋。

他走到火堆旁，火光映照下，他华衣锦袍，金冠束发，一张脸棱角分明。这是我第一次看男人的脸，怎么心跳得如此厉害？

坐在我身前的人开口问：“这位公子何事匆匆？”

那声音……那声音低微却饱含磁性，千年前，唤醒我元神的声音便是这样了！妖精的感应不会出错的，即使再过几千年，我仍然能辨出他就是在桃花树下吟诗、赋予我元神的恩人！

我拼尽全力施法，只想脱离躯干，瞧一眼我牵挂了千年的恩人，却力不从心。

“呃……我方才在西郊被几个贼人堵截，逃跑的时候也没辨认方向，不知怎么闯到这山里来了。走了许久也见不到一点灯光，也不知这要怎么出去？”

“这山确实鲜少有人。我是为了早日回家才抄近道的。公子要去哪个方向？”

“我……南下。”

布衣少年顿了顿，说：“可以随我一道。”

华服公子笑容满面坐下，刚好正对我，唇角含笑同他寒暄：“公子可是上京赴考的？”

“是。”

“噢？为何就急着离开，不在京城等放榜？”

“不瞒仁兄，我在京中得罪了一名大官，恐怕他在朝一日，我便无望了。”

“不知是哪位官员？”

“不提也罢。”少年的声音听上去那么疲惫而失落。我的心在颤抖。

华服公子笑道：“萍水相逢也是缘，敢问公子高姓大名。”

“秦朗坤。”他说出的这三个字，被我牢牢记住。接着，他带着几分自嘲说，“先父为官清廉，却处处被排挤，郁郁不得志。他为我取名意为朗朗乾坤，善恶有报。”

我听了，不知为何满心欢喜。

“还不知公子你……”

“我姓容，单名一个华。”

“容华？”

“呵呵……生意人家，不就是希望一辈子荣华富贵么？”

“那也好，公子贵气逼人，恐怕不是普通的荣华。”

我听着他们谈笑，心中生出万分留恋，我多想这附近有一所屋子，他尽可住下，然后每日来与我说话。呵呵，虽然这是妄想。看看星空，看看火光，他们说的许多事我从未见过，也就努力记在心里。

秦朗坤去附近溪边打水，容华照看着火堆，难道他的包袱被贼人打劫么？身上居然什么也没有，吃喝都是靠蹭的。我正在为秦朗坤抱不平，忽闻一阵蹄声逼近。

容华的神情明显有些愕然，赶忙躲进了附近的灌木丛。

我好奇张望，他莫不是做了亏心事？

白马在不远处收住了蹄子，悠哉游哉踱过来，马上的人……好眼熟……身披袈裟、头戴立帽。我忽然愤怒起来，他是个僧人，和法海一样的人！

他下了马，将缰绳拴在我腰上。

“臭和尚！”我骂他，“勒死我了！”我理所当然地以为他是听不见的，可他竟然盯着我看了许久。我现在才后悔平日没用功了，不然我完全可以用法术治治他。现在我只能和他大眼瞪小眼。

他长了双细窄的眼，眉毛修长，无端端给他添了几分风情。他的唇丰厚，是书上说的那种菱唇。可是他为什么老是盯着我？难道他能看出来我是妖精？

接着，他神情平淡，用元神同我说：“小妖，今后要安分做人，切勿走上歪门邪道。”

我大骇，他果然是得道高僧，和法海一样！他是不是也要把我压在雷峰塔底？

他仿佛猜出了我的心思，淡淡说了句：“善恶有报，只要你一心从善，飞仙终有时。”

3

见来人只是个和尚，容华从灌木丛钻了出来，弹了弹衣袍说：“原来是位师傅！我还当贼人追上来了呢！”

和尚转过身去朝他作揖：“阿弥陀佛，小僧叨扰了。”

“哈！无妨无妨！”容华请他坐下，“萍水相逢即是缘，师傅如何称呼？”

“贫僧法号罗净。”他答了之后，侧头看看我，见我实在难受，便稍微松开了缰绳。

这时，秦朗坤取了水朝我迎面走来，我终于看见了他的容貌。弱柳一般的少年，眉清目秀，文质彬彬。他见了罗净师傅，微微一笑，面相之柔美，堪比女子。我一激动，差点就飞了出来——赋予我元神的人竟长了这么一副好皮囊！

容华好奇地问："你们认识？"

"我在京中得罪权贵，幸得高僧相救。"

"贫僧修行尚浅，不敢当。"

我嗤之以鼻，修行尚浅就能看出我是妖精？他太虚伪了。

秦朗坤微微笑着问："师傅要往哪儿去？"

"云游。随意走进了这山里，不想遇见了二位施主。"

"既然如此，师傅与我们同行罢！"容华爽快邀约。

罗净颔首同意了。我可愁坏了，他们要走了，我怎么办？

好在，他们也不是说走就走，现下天色已晚，他们不得不聚在此地过夜。秦朗坤背靠着我躺下，渐渐睡着了。他的鼻息轻缓，耳朵被火光映得通透，好像琥珀。我一定要跟着他，去看一看他的家乡，记住他回家的路。不管他是民是官，是贫是富，他都是我的恩人呐。

我这样想着、念着、听着，也迷迷糊糊睡过去了。

次日清晨，我是痛醒的。难以置信瞪着眼前的弱柳少年，他竟然折了我一枝桃花！

裸露在晨雾中的伤口涔着汁液，我疼得落泪。

罗净上前一步，正色道："秦施主，万物皆是生灵，你不该如此伤害这株美丽的桃花。"

秦朗坤一怔，解释道："师傅，繁花盛开不就是为了给众生欣赏么？这株桃花开得如此美丽，真不该没在深谷之中，我会将它随身携带，让世人都见一见它的妖娆。"

我强忍着疼痛，既然他喜欢，那就拿去罢。

罗净摇摇头，牵了马往前走。

秦朗坤将桃花插在背后的竹筐，转头间，青色的方巾略略拂过花朵。我深吸口气，毅然从树干跃出，附身在那枝桃花上。罗净侧目瞥了一眼，警告我说："休要作乱。"

我央求道："大师大师，我是树妖，不像飞禽走兽自由来去，千年来只能待在山谷里。下个月我便要应劫了，请容我随你们走一遭，见一见世间万物，也好让自己心里有个数。”

他不语，我便当他默认了。

出家人慈悲为怀。不过有了白娘子的前车之鉴，我才不相信出家人呢。

柳絮漫天飞舞，繁花簇簇似锦。溪水冰清，烟波缠绵。

春天的山谷如同仙境，凡人是最容易被色相迷惑的，这里头的危险恐怕连罗净也推算不出来。我暗自思忖，除非蒙上他们的眼睛，否则难以逃出生天。

无奈之下，只好唤罗净：“大师大师!”

他刻意放慢了脚步，与秦朗坤并行。

“前面的山谷有一只很厉害的妖精，你们过不去的。”

“妖精？待我去收了她。”

“不过二里地，你却丝毫察觉不到妖气，可见那妖精十分厉害。连白娘子都拿她没办法，只好将她封在深谷中，更遑论你？如果你信得过我，请你们务必蒙上双眼，到时，我保你们安全度过。”

“蒙上双眼？那还如何行走?”

“我能看见，我会告诉你怎么走。那妖怪被困在山底，不能亲自出来捕猎，便使迷魂术布了个海棠林，但凡进去的活物，都没有出来的。前面便是那妖怪的海棠林，你们万万不可看那些海棠花，否则便会被迷了魂。”

“那你呢?”

“我和她是同类呀!”

罗净大概也静心掐算了一阵，方同意了我的方法。他止住脚步，对秦朗坤和容华说：“你们将双眼蒙上，上马。前方有妖气。”

容华饶有兴趣问：“妖气？我还没见过妖精呢，也不知长得美不美!”

我真真想抽他，连命都难保了还惦念着风流快活。

秦朗坤也是半信半疑，问：“罗净师傅，妖这种东西真的存在吗?”

我重重叹了口气，花苞蹭在他肩上，恩人啊恩人，我就在这呢!

“二位最好听我一言，我们走了几里地都未曾看见活物，可见这妖精十分厉害。你们蒙上眼睛，我自有办法带你们走出去。”

4

容华的表情凝重起来。

他们应该相信的，这周围确实诡异得很，繁花连天，却连一只蝴蝶都没看见。

秦朗坤是受过罗净恩惠的，自然信他："容兄，我们上马吧，师傅定是为我们好的。"

二人上了白马，蒙上双眼。罗净背着秦朗坤的背篓，也蒙上了自己的双眼，一手牵着缰绳。我在他背后指路，顺利穿过海棠精摆的几个阵法。可就要出了林子，却遇见一道天然屏障，尽是藤蔓交织而成，拨不开也越不过。即使拿刀也是难以砍断的。

海棠精的声音曼妙传来："哪里来的小妖？敢坏本座的好事！"

罗净一侧头，元神问："她来了？"

"嘘……大师，她被封在洞里，不能出来，但是这道被她堵死了，估计也只有她能打开。不如你在此地等我，我去去就来。"

"你道行尚浅，元神撑不了多久。我随你去罢？"

"你道行也不深，况且你是活生生的人，她不会放过你的。"说着，我离开了那枝桃花，绕着秦朗坤转了两圈，凝视他柔美的五官，妖精虽然没有人类那样丰沛的情感，但妖精都懂得知恩图报。

我像一团轻雾飘飘荡荡到了海棠精的家门口。这一路确实不容易，春风一起，我便要调整方向，可谓跌跌撞撞。我不敢进去，只在门口喊她："海棠姐姐，我是住在隔壁山谷的桃花精。"

"小小妖精，也敢在我这放肆。"

"海棠姐姐，那马上的少年是我的恩人，求你放他们过去罢。"

"我这好不容易才来几个活人，凭什么放！"

"我自可以带他们原路退回去，大不了绕道。之所以敢闯进来，是想姐姐能给我一分薄面，帮我个忙。小妹也在修行中，倘若这次能救了他们三人，便能平添三百年的道行！"

说话间，她已经走到洞口，笑眯眯看着我："原来还未修成人形呢？那三百年确实能帮你个大忙，可是我的损失你打算如何弥补？"

"我将那三百年渡给你，毕竟是姐姐高抬贵手为自己积了德。"

海棠精笑容一滞，狐疑问："我凭什么信你？万一我放走了他们，你却不给我道行呢？"

"我留下，你放他们走，待他们出了山谷，我便将自己的道行渡给你。"

"哦？"海棠精诧异，"你只剩七百年了，恐怕难以飞仙。究竟是什么人值得你这样付出？"

"他是我的恩人，因为他令我有了元神。妖精不就是要知恩图报么？"

那三百年道行真的很诱惑，她答应放人了。细长的声音在山谷中回荡："你们走罢！"

罗净用元神将声音传来："小桃花呢？"

我如果是动物的话，肯定吐血了，人家明明有名字的，什么小桃花？

海棠精嘀咕："居然还有位高人？"

我忙答："不算什么高人！"

海棠精对罗净说："等你们出去了，她才能走。"

"大师，你们先出去，我随后就来。"我说完，侧耳听了会儿。直到得到罗净的回应，确认他们已经出去了，才放心吐出自己的内丹，将自己三分之一的道行渡给了海棠精。至此，我已经折腾不起了，一路跌跌撞撞着出了山谷。

"真是痴情的小妖精，你会后悔的！"海棠精的声音在山谷深深回荡，我虚弱不堪，赶上刻意放慢行程的罗净，钻回桃花枝，"大师，若前面有桃树，请停下来歇歇脚，让我吸取些灵力。"

"你受伤了？"

"没有……"

他们都除去了蒙眼的布条，回头望了会儿。秦朗坤下了马，接过自己的背篓，忽然凑到我跟前深嗅，说："刚才那林子有浓烈的香味，似乎迷了人的脑子。幸亏有这枝桃花，淡淡的芬芳，却能遮盖住浓香，不寻常啊……"

我看着他近在咫尺的脸，心情莫名地好，我得到快乐了，那三百年又算什么？

5

那之后，我跟随他们一路游山玩水，听奇闻异事，见识了人世间的繁华。

我还真是一只孤陋寡闻的妖精，一路上咋咋呼呼、大惊小怪，幸亏无人听得见，除了罗净。他听见了也不会怎样，他似乎总是一种表情、看似和祥，其实淡漠。

这日秦朗坤说他到家了，我仰目看见城墙上豁然两个大字——苏州，他的家乡原来在这里啊！

罗净止步于城门："贫僧要往西边去，看来只能在此处与二位施主道别。"

秦朗坤相邀："不如去我家喝杯茶？"

"多谢施主，只因我还有要事在身。"

他鞠躬的时候，那个圆圆高高的帽子就像要掉下来似的，我噗嗤一笑。他瞥了我一眼，修长的眉一挑："小桃花，千万别贪玩，飞仙的日子不远了。"

我双眼望天，不予理会。谁知秦朗坤居然将我抽了出来，双手递给罗净："师傅，这枝桃花颇有灵性，连日来不沾水露也未凋谢，赠与师傅当作谢礼。"

罗净忽而笑了，出尘脱俗："既然秦施主喜爱至极，我又怎可夺人所爱？"

幸好他懂事，不然我跟他没完。罗净骑着马朝西去了，迎着夕阳，影子拖得很长很长。

秦朗坤将我揣在怀里，抿唇一笑。

我惊呆了，他细腻的肌肤被夕阳洒成了金色，五官精致秀美。

容华道："贤弟，我此次来苏州谈生意的，暂且住在兰仕居。"

"在下家住石湖东畔的秦府，容兄若是不忙，可来府上小住几日。"

他们客气来客气去好半天才分手，我早不耐烦了，谁说礼多人不怪？礼节太多了也烦的很。

沿着湖边蜿蜒的小路走了半个时辰，才依稀看见宅子里明灯初上。

夕阳落去的水面上泛着浅浅的白，湖面上的渔船逐个亮了光。

秦朗坤走得很急，这叫归心似箭吧。我在他怀里，闻着他身上的书香味道，乐颠颠的。

湖边有一片竹林，秦朗坤一头钻了进去，没有光线，一切朦胧不清。但是他似乎无比熟悉这条路，越走越快、几乎要奔跑起来。我听见了他胸膛里的心跳如鼓，任由他粗喘的气息喷洒在我身上。

秦朗坤，朗朗乾坤，我从未听过这么好听的名字。等我做了人，我会轻轻走到他面前告诉他：我叫于归，就是你念的诗里头那个于归。

“珞儿!”忽然，他发出一声迫不及待的高呼。

我被惊醒，就着余晖的光线怔怔望着远处凉亭下那个一袭湖绿长裙的女子。

“坤……”她迎了上来，眸中点点星光。

秦朗坤张开双臂，在我一个劲地惊呼声中，他们紧紧相拥。

而我就被他攥在手心，贴在他心爱女子的背脊上。闻见一阵馨香，头晕目眩。

“珞儿，对不起……”

“我收到你的信了，坤，命中无时莫强求。”

“可是……你父亲如何肯将你嫁给我?”

“还有时间，若他真的不肯，我们再做打算。”

秦朗坤将我递了出去：“珞儿，这桃花开得真美，同你一样。”

女子接过，我仰望到她的面容，真的很美，铅华淡妆，鼻翼娇小，峨眉黛长。

我不由黯然，他们是天作之合，我只是枝桃花，恰好做了他们的见证而已。

“坤，我得回去了，让父亲知道，他又会将我禁足。”

“珞儿，对不起……”

我在女子湿漉漉的手心，眼睁睁看着他们万分不舍的手指深深交叉在一起，好像命运的纠葛。

女子挣脱了他，掩面而去。桃花枝在她裙摆上蹭掉了花瓣，零零落落飘斜在泥土里。我真想说，这是秦朗坤送她的花，好歹要珍惜一下。不过她确实哭得悲戚，我不好打扰，罢了，掉头屑而已，我是一只大方的妖精。

6

出了竹林，路旁有人提着灯笼在等候，不远处有顶轿子。

提灯笼的是个丫头，青绫衫，鹅黄裙，头上两个圆圆的发髻，年纪不过十四五。远远就喊："小姐！快些！太阳落山了！"

女子着实心急，无奈脚小走得吃力，停停走走，香汗淋漓："翘儿，太晚了，从这回家十几里地，爹一定会发现了！"

"希望珠儿能顶过去，别被识破了，小姐，上轿。"

女子紧紧攥着我，手心湿漉漉的。我不喜欢被攥着，好热……想想秦朗坤多温柔，只是轻轻揣着，生怕捏折了枝杆或是弄碎了花瓣。我觉得他是善良的，虽然折了我的桃花。

轿子一路摇摇晃晃，我昏昏欲睡，瞌睡正浓时，轿子落地了。我颤了几下，又掉了几片花瓣。

女子迈下轿，轻移莲步。我抬头张望，只见两个烫金的大字——沈府。朱门紧闭，几盏昏黄的灯笼挂在两侧。

叫翘儿的丫头搀着女子离开正门，绕了一大圈，方从一扇小木门进去了。

四下都是干活的人，她们悄悄从树丛后穿过，拐入一条长廊，然后七拐八拐地令我眼花缭乱。这么复杂的宅子，叫我今后怎么认路逃出去？

府里的灯笼点缀了夜色，花草树木中若隐若现的亭台楼阁错落有致。

在一片池塘边，翘儿停下："小姐，待我去看看！"

女子气喘点头，一手捂住胸口轻轻咳嗽。

不一会儿，楼阁上面一扇窗户开了，翘儿嬉笑着挥手："没事！小姐快上来！"

女子刚迈出两步，前方的树后走出一个人，全身被绫罗绸缎包裹，满脸横肉，怒喝："云珞！你是不是去见那个秦朗坤?!"

云珞，沈云珞？倒是人如其名。我抬头，她额上冒出密密麻麻的虚汗，嘴唇止不住地哆嗦。

"爹……"她的声音柔弱得似柳丝，我想起那个弱柳般的少年。

"梁公子几次三番约你去游湖，你都卧病在床，今日怎么下床了？"

“爹，女儿……不喜欢梁公子。”我能感应到她的心，说这句话是豁出去了。

“哼！你懂什么？秦家衰败至此，你嫁过去不会有好日子！明日梁公子登门造访，你若还是装病，休怪为父将婚期提前！”

沈云珞望着拂袖离去的背影，默默落泪。

那泪滴打在花瓣上，湿了我的心田。原来女子出嫁都由不得自己，那所谓的爱情又有何用？不过是平添了伤悲。我叹了口气，略施法力，令沈云珞筋络舒畅了些。她收住眼泪，将我插入书案上的青瓷花瓶。

她就趴在桌案上盯着我，悲伤没方才那么明显，目光还是压抑的。

“小姐，吃饭了。”翘儿端着托盘，将饭菜碗碟搁在桌上。

“翘儿，珠儿呢？”

翘儿低头，“在柴房……小姐，过几日等珠儿好了，翘儿也要去领板子。”

“什么？”沈云珞目露悲悯，“我又连累你们了。爹为什么这样残忍？”

“员外当然希望小姐嫁入梁家，那可是苏州首富。”

“我们家可缺钱花？何必要攀结富贵？那梁公子金玉其外败絮其中，爹可曾为我想过？”

翘儿不语，目光也落在我身上：“小姐哪里摘的桃花？”

“是秦公子送的。”她凑到我跟前，脉脉含笑。

“这桃花开得真好，翘儿从没见过一枝上开这么多花！”

“只有他懂我的心，只有他。”沈云珞的眼神逐渐迷离，似喜含忧，我在白娘子眸中也见过这样的心思，是想念罢。我不禁猜想，将来我化作人形，会长一双什么样的眼睛？

晨曦刚刚透进花窗，沈云珞便起床梳妆了。我方才是被几滴凉水洒醒的，翘儿一边朝我弹着水珠子，一边念叨：“桃花啊桃花，你要是有灵性多好，帮帮我家小姐和秦公子多好……”

我不是不想帮，秦朗坤是我的恩人，我是乐意帮他的。只是我法力微薄，也算不出将来会发生什么，怎么帮？

外头的仆人来催好几道了，天还这么早，那梁公子就登门了？真是勤奋。

当沈云珞妆点妥当，转身，我看直了眼。好一个粉琢精雕的纤弱美人，她偏爱湖绿色，翠翠微微如弱柳扶风，略抹铅华，淡扫蛾眉。刹那间，我又想起了秦朗坤，他们真是般配。

眼看她要出了屋子，我匆匆扑了过去，随意附在了她髻上的碧玉簪中。

7

沈府的大厅居然坐了一席人，我暗自吃惊。

沈云珞端端迈进去，步子细碎平稳，我几乎感觉不到她身体的起伏，像仙人一般缓缓向前移动。沈员外笑盈盈向旁座的老者介绍："梁老爷，这便是小女，沈云珞。"

"沈员外将女儿调教得毫无商贾铜臭之气，实属难得。"

"云珞，来见过梁老爷，还有梁公子。"

沈云珞朝各人依次施礼，我在她头上也看得一清二楚，那个沈员外就是想巴结权贵，点头哈腰。而那个梁公子一直死盯着沈云珞不放，眼珠子都快掉出来了。若是我，伸手便给一巴掌，叫他知道癞蛤蟆别想吃天鹅肉！

一盏茶的工夫，闲聊也聊够了，沈员外请梁老爷进书房谈笔生意。很自然，沈云珞便要引梁公子四处逛逛，虽然是待客之礼，可是梁公子的眼神真真令人发毛。

沈云珞不冷不热应对着梁公子的搭讪，翘儿在前方带路，绕到了池塘附近的凉亭。

翘儿嘴甜，人又机灵，硬是把话茬给接过去，梁公子问的话但凡她能答的，绝不让沈云珞开口。梁公子心下生嫌，翘儿见状，提议道："今日风景尤好，我们家小姐琴技高超，不如请小姐抚琴解闷？"

梁公子忙答："好好！"

沈云珞微微启口："翘儿，去取琴来。"

也不知是翘儿跑得快还是早有准备，梁公子在沈云珞身边踟蹰着还未找到话题，翘儿就一溜烟跑回来了，搁在石桌上："小姐！"

梁公子那脸色悻悻，我却是幸灾乐祸的。

沈云珞兀自坐下抚琴，似乎是兴致盎然，一曲终了又接一曲，丝毫没有停下来的意思。若不是梁公子假意眯眼赏曲、故作陶醉状，这明摆着是一幅纨绔子弟被晾在一旁的景象。

我也真佩服沈云珞的耐力，连着弹了一个时辰也不嫌手指头累。梁公子更是无奈，呵欠连连。他大概实在耐不住了，打断沈云珞说："沈小姐，我们不如去看看家父与令尊的生意谈妥了没有？"

"好啊！翘儿，带梁公子去书房，我有些乏，回屋歇会儿。"

我在沈云珞头上俯视那个梁公子的表情，笑得前俯后仰，差点飘了出来。

沈云珞抱着琴，不料梁公子居然夺步上前一把拽住沈云珞的手，嬉笑道："沈小姐，一同去罢，成双成对才好！"

"你……放开我！"沈云珞身体纤弱，气力不济，哪里挣脱得了五大三粗的梁公子！

"沈小姐何必见外，我们迟早要成亲的！"梁公子强行拉她入怀，推推搡搡往花园里走。

沈云珞激烈反抗，琴摔在地上断成两截。我在她头上摇摇欲坠，真是看不过去了，索性略施点法术，让沈云珞扬手给了梁公子一巴掌。

"啪"的一闷声，我法力使过头了，梁公子脸上烙下五个手指头印子，一阵白一阵红。沈云珞僵住了，根本没明白怎么回事儿，结结巴巴说："我、我没有……我什么也没做！"

梁公子盛怒，步步逼近，咬牙切齿道："你居然敢打我？"

翘儿在一旁面色煞白，帮沈云珞辩解道："我们家小姐身体孱弱，哪儿来这么大力气？公子看错了罢！"

"看错了？不是她，难道是你？"说着，他一把揪住了翘儿的胳膊，"小小丫鬟也敢放肆，看我不抽死你！"

我气极了，这种人根本不配做人，比山谷里的大狗熊还坏。翘儿一个劲喊饶命，都吓哭了。我也顾不得什么，使妖法收了沈云珞的魂魄，暂且附在她身上。第一次用人的身体，不太熟练，本来想救翘儿，谁知冲过去就踹了梁公子一脚，然后他就莫名其妙摔进池塘里了。

翘儿连着旁边几个丫鬟都在哇哇大叫，不一会儿家丁纷纷赶来了。

我愣了，该不是闯祸了吧？赶紧出来，回到玉簪上，把身体还给沈云珞。

翘儿一直围在沈云珞身旁焦急不堪："小姐，可怎么办呢？这回糟糕了！要是生意没谈成，员外一定会重重罚我们！小姐平日连床被子都抱不起，今日哪儿来这么大力气？"

沈云珞云淡风轻问："这是怎么了，翘儿？梁公子怎么掉水里了？"

翘儿瞠目结舌望着沈云珞："小姐!? 你忘记了么?"

"什么?"

翘儿的眼珠子转了几圈，低下头去。

看见梁公子被救上岸，我长长松了口气。可是这账若是算到沈云珞头上，我岂不是害了她么? 真不该冲动，白娘子的教诲没错，冲动是魔鬼。

8

春阳当空，正是晴朗好天气。

一圈人围着床上的梁公子。沈员外紧张得浑身是汗，给那个趾高气扬的梁老爷赔礼道歉。

梁公子总算醒来，第一句话就是："跟老子装! 什么货色?!"

沈云珞身子颤了颤，翘儿紧张地左看右看。我狠狠瞪着他，最好别逼我再出手!

梁老爷子满脸心疼，"啧啧"个不停，问："乖孙儿啊，究竟谁把你推下水的?"

梁公子劈头盖脸朝沈云珞吼："那个沈什么的! 你吃了豹子胆了?"

沈员外惊讶转头盯着沈云珞："云珞? 不可能啊! 小女一向柔弱，怎么能把梁公子推下水呢?"

"本少爷眼睛还没瞎! 先给了我一巴掌，又推我下水，你这是谋杀亲夫啊! 我告诉你，我还非娶你不可!"

沈云珞吓得往后退了几步，紧紧抓住沈员外的胳膊："爹，我不懂他在说什么? 我没有推他!"

翘儿急得快哭了，一下跪在地上，拽着沈员外的袍角："员外，奴婢当时看得清楚，小姐似乎有些失常，与平时大不一样。你们看梁公子脸上的指印，小姐哪里有那么大力气? 小姐平日里多走几步都喘得慌，奴婢觉得……小姐刚才似乎是中邪了。"

屋里顿时鸦雀无声。

沈云珞首先打破沉默，语气颇为惊讶："翘儿，你胡说什么?"

不管翘儿那丫头是随机应变还是真觉得她小姐是中邪了，这个借口倒是挺不错，起码可以帮沈云珞避过去。既然事情是我惹出来的，我还是应该负责善后——我是一只诚实善良的好妖精。

众人齐刷刷的目光盯着沈云珞，我想了想，索性施法让沈云珞再次迷失本性。只要让人觉得沈云珞真的不正常就好，说不准那个梁公子还不敢娶她了，这也算帮了我的恩人呐！

于是众目睽睽之下，沈云珞捧腹大笑起来，笑够了，又阴森森地说："梁公子！你不是喜欢我吗？来阴间陪我呀！姑奶奶在人间玩够了，该回去了……"

我一面笑着，一面收回法术，沈云珞不经折腾，晕倒在地。而一圈人的脸色都难看到了极点，尤其是那梁公子，浑身都哆嗦。

"妈呀！还真是中邪了！"梁公子拔腿就跑，梁老爷也仓惶告辞。

仆人面面相觑，沈员外颤颤巍巍往屋外退，一面吩咐："先把小姐关、关起来！马上请位道长来做法！"

我真为沈云珞抱不平，都晕在地上了，亲爹连管都不管就跑了。还是翘儿乖巧，费了九牛二虎之力把她小姐弄上床，气喘吁吁趴在床边唤："小姐、小姐，别装了！"

唔……这傻孩子，以为她小姐在做戏呢！

沈云珞根本没反应，翘儿又嘀咕着："还真晕过去了……是不是累坏了？还好，梁公子肯定不敢再来了。"

沈云珞的身子比我想象中的还要差，我回到桃花枝里念了会儿经，到清晨恢复了元气。她却一直睡到午时才醒。醒来之后完全是一副迷茫的表情，翘儿再与她多说几句话，才恍然大悟："小姐，你昨天不会真的中邪了吧？"

"翘儿，你说的事我真的记不得。"

"糟了糟了……"翘儿也露出害怕的神情，"小姐，我去给你端午饭来。"说完，撒丫子跑了。

沈云珞一双黛眉似蹙非蹙，望着窗外怔怔发呆。我也顺着她的视线看去，一对喜鹊在树上唧唧喳喳互相追逐，一会又凑在一起替对方梳理羽毛。

沈云珞绵绵无力念道："不见双飞燕，独倚合欢床。"

这屋里只有她一个人，难道人也有自言自语的习惯吗？她迈下床，渐渐朝我走来，凝视着我温柔笑道："坤，我们私奔可好？"

我大惊，这、这个我可不能替秦朗坤做主。

她的脸色突然转暗，喃喃："我就知道你不同意。我明白，你娘需要你照顾……”

我忽然间想起前些日子在路边戏台看的一出戏，是梁山伯与祝英台的故事。

楼阁震震，好似有许多人上楼来了。

沈云珞走到窗边张望，不一会儿，沈员外带着家丁进了屋子。

“云珞，你站在那别动啊！我请了位高僧来驱鬼降妖！”

“爹……”

“好了，大家都退后，请高僧进来！”说着，沈员外自己已经逃出了屋子。

我正对着窗户贪婪地呼吸朝风和晨露，听见高僧两个字，不觉有点紧张。朝门边望去，渐渐走进屋的高僧正用凌厉的目光盯着我。是罗净，我笑了。他今天没带立帽，光溜溜的脑袋在阳光下金灿灿的。

“啧啧，大师，你是出家人，怎么这么重的杀气？”

“小桃花，我警告过你，要安分。”

“我没干坏事！真的！”

“你附在人的身上，已经犯了戒条。”他不由分说将我从花瓶里抽出来，对窗边的沈云珞说，“女施主，此乃妖花一枝，不如由贫僧带走。”

“妖花？”沈云珞上前两步，想要夺回，“大师，这不过是普通的桃花！”

我朝罗净哼哼说：“你把花拿走了，我可以附在别的东西上！”

“你就快应劫了，何必惹是生非？”

“我……我要报恩！”

“应劫为人，再报不迟。”罗净对我下了咒，将我困在花里出来不得。然后拈着我出去了，对沈员外说：“施主，妖怪已经捉拿，没事了。”

“这么快！”沈员外喜出望外，忙命人去准备银子作为酬谢。

沈云珞失魂落魄望着我，嘴里不知在念什么。

罗净步履飞旋出了院子，我心底一阵难过，央求罗净：“你把花留给她吧！我出来。”

“为何？”

“这花是秦朗坤送的，你看她为情憔悴，忍心么？”

“情是什么？”

我嗤之以鼻："若你懂得情为何物，便不会出家当了和尚。"

"我不懂，所以也不还，你好好待着，我送你回山谷。"罗净面无表情，菱唇微抿。

仆人引他去账房那领了银子，沈员外再三道谢。我看着那几锭白银，愤慨道："你是僧人，居然还收人钱财！"

罗净出了沈府，似笑非笑说："收人钱财，替人消灾。"

我蔫蔫窝在他怀里，这年头，僧人也不厚道。他上了白马，沿着一路丝绦飘摇的马道缓缓前行。柳枝抽在他胳膊上，我闻见一阵草叶清香，比他身上的檀香好闻许多。

"大师，你真俗气，还烧檀香。"

他垂目瞥了我一眼，没吱声。

"我们植物的芬芳与生俱来，不似你们人类，还要用香啊粉啊来掩饰自己的味道。"

"大师，你怎么不说话？"

"咦？那里有一名垂钓的老人，我们去看看他钓鱼好么？"

"哎唷……天色有些阴，不知刚才那老人家是不是收杆回家了。"

"大师，你打算走哪条道送我回去呢？"

"唔……我有点晕，能不能找棵树让我歇会儿？"

罗净终于开启了他尊贵的嘴唇："你知道晕了，以后少说话。"

9

天色青灰，湖水微微泛起波澜。

他在树下打坐，马儿不停在咀嚼，吃光了树底下一片嫩草。

我正在吸取柳树的灵气，有些费力。忽然一团洁白的云迅速飘来，降落在我们面前。

白娘子从云朵上下来，唤我："于归，你玩得连应劫的日子都忘记了？"

我从柳树中出来，乖乖倚在白娘子脚下："不是下个月么？"

"你出来半个月了。现在已是四月天。"白娘子抬头望罗净，"于归是我座下弟子，有些顽皮，给大师添麻烦了。"

罗净恭敬回道："贫僧惭愧。"

"于归，来，踏着我的云，上去受一道天雷。"

我怯怯问：“疼么?”

“你连躯体都没有，何来疼痛？只是元神会受创，你投入人间之后，使不得法术了。”

我蜷成一小团，坐在云朵上，可怜巴巴望着白娘子：“白娘子，你一定要提点我，让我早日找到自己的劫!”

“去罢。”白娘子施了道法术，将我送上青天。

白娘子和罗净越变越小，葱郁的柳树缩成一个点，偌大的石湖此刻已经被云雾遮掩。

还要飞多高？我害怕！为了自保，我用尽全力大喊：“雷公雷公，小妖已经丢了三百年道行，你一定要手下留情，别打得我魂飞魄散啊……”

话音刚落，我甚至还未看见雷公长啥模样，就传来一声巨雷，连着周遭所有的云雾都在震荡。

我闭上眼，尖叫着，我不知为何有了重量，从天庭往人间坠落。

云雾渐渐稀薄的，四月的春风冉冉拂过，我睁开眼，看见阴天转晴，听见体内有一种我从没发出过的声音，紧接着一声巨浪拍岸的声响，我浑身吃痛，四面八方都有水涌进来，好难受！随便扑腾了几下，才知道自己原来是掉进了湖中。

还好还好，要是摔在陆地上，岂不是没命了?

一股力量将我从湖底拽了上来，破水而出。

我吃惊举起双手，翻来覆去地看！低头，见长发乌黑，熨帖在赤裸的身体。我乐颠颠在水里手舞足蹈了一阵，听着自己清爽的声音：“我做人了！我做人了!”

抬头张望，见白娘子和罗净都站在湖心大石上。朝他们滑过去，笑嘻嘻说：“弟子多谢师父!”

白娘子含笑看着我：“于归，本座只能帮你到这了，余下的，要看你造化如何。”

“白娘子，我的劫究竟在何方?”

“其实，你已经找到了。”说完，她化作一道轻烟飘走。天机不可泄露，她要是多说一句，也会遭天劫。我一时好奇，试着运用灵力，惊喜发现其实我体内还残留了一点法术，凝神屏息，利用这一点点的希望来掐算天机。

冥冥中有浑厚的声音告诉我，赐予我元神的人，今世便是我的劫。

我睁开眼，望着袅袅碧波，有种心动的感觉。我要经历的劫居然会是他，秦朗坤？

他是我的恩人，所以我要像白娘子一样去报恩，才能应劫飞仙。

“小桃花，你想一直待在水里么？”

我回过神，倚在石头边，巴巴望着罗净央求：“大师，我不会水，你拉我一把。”

罗净转身，将袈裟卸下甩给我：“拉住。”

我拽着他的袈裟爬上去，他依旧背对我，不冷不热说：“暂且用袈裟裹着。”

我细细打量了一遍自己的新身体，方用袈裟裹住，只是一方薄肩遮不住，便用头发盖着。赤裸的足踩在粗粝的石头上很疼，我咋舌，难怪人都要穿鞋子。

“好了大师。”

他也没看我，将我夹在腋下从湖面飞掠而过。

我笑起来，笑声如一颗颗圆润的珠子洒落银盘，惹得湖水涟漪。

我抬头只能看见他的侧脸，蜜色肌肤，修长的眉宛若在徐风中飞翔，他的颈因为没有头发的遮盖显得极为优雅。那是一种流畅的美感。

上了岸，他将我扔在一片灌木丛，接着扔给我一套洁白的僧袍，然后策马而去。从始至终都未曾看我一眼，只抛下一句话：“好自为之。”

第二章 山桃红

10

穿衣服是件很复杂的事。我手忙脚乱把衣裳都弄好，然后披上了袈裟。虽然有些湿，不过不妨碍我的心情。我乐滋滋站起来，在树丛里走动，甚不习惯这两条叫做腿的东西。

走了一小段路，觉得哪里不对劲，左看右看，才发现我没穿鞋子。哎唷，我的纤纤玉足！一屁股坐在地上，抱着脚揉揉。这可是树与人最大的区别，树长了根，人长了脚，这双脚可宝贝了！

正着发愁，脖子上忽然凉凉的，一个男子的声音从我背后发出："小贼！连和尚的东西也偷！"

很熟悉的声音，我侧头，朝他笑，是容华。当然，他不认识我。对一个陌生人眉开眼笑是不是很傻？我收敛了笑意，瞥见脖子上架着一把剑。

他愣愣盯着我一动不动，我们俩就这样僵持许久。半晌他才回过神，收起剑，问："姑娘，荒山野岭的，你怎么独自一人在这？而且……"他面带疑色地打量我的衣裳。

他有一张英气逼人的脸，身形伟岸，我见过的男子不多，更不忍心移开视线，便一直贪婪地盯着他。这样郁郁葱葱的树林子，遇见我这样衣冠不整的女子，他是否怀疑自己遇上女鬼了？

他似乎被我看得有些晕，伸手扶我："姑娘，是不是遇见坏人了？"

我含笑看着他点头，撒谎说："我遇见坏人了，幸好被一位高僧所救！"

容华恍然大悟，又小心翼翼询问："姑娘可受伤了？"

我摇摇头，垂目盯着自己的裸足。十个脚趾羞羞怯怯蜷起来，低声问："公子，荒山野岭，你也孤身一人？"

"我的马在路边，我是进来方便的。"他笑容坦荡，碎碎的阳光洒在他脸上，有些耀眼，"萍水相逢即是缘分，不知姑娘芳名？"

他遇见谁都说这句话，我笑眯眯答："于归。"

"于归？子之于归，宜其室家？"

我颔首，隐去笑意，故作矜持。女子么，应当像沈云珞那般如烟似水。

"不知姑娘家住何方？我送你回去。"

我心里打着鼓，家住何方？这可不好答。偷偷瞥了他两眼，嘟着嘴说："我不想回家。"

"为何？"

灵机一动，答："我爹将我许配给一个我不喜欢的人，我逃出来的。"

容华赞许道："姑娘真是有勇气。可一人在外，总是不安全。不如随我同行，但是你必须告诉我你家在哪里，待你想家了，我再送你回去。"

这主意也不错，我努努嘴："我家，住在苏州城西街的沈府。"

容华眼底掠过一丝不易察觉的精明，将我抱了起来，稳步走出林子："在下冒昧了，可是姑娘的鞋子掉了，无法行走。"

我窃笑，又故作温柔答："嗯……逃出来的时候跑掉了。"

我坐在马上，他牵着缰绳，在湖光山色中悠然前行。进了苏州城，他将我安置在一家客栈里，自己又出去了。待日暮时分，他回来，手上多了一包东西。

他递给我一双绣花鞋。我见了爱不释手，他在一旁嘱咐："我还会在苏州逗留几日，然后要上京。不知姑娘想往哪儿去？"

我当然要去找秦朗坤，找到他娶我，然后再抛弃我，我就成仙了。想到这，自己便得意地笑了会儿，在容华脉脉的目光中，我赶紧答："我改变主意了，世道不太平，我在外头玩几天便回家去。"

"如此甚好。"他笑起来，风度翩翩，"此处是兰仕居，你是苏州人，应当认路。白日我都要出去办事，你大可到处游玩。不过切勿出城。"

我连连点头，穿上精致的绣花鞋。下地走了两步，真是新鲜，裹上鞋袜，一点都不咯脚了。

容华的视线牢牢钉在我身上，在西窗霞光中半眯眼说：“于归……我可以这样叫你吗？”

“当然可以。”

“你真的不想嫁给你父亲中意的人么？”

“嗯。”我好奇看着他，“公子，你想帮我么？”

他笑了笑，不语。

一只蝴蝶从窗外翩然飞来，降落在我披的袈裟上。我小心翼翼伸手触到它，令它栖在我手指上。

容华惊讶极了，他素日里都是从容淡定的，不管心里在想什么都不露痕迹。我第一次看见他这样直接的神情，咯咯笑起来：“公子，你也可以的。”

然后我发现，他并未看蝴蝶，一直在看我。

我朝蝴蝶轻轻吹了口气，它挥动着宝蓝色的翅膀，停在了容华腰间别的折扇。

那折扇镶了金边，华贵无比。我一时贪玩，便径自从他腰间抽了出来，啧啧惊叹：“这是把金扇子！”

容华缓过神来，嘴角噙了丝朦胧的笑意：“可以打开看看。”

我毫不客气，“啪啦”一下挥开了，洁白的扇面只有两个龙飞凤舞的大字：逍遥。

另一面什么都没有，空白的。我好奇问：“咦？为什么这边没有？”

“这边，是留给一个人的。”

我还不擅长与人打交道，也不知什么该问什么不该问，索性闭了口。

他从我手中拿回了扇子，无意中，我触到了他的手，滚烫。同时，他关切说：“你的手很凉。包里有身衣服，你换上罢。”

我翻出来，外衫桃红，衬裙洁白。我心中欢喜，随口说：“是桃花的颜色。”

容华目光如炬，走近两步，低低说：“因为你长了一双桃花眼。”

我嗅到一阵危险的气息，出于本能往后退两步，傻傻看着他不知所措。

“穿戴好了，下来吃饭。”他温和的声音令我又卸下防备，或许方才是我的错觉。相处多日，我知道他不是坏人。

11

又要穿衣服，我叹气。

目光无意扫过房屋一角，瞥见一面反光的铜镜。我欣喜地走过去，捧起镜子，就着夕阳的余晖细细打量。镜中那唇红齿白的人儿便是我么？双眸水盈盈，形似桃花花瓣，眼神似醉非醉，笑时眯起，像一对月牙儿。我真的长了一双桃花眼。

抚了抚胸前垂顺的青丝，我随手拿了镜前一支簪子，将长发尽数绾起，余下几缕稍短的垂在耳后。怔怔对着镜子发呆，终是不敢相信这样貌是属于我的。吸了几世的灵气才修成如今的正果？

罩上外衫，我下楼去找容华了。这是一家雅致的客栈，听不见粗鄙的呼喝，来往的商客都和和气气。我在大堂张望，没见着容华的身影。不远处一个店家伙计唤我："您可是沈姑娘？有位公子让您去最西头的雅间。"

我愣了会儿，微微点头。又顿足问："你怎么知道他找的是我?"

伙计腼腆一笑："他说长得像仙女的那个就是。"

我朝他笑笑，往西边去找容华。这条长廊傍河，两岸的灯火倒映在水面，微微抖动。

雅间就搭在河面上，门敞着，略略走近了，听见人声。我在门边停下，发现里面除了容华还有别人。悄悄探头一看，虽是背对着我，但我还是能认出来，是秦朗坤。我的劫自己送上门了，我心情激动，恨不得扑过去求他娶我。

容华瞧见我了，朝我挥手："于归，进来吧。"

我就这样走到秦朗坤面前，像一朵四月里最新鲜的桃花，在潋滟的春夜水色边，我知道自己的美丽肆无忌惮。容华目不转睛盯着我，就像我下午看他一样，新奇而充满赞赏。

可是秦朗坤目露忧伤，甚至没有正眼看我，只是低声说了句："原来容兄还有客人。"

"无妨。于归，坐吧。也不知你爱吃什么，看看这些菜合不合口味?"

我瞥了眼秦朗坤，也说了句："原来公子还有客人。"

"拘礼作什么？他是一介书生，客套惯了。"容华脉脉看着我，替我斟了杯茶。

秦朗坤只是粗粗扫了我一眼，说："幸会。"

我的心都跳乱了节拍，书生大多是一根筋的吧？他心里有个沈云珞，哪里还会将我看在眼里？

秦朗坤与容华对饮，闲聊民生。我第一次吃着人类的食物，食之无味。

"秦老弟，既然找我对饮，就该畅怀，你心里那口闷气不吐出来，酒也消不了愁！"

"本来也不期望酒能消愁……"秦朗坤笑容倦苦，染了一身竹叶青的酒香，"此生功名无望，红颜亦难留。"

"原来是为情而伤。"容华轻摇折扇，笑道，"弱水三千，总有一瓢是属于你的。贤弟莫急。"

容华这句话说得真好，或许我才是属于秦朗坤的那一瓢。小口嚼着米饭，谷子的香气在唇齿流连，我心情好起来，起身替他二人斟酒："天道酬勤，付出多少，总会得到回报的。"

容华意味深长扫了我一眼，秦朗坤却语带嘲讽："天道？天道不能主宰我们的命运，官道才对！"

我斜睨着他问："秦公子就这么想要功名么？"

"不，我要珞儿……"秦朗坤半眯着眼，微醺，"珞儿卧病在床，我都不能进去看看她。他们太狠心了……"

我心底一颤，沈云珞病情加重了么？昨日还能下床，不过整个人病怏怏的，她这是抑郁成疾。明明深爱着一个人，却被逼着嫁给别人。这是不是注定的？她嫁不成秦朗坤，我才能应劫，否则，他们俩成双成对，我如何还能飞仙？

可怜沈云珞那纤弱美人，我暗自叹息，她生病多少也和我有关系，或许是元气受损，我还剩了几分微薄法力，希望能帮她一把。

接下来又是味同嚼蜡，秦朗坤踉跄告辞之后，我也与容华开口了。装成一副楚楚可怜的模样说："公子，我想我该回家了。"

他居然笑得很宠溺："天黑就知道害怕了，就想家了，是么？"

"不……"否认的话刚出口，马上又点头，"嗯。"

"那我送你。"

我没有拒绝，由他送我。

夜里街道空旷，四下无人，只有檐下的灯笼跳跃着朦胧火光。

晚风沁凉，却吹得人有些醉，我痴痴望着脚下的青石板，回想做人的第一天，基本上算安然无恙。

"到了。"我拉着他在沈府大门前一棵树下躲着，悄声说，"不能让人发现，我要走偏门。公子，你快回去罢。今日承蒙公子照顾，改日一定登门道谢。"

他脸上又浮现出那种似笑非笑的神情："你都不问我是谁，改日如何登门道谢?"

我才反应过来，他根本没告诉我他的名字，虽然我知道，可是他以为我不知道。为了安抚他受忽视的心灵，我笑容满面："你不是容公子么？方才秦公子那么称呼的!"

他突然俯身，唇凑到我耳边，滚烫的气息一阵阵吐出来："那是假名字，我的本名叫华容添。"

我茫然点头应道："我记住了，华容添。"

他站直了腰杆，打开折扇，依旧是一派风度翩翩："不过去兰仕居找我，还是称呼容公子。"

"知道了，容公子。"我迷惑极了，且不管他为何隐瞒真实姓名，我可有要紧的事要做。

12

我在侧门附近徘徊，究竟是偷偷走进去，还是翻墙进去比较好？记得书上说，这样的行为叫做贼。正犯愁，小木门忽然开了，我躲在树后，见两个家丁扛着一个女人匆匆往外走，翘儿站在门口叮嘱："若是银子不够，先赊下，我会想办法凑出来。不论如何，请胡大夫治好她!"

旁边一位管家模样的男子说："这种事，听天由命。"

眼看他们就要进去了，我情急之下跑出来大喊："翘儿!"

翘儿转身，走出来几步，好奇打量我。

"翘儿，你不认得我了?"我笑着，凑上前悄声说，"我是秦府的丫鬟，公子令我来的。"

翘儿惊讶瞪大了眼，反应却很机灵："是你呀!"

"翘儿，我也出来做工了，只是在苏州城没有熟人，难以立足。"

翘儿回头对管家说："管家，她是我同乡。"

我上前福了身子，规规矩矩说："我叫于归，家母身染恶疾，急需银钱救命，愿意卖身为婢。望管家可怜可怜小女子。”

“刚好珠儿走了，管家，小姐缺一个丫鬟。”

“真是你同乡？”管家盯着我打量许久，“怎么看也不像穷苦命。”

我忙答：“家道中落。”

翘儿在旁帮说：“管家，于归心灵手巧，什么都会做。”

“那好吧，随我进来。”

我朝翘儿笑笑，跟管家去了。在账房领了些银子，签卖身契。我当时提了笔，半天也下不去一个字，最后还是按了个指印。账房嘲笑道：“不会写还装模作样。”我沮丧撇着嘴，谁知道识字容易写字难啊？

被领到了沈云珞住的院子，翘儿正在楼下廊里等着我，别人都下去了之后，她激动地握住我的手：“秦公子叫你来伺候我家小姐的？”

我颔首，低声说：“公子听说小姐染病，焦虑不堪，几次三番来求见，都被沈府的人轰走。实在没办法，便命我来看望小姐，为他传话。”

“快快上来，小姐身子本来就弱，现在有了心病，更加憔悴。”翘儿领我上楼去，推门而入，房里安静极了，床边的落地烛台燃着微弱的光，仿若她的生命，风一过，烛光摇摇曳曳、跳跃不安；风再大些，便人死灯灭了。

“小姐。”翘儿小心翼翼唤她，“小姐，有人来看你了。”

沈云珞忽地睁开眼，一双水漾的眼睛迷茫望着四周：“是阿坤吗？是他来了吗？”

我伫立在房中央，微微侧头看她，果然比前日憔悴了许多，看上去就剩那么几口气了。

“是秦公子派来照顾小姐的丫鬟！”翘儿笑得很喜庆，朝我挥手，“于归，你过来！”

我在床边蹲下，握住沈云珞的手，她手心又出汗了，湿黏。

“沈小姐，我家公子为了你失魂落魄，借酒消愁，于归是自愿来沈府伺候小姐的，望小姐的身子渐渐好起来，我家公子才能安心。”

“他借酒消愁？”沈云珞双眉微蹙，凄婉道，“我又如何才能消愁？梁家已经决定下聘的日子了，我宁愿病死，也不要嫁给他。”

我大惊，那梁公子还真是大胆，中邪的还敢娶！“小姐，或许还有转机，不是还没下聘么？即使下聘了，也尚未成亲！我会帮你们的！”

话一出口，我后悔了，帮了他们，那我怎么办？

“你要如何帮我们？你也只是小小丫鬟……”

我垂目："至少，我能帮你们传送书信。目前，于归只盼着小姐身子能好起来，翘儿也一样，最不愿看小姐不珍惜自己的身体。"

翘儿连连点头："是呀小姐！还没到成亲的时候，就是还有机会！小姐一定要好好的，秦公子才放心呢！万一哪天秦公子要和小姐私奔，小姐都跑不动！"

沈云珞羞红了脸，嗔道："死丫头胡说什么?!"

我一怔，私奔？爱到极致，秦朗坤未必不会放弃一切与她私奔。心中矛盾不堪，先安慰沈云珞，哄她睡下了。

我和翘儿一间房，床铺是从前珠儿睡过的，我好奇问："方才你们扛出去的人是珠儿吗?"

"是的。"翘儿从柜子里替我拿了床新的棉被，帮我铺床，"哎，我从未见过秦公子带丫鬟，你是怎么认得我的?"

我盯着她头上两个发髻，瞎说："我家公子说，头上长了两个角的便是翘儿了。"

翘儿一愣，随即咯咯笑起来，"想不到秦公子说话这么逗!"

"翘儿，我们是不是不能随便出府？可是我还得给公子回话去。"

"嗯……"翘儿坐在我床上，冥思苦想，"也不是不能出去，不如……你出去给小姐买糕点。只是买回来小姐不吃的话，会令老爷怀疑的。从前就是这样，我出去买糕点，帮他们传信，但是太频繁了，而且每每买回来的糕点都倒掉，被老爷发现了。"

我笑道："你真傻，小姐不吃，我们吃呀!"

翘儿咽了咽口水，猛点头："好!"

13

我记得有句说：人逢喜事精神爽。果然是不错的，沈云珞原本恹恹倚在榻上，一听我要给她送信去，急忙披衣下床。她下笔时，双眸含情，嘴角微扬，一会儿看窗外的景色，一会儿看案上的盆景。

晨雾稀薄，阳光软软的。我替盆景浇水，抚亮了那绿油油的叶子。花骨朵儿掉了两个，我暗叹可惜，见沈云珞写信写的入神，悄然使了法术，将花骨朵儿接上。它们还未开花就凋谢了，实在不公，我既是为飞仙，应当慈悲为怀，日行一善。

也不知从哪儿传来罗净浑厚的声音："小桃花，世间万物的命数皆是天定，你休要捣乱!”

我惊得浑身一颤，看看沈云珞没反应，忙跑出房，抬头寻了一圈，发现罗净站在对面的屋顶上。我不敢大声叫喊，钻到楼阁侧边的廊下，挥手叫他下来。

罗净飞身而下，立在我面前。他修长的眉毛一挑，似是带了几分得意：“你妖气很重，一嗅便知道是你。”

“可是我没做坏事，你也跑来管我。”

“我遇见秦朗坤，他说沈小姐病重，我便来看看，不想你也在这，还妄想插手他们的事。”

“大师，你看沈云珞病成什么样了，我们都是修行之人，怎么能见死不救?”

“她有她的命格，这些早已写在司命天君的命薄上，你想救她，除非去改了命薄。”

“大师!”我惊呼，紧紧拽着他的胳膊，“你的意思，不会是沈云珞没得救了吧?!”

罗净蹙眉，一副嫌弃的神情：“你修行了一千年，怎么连个命格都算不出来?”

“啊……”我一时语塞，窘迫低下头。

罗净转身，凭栏远望，沉吟：“看她的面相，不是短命之人，八字更是贵不可言。比你的命格要好多了。”

我瞟了他两眼，小心翼翼问：“我的你也能算出来么?”

他摇摇头：“算不出，但你是来应劫的，不会有好命。”

我咋舌，可怜巴巴望着他：“大师，你可得帮帮我呀!”

他忽然笑了，仍然眺望远方，语气里带着些许嘲讽：“小桃花，别管闲事。要知道，所有的劫都是有诱因的，人间有句话，叫多做多错。”

我不解，微微侧头，一指挠着脸颊：“你是出家人呐，不是慈悲为怀么？这样的话都说得出口。”

“小桃花，记住：你在应劫，今世的劫难若化不了，你的元神会灰飞湮灭，等待下一个千年。”

罗净斜睨着我，细窄的眼眶中瞳仁漆黑，倒映出我桃红色的影子。一刹那，我有种错觉，觉得他的眸子是桃红色的，于是脱口而出：“你的眼睛!”

他应声扭头，飞身跃出偏廊，上了屋檐。僧袍在腾风中飞扬，他一尘不染，遗世独立。

我朝他晨曦中的背影大喊：“我叫于归!”再叫我小桃花，我跟你急。

待我回到屋里，沈云珞还在写信，笑容甜涩。桌下扔了几团纸，大概是写废掉的。我在旁边瞧了会儿，恍然道：“小姐在作诗呐!”

“你识字?”沈云珞很惊讶瞪着我。

我笑答：“我家公子才高八斗，我怎么能不识字。光认识，不会写罢了。”

沈云珞若有所思，搁下笔：“我没听他提起过你。不知秦府有位这么出色的可人儿。”话中似乎带了些疑虑，她看我的眼神变得深邃而难以琢磨。

“哪里！比小姐差远了!”我走到她身后，抚着她的肩膀，“我家公子眼里，只看得到小姐一人，其余的皆是庸脂俗粉!”

她又展露笑颜，提笔蘸墨。

我有些纳闷了，为什么我要抬高她而贬低自己？呜呼，我的善心在泛滥。罗净说了，她有她的命，我应该帮不上什么忙了，今后她若再这样怀疑，我懒得管。她的命比我好，还大富大贵，我才应该是被同情的那个。可是，秦朗坤怎么才会娶我……烦闷，我随手从桌上拾了本书，翻了两下。

“咦？这是什么书？我从未看过。”

“是戏本子，《牡丹亭》。”沈云珞缓缓说，“你看戏么?”

我绞尽脑汁想：“看过……梁山伯与祝英台。”

她怔了怔，叹道：“那是民间百戏，戏词远远不如《牡丹亭》。”

我似懂非懂点点头，她见了，微微一笑，起身绕了一圈，双手拈起兰花指，团扇遮脸，细细绵绵的声音从喉咙抛出：“则为你如花美眷，似水流年，是答儿闲寻遍，在幽闺自怜。转过这芍药栏前，紧靠着湖山石边，和你把领扣儿松，衣带宽……”

她的一颦一笑，一唱一叹惹得我心底酥麻，那缠绵的目光、娇羞的神情，令我第一次明白女子的美丽由何而来。是那爱情，我比她差在这里，我不懂情，所以秦朗坤看不到我。

“这是柳梦梅的唱词，是他们第一次在梦中幽会时……”她又坐下了，含笑凝视着我，“你家公子唱得才叫动听。”她又陷入深深的沉思，笔上的墨汁滴在宣纸上，化开一片浓浓的墨色，好像我的心头就是被这样一片乌云遮盖了，这唱词很是暧昧，秦朗坤既对她唱这样的戏，今生定是非她不娶了吧。

心里很难过，我的成仙路太渺茫，好想像沈云路那样伤心流泪，可是我不知道怎么哭，白娘子从没教过我。

14

那本《牡丹亭》我放下了，属于他们的戏，我才不看。从书架上挑了本《西厢记》，有滋有味地看了一上午。凡人果然很聪明，懂得写这样的故事来消遣闲暇时光，可是这样的书落在贵家小姐手里，岂不是教她们误入歧途？

晌午时分，我借口去买糕点出门了。常年在山谷中，连方向都用不着分辨的，这纵横交错的路愁煞人了。我只好一面打听，一面找到了兰仕居。听说秦府很远，我徒步去送信是不可能了，唯有找容华帮帮忙。

出人意料的是，一进兰仕居清雅的大厅，迎面碰上了秦朗坤。他一袭青色布袍，洗旧了的缘故有些发白，脸色与衣袍一样发白，只是瘦弱的腰杆挺得笔直，徐徐走来。

他似乎没看见我，或者看见了当作没看见，我只好主动跟上去，唤他："秦公子！留步！"

"你是？"他侧目问。

我心里一阵失落，从昨夜到今日，我的衣裳没换过，他居然认不出我来。我小心地将信递出去："沈小姐托我带给公子的信。"

他目露惊愕，转而惊喜，甚至没有道谢，便匆匆拆开书信。半晌，他一定是将每个字都记到心里去了，才转头对我说："多谢，不知姑娘如何称呼？"

我想笑，却笑不出来，不知此刻脸上会是怎样的表情，心情沉闷答："叫我于归罢。"

曾经幻想过千百回的场面，竟然是这样的！

我明明想说，我叫于归，就是你念的诗里那个于归。

然后，他会问，哪首诗？

我笑盈盈答，千年之前，你在一株灿烂桃树下吟诵的诗句。

可是现在，我好像成了《西厢记》里的红娘。我还补上一句："公子若有信，尽可叫我送去。"

“当真?”秦朗坤笑若春风，生生将我困在了茫茫云雾中，认不清方向。于归，你真是不辞劳苦，为他人做嫁衣。

“于归姑娘，请稍等，我去借笔墨写封信。”

我见缝插针说：“是找容公子吧？我随你一道。”

秦朗坤的表情很意外：“哦？你认识容公子?”

我故作淡定：“于归昨夜与二位公子一同饮酒了。”

秦朗坤才恍然盯着我，他第一次这样认真看我，离得远，我看不真切他眼里的景象，只能看见他歉意的微笑：“秦某眼拙。”

他脚步匆匆，赶到容华住处，门也没敲径自闯了进去。

容华在窗边的书案前，见有人进来了，抽开屉子，轻轻扔了东西进去，又合上。他的脸一半在暗处，一半在阳光下，阴晴不定看着我：“你们……”

秦朗坤急切打断他：“容兄，可否借文房四宝一用!”

容华颔首，秦朗坤迫不及待走了过去，将手中的信展开，摊在一旁。

容华朝我走来，离开了镂空花窗，脸完全暗了下来。他就站在我面前，似乎在等我说话。我曾经对他撒谎了，而我对他说的每一句话，都要圆过去的谎，我并不聪明，想了许久，才说：“我是来送信的。”

容华笑了，他看我的时候，眼里流露的都是欣赏。他是一个懂得赏花的人。容华又摇起了扇子，一副风流倜傥的模样：“什么信?”

“你觉得呢?”我瞥见桌上有一盘糕点，想想可以省事了，便掏出绢帕，将糕点一块一块摆放好，包起来。一面光明正大偷他的食儿，一面告诉他：“瞧他的神情，当然是他心上人的信。他们相恋已久却不能在一起，只能靠鸿雁传情了。”

“你认识秦公子的心上人?”容华问这句话的时候，秦朗坤也好奇看着我，我顶着四道目光，硬着头皮说：“认识，否则云珞小姐如何能叫我送信?”

秦朗坤问：“昨日你怎么不说?”

“我从不知道她日日思念的人便是你，今日去看她，才听她念了你的名字。其实我也不知如何找你，原本想请容公子帮忙，不想却遇上了。”说完，我有意无意看向容华，他怡然自得坐在桌前盯着那空盘子，嘴角动了动，想笑却没笑出来。我笑眯眯问：“容公子素来大方吧?”

“你若还想要，我命人送上来。”

“不用，今日的够了。这几日恐怕来得勤，每日为我备上一盘好了。”

容华忽然放下折扇，从怀里掏出一支银钗，在我面前晃了晃：“这个可比你头上的好看？”

我接过来，点点头：“雕花很漂亮。”

“那可以把你头上的簪子还给我了。”他笑容宠溺望着我。我顿时反应过来，昨日随手拿了人家的簪子，真是尴尬，忙抽了下来，递还给他。满头青丝披散而下，遮住绯红的脸颊。

容华认真解释说：“不是我吝啬，我身上的物件什么都可以给，但这簪子不一样。”

我羞赧道：“公子不必这样说，是于归莽撞了。”何止是莽撞，今日又拿了他的糕点，这一看，如何能像个大家闺秀？

他朝窗边看了看秦朗坤，忽然起身，轻轻走到我身后，替我绾发。他下手轻重适度，簪子擦过我的头皮，发髻绾得很稳。我不知他此举意欲何为，听得他在耳旁低声问：“回家了，为何还穿着这套衣裳？”

我一愣，因为我没别的衣裳，沈府也没来得及发配衣物给我。紧张得喉咙抽紧，我找了个很随性的理由：“我很喜欢，舍不得换掉。”

他回到自己座上，神情馨愉，手指在案上轻叩：“于归，过两日我要回京城。”

“啊?!”我失望极了，他走了，我还怎么给秦朗坤送信?

容华剑眉微动，笑问：“怎么？不舍?”

我身子向前倾了些，低声说：“你若走了，我送信就麻烦了。”

“怎么？你还要长期做他们的信使?”

我无奈摇头：“秦公子未考中，云珞要另嫁他人了。我也帮不上什么忙，也只能在云珞出嫁之前帮他们传传书信。”

容华陷入沉思，视线落在秦朗坤身上。

不一会儿，秦朗坤已经写好回信，双手递给我：“有劳于小姐。”

我失笑，他还当我姓于呢。不过既没有姓，姓于也可以。只是一旁的容华该如何想？他也只是笑着看我，没有吱声。秦朗坤忽然叫住我：“方才光顾着写信了，不知云珞现在身体如何?”

我趁机相邀：“恐怕云珞等得着急，秦公子不如随我一同过去，道上顺便说给你听。”

“甚好!”秦朗坤欣喜若狂，一路相请与我出了兰仕居。

15

第一次与我的恩人单独同行，他不高、清瘦，却文质彬彬，相貌柔美。我喜欢听他的声音，微微闭上眼，就能想起千年之前，那个唤醒我的声音。低低弱弱，却饱含磁性，真不知这样的声音是如何生出来的。

“公子，不用称我于小姐，叫我于归罢。”

他犹豫问：“这样可好？”

“无妨，云珞也这样唤我的。”

我们之间隔了一尺的距离，偶尔会近一些，但马上又拉远了。于是想起他将我揣在怀里时候，他的怀抱温煦得就像山谷里的春天，令我有一种回家的感觉。

但除了桃花，他只会将沈云珞搂在怀里了。他抱着她，折桃花送给她，与她唱曲调情，唱的是那一曲《山桃红》：“则为你如花美眷，似水流年，是答儿闲寻遍，在幽闺自怜。转过这芍药栏前，紧靠着湖山石边，和你把领扣儿松，衣带宽，袖稍儿揾着牙儿苫也，则待你忍耐温存一晌眠……”沈云珞细细绵绵的声音在耳畔回响，渐渐、渐渐地，那声音变了，变成秦朗坤的声音，磁性、那磁性将我吸入地狱，万劫不复。

“于归、于归姑娘！”

我被秦朗坤叫醒，一头虚汗。

“到了。”他指了指不远处的府邸，“你快快进去，明日我会在兰仕居等回信。”

晌午的骄阳下，我的心跳到了嗓子眼，虽然我心甘情愿，但是他不能这样指使我。咬了咬嘴唇对他说：“云珞快要出嫁了。下聘的日子定好了。”

他的脸唰地一下全白了，薄唇颤抖：“什么时候？”

“这个月。”我尝到一种快感，好像叫做报复。用伤害彼此的方式，去报复他对我的不屑一顾。看着他僵直的身影，心里很难受，但是我故作从容，袅袅婷婷迈入了沈府大门。秦朗坤，我成不了仙就要灰飞湮灭，所以你要娶的是我，不是她。

沈云珞将他的信捂在心窝，好像要将他写的每个字都刻在心上一般。她是如此痴情，我要向她学习，让自己看起来也是个多情的女子。

翘儿趴在案边吃糕点，嘴里鼓鼓的，还一面说着话：“于归，你在哪里买的糕点？真好吃！”

“兰仕居。”我是没有胃口的，但还是伸手拈了块，不吃白不吃。

“你今天走了那么远？兰仕居和石湖是相反的方向！”

“我早和公子约好在兰仕居见面。”我又撒谎了，偷瞄沈云珞的表情，她竟笑了，说：“兰仕居很近，我想见他。”

“啊？小姐！你……”

“翘儿，我不想嫁给梁公子。”柔弱的沈云珞语气坚定无比，“我的心早已给了阿坤，我还有心愿未了，让我在出嫁前再见他一面，做个了断。”

听，她真的无路可走了，我忽然如释重负。罗净说得对，人各有命，她的命或许就是嫁入梁家，一辈子大富大贵。再过两年，秦朗坤必定要将她遗忘，娶我进门。他们的结局就是相忘于江湖，我感到一阵欣慰，说什么我也会让他们见上最后一面。

“小姐，员外不会让您出门的。”翘儿愁眉苦脸看看沈云珞，又看看我。

“我明日去与公子商量，小姐别急，不是还有些日子么?”我安慰她，分不清自己是真心还是假意，我大概是真的怜惜她罢。

不想对着沈云珞那张哀怨的脸，这日我早些出门了。

莺啼燕语，柳絮翩飞。我心情甚好，沿着河道走，清凌凌的水倒映出我桃色的影子，蝶儿嗅到我的芬芳，萦萦围着我不肯散去，嬉耍够了，绕了个大弯子才到兰仕居。

才进了大厅，便听得秦朗坤在二楼的廊上唤我，他表面淡然，双眸早已透露出急切的盼望。我将信给他，一同进了房。容华微笑看着我，似乎在迎接我的到来，桌上早已沏好了茶。

我吐吐舌头，死皮赖脸问：“公子，今日的糕点呢?”

“不急吧？糕点我命人做去了。”

糕点很难做么？我不懂。点点头，信手端起茶杯，咕咚一口喝完了。总觉得我端茶的姿势与容华相差甚远，心思一转，说：“我很少饮茶。”

他忍俊不禁：“你这是牛饮。”顿了顿，又问，“平日里不喝茶?”

“喝山泉水。”我回想着白娘子平日的起居，又是一通瞎说，“还有露水。用竹筒盛着，清醇不减，还添了几分竹香。要喝就喝个底朝天！”

容华眉头有些紧，狐疑道：“你这日子过得倒像神仙。”

我窃笑，今后，是真的要过神仙日子。

16

秦朗坤看完信便一直在发愣，我侧头唤他：“秦公子，若是看完了，我还有话说。”

秦朗坤将信收好，与我们同座。端了杯茶，复又搁下，目光痴痴地盯着茶杯：“茶太乏味，不如喝酒。”

“大白天的喝酒？”容华摇摇头，“贤弟，何事想不开？不就是女人么？”

我紧紧盯着秦朗坤说：“我不知信中写了什么，不过她与我说，无论如何要与你见上一面。所以此事，我们还得慢慢商量。”

“她说，要见最后一面。”秦朗坤的表情扭曲，好似痛苦之极，“她要出嫁了，我却无能为力！”

“婚姻大事，自然是父母之命，贤弟也不用太过自责。”容华轻轻叹气，忽然话锋一转，“京城还未放榜，为何不拖上一阵？你若是高中了，这些烦恼自然也都没了。”

秦朗坤一怔：“我得罪的人，位高权重，恐怕……”

“贤弟，科举并不是由某一位官员说了算的，凭你的学识，头三甲中必有你的名字。我过两日要回京，不如，我去看看结果，你在此等我的回信。而你的那位小姐，便叫她能拖就拖了。”

“这样……也好。”秦朗坤双拳攥起来，眉头紧蹙，“拖得了一时，拖不了一世。我和珞儿，是否注定无缘……”

我真想狂点头：是啊，你总算明白了！既然有缘无分，就不要强求。

“可是怎么才能见到她？她不能出来，我也不能进去。”

就我这样的脑子，怎么能想出好办法？只好求助似的看着容华。他一手摇着扇子，一手从桌上拾起一本折子，“恰好，早晨有人给我送了份戏折子。你们看看。”

我接过来，翻了两下，都是什么东西？

秦朗坤若有所思道："看戏？即便借看戏为由，她恐怕也无法出来。"

"非也。"容华笑道，"这昆曲班子是从外地来的，不是本地戏园子。"

"容兄的意思是，他们是上府演出，而我可以混入其中？"

我恍然大悟，赞道："好办法！戏班子人多混杂！"将那戏折子收好，心里一阵欢喜，"我将这个带回去给她看！"

"可是，员外会同意吗？"

"这个……看个戏不为过吧？"我嘟哝着，"都要嫁人了，她身子一直不见好，请个戏班子来哄她开心一下，员外应当赞同的，他也想看自己女儿精神点。"

秦朗坤终于露了笑意，垂目凝思："她一定会点《牡丹亭》游园惊梦那一出。"

他的嘴角泛着幸福的弧度，我定定看着，也只是看着而已。明明想将他占为己有，可我还是一个劲在帮他们，如果头三甲真的有秦朗坤的名字，我就彻底无望了吧？

容华送我们到兰仕居门口，街道斜对面有一座红艳艳的楼房被围得水泄不通。一时好奇，我们便过去看了。一名壮实的男子被人从里头扛出来，赤裸的身子只横掩了条被褥，依稀有血滴下。容华朝旁边的人打听，方知道这里头有位女子发疯，拿刀子刺伤了人。

我好奇问："他为什么没穿衣服。"

容华和秦朗坤同时盯着我，目光大概也是好奇的。容华将我拉远了些："你不知这是什么地方？"

我抬头扫了一眼："凝香阁。"

秦朗坤抿唇一笑，对容华说："还是别污了于归姑娘的耳。"

"有理。于归，快回去罢。"

我不甘心："我没去过，那是什么地方？"

容华一本正经教育我："于归，热闹的地方未必是好地方。"

于是我在他们俩咄咄逼人的目光下不停往后退，视线还是好奇地在那楼房附近打量。从围观的人群中，钻出来一个耀眼的身影，黄袍袈裟。我朝他挥手大喊："大师！大师！"

容华和秦朗坤同时转身，异口同声说："他也去喝花酒？"

罗净朝我们走来，还是一副淡漠清高的模样："三位施主，竟然都认识?"

我脑子迟钝些，问上一句话："花酒是什么酒?"

罗净瞥了我一眼，近乎藐视。

我委屈看向容华："公子，那地方是酒肆?"

容华似乎有些伤脑筋，转头看秦朗坤，秦朗坤一副事不关己的模样，自顾自朝前走了。容华只好重新看着罗净，朝他鞠躬："师傅，这个就交给你了。"

我一脸虔诚地盯着罗净，悉心聆听他的教诲。

罗净一面目不斜视朝走，一面慢条斯理说："那不是酒肆，是青楼。"

"青楼？那楼明明是红色的!"

他不理会我，继续说："花酒也不是酒，是指饮酒时有美貌女子相陪。那是男人寻欢作乐之所。"

我恍然大悟，笑嘻嘻问："那大师也是进去寻欢作乐么?"

他闷闷答："不是!"

见他眉眼颇冷，我不想自讨没趣，绕到容华身边去；"容公子，你下回去的时候带上我可好?"

容华冲我笑，脸色明媚："于归，若是想饮酒作乐，看看热闹，可去教坊。不必上青楼。"

"那有何区别?"我眨巴着眼睛，却没得到回答，又皱了皱眉头问，"方才受伤的男子为何没穿衣服?"

罗净忽然扭头，大声问："阴阳之术可懂?"

我点点头，修行就是以阴阳为始。

"男女与阴阳是一样的。"撇下这句话，罗净走得飞快，我们远远落在后面。容华高喊了声："相请不如偶遇，师傅在兰仕居歇歇脚罢。"

"不必了，贫僧有要事在身!"

我撅着嘴嘟喃："他总是有要事在身。"

秦朗坤忽然凑过来对我说："姑娘同样有要事在身，快快回去罢。"

我心里窝火，这趟出来一点儿也不好玩，跺跺脚转身走了。临了还听见容华低声说："小丫头要性子了……"

谁是小丫头，我几千岁了，你们得叫我祖宗奶奶!

17

悠哉游哉回到沈府，不料沈员外正在厅堂候着，家丁一字排开站在他身后。我被这阵势惊着了，这是我第一次见这么多人站在一起，真是新鲜。

沈员外笑的一脸横肉："你就是于归，看来是刚进府不懂规矩。"

我捏着嗓子怯怯问："员外，不知于归做错了什么？"

"你出去了多久？去了什么地方？见了什么人？"

"出去了一个时辰，买了糕点，还遇见一个外地来的昆曲班子，问他们要了份戏折子，想给小姐看看要不要听戏，也好给小姐解解闷。"说着，我拎着糕点，一手将戏折子递过去。

沈员外打开看了看，严肃的面容缓和几分："昆曲班子？"

"嗯，我记得小姐喜欢听《牡丹亭》，见折子上有这出，便捎回来。"

沈员外眯着眼，眼珠子转了好几圈，点头笑道："好！既然云珞爱听戏，就请梁公子一道来，也好陪陪她。"

我心底一沉，看来是人算不如天算。此事还得与秦朗坤合计合计，心里正打着小算盘，又听得沈员外吩咐："你今后不准随意出府，小姐想要吃什么，跟管家说一声。若再让我逮着你，决不轻饶！"

我俯首应了，揣着戏折子从厅堂退出去。不让出去，还怎么通知秦朗坤？

沈云珞正在房中焦急等待，大约是听见我上楼了，便早早候在廊里，迎面问："信呢？"

我从怀里掏出信件，将戏折子一道递给她。沈云珞读完之后，面露喜色："他要混入戏班来看我？我们可以见面了！"

"可是……"我叹道，"方才员外爷逮着我了，训了我一通，还说要请梁公子来陪小姐听戏。"

"什么？"沈云珞的脸色又变得惨白，无力瘫坐在圆凳上，一手紧紧抠住桌案的边沿，"为什么……我只不过想在嫁人之前，与他再说几句话而已……"

"小姐，只要秦公子能进府，便总有办法见面的。还有，离放榜的日子不远了，小姐能拖就拖，说不准公子能高中！"我抿唇看着翘儿，思前想后，高中的可能性不大，还是帮他们见最后一面罢，"翘儿，今夜你替我当值。我悄悄溜出去知会公子一声。”

翘儿瞪大眼睛，吃惊问：“啊？员外不是命人在下头看守么？你怎么出去？”

我狡黠一笑，本小妖自有办法。

月黑风高的夜晚，我从窗户跳出去溜到花园里，又翻墙而出。终究还是做了一回贼，三更半夜里，街上无人，就着微弱的星光，我踩着青石路飞快跑向兰仕居。那条街上，还依稀听得见欢声笑语，大约是对面那凝香阁还有客人未散去，灯火通明的，倒是为我照了路。

兰仕居大门紧闭，我犯愁了，难道他们不照顾夜晚来投宿的客人么？这样的话，我还是只能用贼的办法进去了。兰仕居的长廊里还都留了几个灯笼，想来是为起夜的人们准备的。我蹑手蹑脚摸到容华房门口，举手要叩门，转念一想，可别惊动了旁人，将我当贼了。凭我微薄的法力，开个门闩却不是难事。

房内比外头还要漆黑，什么也看不见。我刚将门合上，转身，一个黑影“嗖”地窜到我跟前，接着肩部挨了一掌，我还没来得及出声，胳膊被他反扭住了，疼得大叫：“容公子！是我，于归！”

他立即松了手，语气诧异：“于归？你偷偷摸摸做什么？”

我一面哎哟哎哟地叫唤着，一面寻摸着凳子坐下：“我有急事告诉秦公子，只能来这请你传话给他了。”

容华点亮案上一盏烛火，英俊的容颜渐渐从黑暗中浮现。

我跑了一路，浑身发热，擦了擦额上的汗珠，歉意道：“我知道不应该打扰你，可一时也没办法。”

容华披着发，穿了身淡黄绸缎的亵衣，在我旁边坐下，目光含笑：“我想知道，你是怎么从家跑出来的？”

“翻墙啊！”说完，我吐吐舌头，大家闺秀是断不会这样的。

他笑了两声，很奇妙，我竟然觉得特别好听。或许在这样的夜里，万籁俱寂，偶尔听到了笑声应该觉得毛骨悚然吧？不过他自然有一种令人安神的气度。

“究竟什么事？”

“噢，是云珞的事，她爹爹同意了请戏班子进府，却要请梁公子一起来！”

“梁公子是？”

“就是云珞的未婚夫。这样一来，恐怕多有不便，秦公子要当心呢!”

容华沉思片刻，说：“明日一早，我要启程回京。恐怕见不到秦公子了，不如留书给他。”

“留书？他能看见吗?”

“给掌柜的，请他转交。”

我也没别的办法，点点头：“那劳烦容公子了，就写梁公子被邀请听戏，让他当心点。”

容华嘴角微微扯了下：“你不会写字?”

我一愣；“我只认得，不会写。”

他起身去点亮了书案上的烛台，房里顿时明亮了许多。他站在桌前，斜睨着我，实在拿我无奈了，方笑了笑说：“于归，你来磨墨。”

我恍然大悟，难怪老看着我，原来是让我过去磨墨的意思。一边煞有其事地研磨，一边为自己找借口开脱：“我平日都不写字，所以也不知怎样磨墨才好。”

容华走到我身后，一手搭上我的肩膀，一手握住我拿捏着墨棒的手，轻声说：“慢一些，力道要均匀，你方才倒的水太多，因此要多磨上一会才会浓。”

我整个人好似被他包围了，他的体温透过薄薄的亵衣烘在我背后，不知为何，脸上发烫。他丝毫没有放开我的意思，滚烫的手一直稳稳握住我。心里渐渐忐忑起来，眼睛四处乱瞄，忽地瞥见桌上几张洁白的宣纸底下，露出一角黄纸。

“咦?”我伸手便抽了过来，“黄纸？我从未见过呢!”

“你喜欢？给你罢。”他终于松了手，提笔蘸墨，“明日我便要走了，也没什么可以送你的。”

我笑嘻嘻说：“公子，我的衣服和发簪、还有鞋子，可都是你送的。”

他抬目瞥了我一眼，嘴角泛开一个优雅的微笑。

信很简单，就两句话。我安心了些，希望秦朗坤能找到应对的方法，与沈云珞见上最后一面，也算他们之间的了断。

我正要离去，容华突然问：“你爹还要你嫁人么?”

怔了怔，想起从前对他撒的谎，不禁有些羞赧：“我不肯，爹也就作罢。”

他的衣襟微微敞开，漆黑的发披在后背，从桌上拿了根发簪递给我："这个送给你，等我回来。"

我纳闷反问："这个不是对你很重要么?"

"是，先放在你这，你别乱跑，等我回来取。"

我看不清他目光中还有什么，颔首应了："知道了，我等你。"我离开之后，抬头望了眼，他屋里的灯光没有熄，容华这个人总是有些神秘。暂且把簪子收起来，以后再说。

18

两日之后，戏班子如期入住沈府，歇在西苑。也不知这戏要唱多少天，我趴在墙头观望，瞥见了人群中清瘦的秦朗坤。他刻意低着头，脚步凌乱，却掩不去一身书生气。

翘儿在下面轻声叫唤："于归！看见了么?"

"看见了，公子进来了。"在翘儿艳羡的目光中，我如一只轻燕飞跃而下，落在野花簇簇的草地里，"翘儿，我们去告诉小姐。"

"于归，你真是身轻如燕。而且模样俊俏，一点儿也不像当丫鬟的!"

"你也俊得很，还不是丫鬟?"

"你比我年长，与我家小姐差不多，是不是也该出嫁了? 你这样的，指定能嫁得好!"

我毫不顾忌嘻笑起来，当然了，等沈云珞出嫁之后，我便要嫁给秦朗坤了。我们一路打闹着回去告诉沈云珞，秦朗坤顺利进府了。沈云珞幽幽扫了我们一眼，恹恹道："你们倒是欢喜，可我与他，今后再也无法相见。"

翘儿垂下头，难过地说："小姐，你不是常说，命中无时莫强求，或许，你和秦公子，有缘无分。"

我也劝慰："小姐，不是说好了再拖几日么? 待京城放榜了，便有结果了。"

"他得罪的人，可是相爷的独子，担任京兆尹的蔺水蓝……"斜靠在榻上的沈云珞紧闭双目，"恐怕此生都无望高中……"

"那也要等个结果，求个心安!"说完，我将门窗都关上，附耳对沈云珞说："今夜便有一出戏，你先去陪梁公子听会儿，让员外高兴高兴。

大家都看戏去了，院门必定无人看守，我悄悄领公子进来，小姐便早些回来，有话快些说，趁戏结束之前公子得回到西苑。”

沈云珞仍旧闭着眼，没反应。我这样不辞劳苦，她连谢谢都不说一声。我叹了口气，回到翘儿身边：“好生替小姐打扮。”

“你怎么不替小姐打扮？”

“我不会啊！”我说得理直气壮，“我只伺候过公子，没伺候过小姐。”抛给她一个媚眼，我自顾自出去了。此刻心里在盘算别的事，我对沈云珞撒谎说自己是秦府的丫鬟，又对秦朗坤撒谎说自己是沈云珞的朋友，他们俩一见面，将我拆穿怎么办？

愁煞人也，撒谎真不是个好活，可谁让我没个身份不明不白从天上落下来了。索性在池塘边坐下晒晒太阳，最好再来场春雨，滋润一下我干枯的脑袋瓜。忽然想起在身上摸了一阵，找到容华给我的那支簪子，他把重要的东西放在我这里，还说让我等他回来取，真是奇怪。在阳光下看，这金簪灿灿发亮，上面刻着复杂的花纹，簪尾好似一颗小小的什么动物的头。我见过的动物挺多的，但从没见过这样的。

身后冷不丁传来一个人的声音：“看什么呢？”

我吓得把簪子往衣袖里藏，瞪大眼睛回头望着神出鬼没的罗净：“你为何总是跟着我？”

他皱了皱眉：“我是沈员外请来听戏的。”

“啊？和尚也听戏？”我捧腹大笑，上气不接下气，“真逗！大师……你这出家人真……真不守戒！”

他厉色喝道：“休得胡说！”

我咋舌，想想我为何要怕他？又盛气凌人站起，直勾勾盯着他说：“上回去喝花酒，这回又来听戏，这不是不守戒么？”

罗净冷冷挑眉：“凝香阁，是去捉妖的。这回，也是来捉妖的。”

我吓得往后退了两步：“我没做坏事，大师你别难为我了！”

罗净逼近了两步，目光凌厉：“没做亏心事，你为何如此害怕？”

“我……”我又往后退了一步，一脚踏空，伸出爪子拽着罗净的衣袍，他本想救我，可惜我拽的地方不对，将他的僧袍连带着亵衣从衣襟处扯开一大片，他急于遮羞，分神去拽衣服，又怕衣服被我扒到水里去，结果就是他心甘情愿陪我一同落水了。

我扑腾了几下，紧紧攀着他的臂膀，头发湿漉漉地贴在颈上，可怜兮兮看着他：“大师，你真是慈悲为怀，和我有难同当。”

罗净愠怒，真想不到出家人居然爱生气。他驮着我往岸边游去，闷不吭声。他的头型很漂亮，就如上次见他一样，整个人都是流畅的线条，流畅如风、如水。

“上去罢。”他将我的胳膊从他脖子上甩下来，冷冷瞥了我一眼。

我乐颠颠地戏弄他：“大师，出家人四大皆空，你何必在意衣服没了？结果因小失大，本来你可以救我的，现在把自己也弄下水了。看来你的修行都白修了，觉悟还不如我！”

“小桃花！”他忽然转过身来直面我，细长的眼眯了起来，“你真是个祸害。”

我吓一跳，他不会又想捉我吧？

“哎，我祸害谁了？”

“祸害无穷！”他用力推了我一把，“上去。”

我嘟着嘴侧头看看陡峭的堤岸：“上不去。”

“用法力。”

“不行，我还得留到今晚用。”我的手又攀上他的胳膊，耍赖道，“你抱我上去。”

他大约还在为我方才的话生气，冷冷道：“贫僧乃出家人，与女施主多有不便！”

哎哟，他还拧起来了！瞥过他胸前被我拽得凌乱的衣襟，我笑眯眯伸臂勾住他的脖子，一手玩弄他颈上的佛珠，手指若有若无擦过他的肌肤：“大师，有何不便？上回我没穿衣服，你不也抱我了吗？”

他的脸色难看到了极点，双臂揽住我的腰身匆匆飞跃上岸后，狠狠将我摔在地上，气势汹汹喝道：“你是妖！所以我大可不必救你！”

他又飞步离去，浑身往下淌水，狼狈不堪。我在原地笑得打滚，朝他背影大喊：“出家人四大皆空啊！还有，众生平等！”

第三章　云鬟乱

19

夜幕降临，屋檐下灯笼逐个亮起来。

微风拂面，花草树木在淡淡光华下轻轻摇曳。

这本是多美的春夜，却不知沈云珞和秦朗坤见面时会怎样伤情?

我和翘儿提着灯笼为沈云珞引路，她精神恹恹，形如病态。也不知她的心病何时才能好起来。既然罗净都说她的好命，应当不会有什么意外。

府里很热闹，戏台上几个人在唱着舞着。其余一干人等都候在大厅迎接梁家老头子和那梁泼皮。厅堂灯火辉煌，沈云珞如一株不食人间烟火的仙草，在俗世人群中分外惹眼。

梁公子得意洋洋自沈云珞面前走过，只在我身上匆匆一瞥，忽然停下脚步，公然指着我问："你是谁?"

"奴婢是伺候小姐的丫鬟。"

"嘿嘿!"梁公子双眼放光，"真不错，你就当陪嫁丫鬟吧！聘礼我也给你下一份!"

我愕然看向沈员外，他忙不迭答应了。杀千刀的梁泼皮！要了沈云珞还想要我，怎么不得给秦朗坤留一个么？我上前一步，平声道："奴婢已经有人家了。"

沈员外喝道："胡说！你卖身为婢，何来的人家?!"

我大胆迎着他的目光回答："奴婢在进府之前就已经成亲生子。"

梁公子一副自怨自艾的表情："都怪本公子未早些遇见你，不然，你就不是这般劳苦命了！”

若不是罗净在场，我已经憋不住要施法抽他了。这等泼皮白痴也配做人？我这般聪明善良的妖精如何就成不得仙？

戏台上咿咿呀呀唱得深情，台下众人如痴如醉。唱的正是游园惊梦那一出，秦朗坤真真了解她。我虽安然坐在席间，却焦躁难安，指甲紧紧抠入了椅子把上的木缝中。再听上一会儿，就得找借口离开，去安排他们见面的事了。

台上的角唱得凄婉悠扬：“原来姹紫嫣红开遍，似这般都付与断井颓垣。良辰美景奈何天，便赏心乐事谁家院？朝飞暮卷，云霞翠轩，雨丝风片，烟波画船。锦屏人忒看的这韶光贱……”

沈云珞抬手拭了拭眼角，我好奇侧头看，见她眸中泪光晶莹，蓦然想起前些日子她在屋里唱的那一段戏，心随着那台上的鼓点震震地疼了起来。女子太多情未必是好事，像她这般，即便日子再风光、再富贵，也敌不过内心的悲戚蚀骨。

趁他们几位看戏看得入迷，我悄然溜出席。只有罗净瞥了我一眼，我朝他作两个揖，希望他别坏我的事，然后朝西苑飞奔而去。

秦朗坤也真是大胆，公然站在院门边张望。

“公子！快随我走！”我情急拉着他的手，却被他挣开了，罢了，一根筋的人我与他计较什么，反正他迟早是我的人，“秦公子，你就站在那儿，也不怕被人发现。”

“夜色正浓，就算被人发现了也看不清模样。再者，除了沈员外，恐怕无人认得出我来。”

秦朗坤平日里弱不禁风的样子，现在可是健步如飞，我领他从树丛穿过，避开有人的地方，从沈云珞住的楼阁背面悄悄绕过去。将他推进房里躲着，我叮嘱再三：“随便谁进来，都躲着别动，除非我叫你出来！”

他神情严肃，对我道谢：“于姑娘，谢谢你！”

我微微一笑，走出两步，又回头看了他一眼，恋恋不舍。

回到席间，还未曾有人发现我的离去，轻轻碰了下沈云珞的手，朝她使了个眼色。

她浑身颤了一下，眼神焦虑。我暗示她放心，戏才唱了一小半，她不能这么早离去。我握住她的手，纤弱的手指似乎没有骨头，这样似水的女子，怎么能嫁给梁泼皮？可是人命由天定，我也无法改变什么。

我暗暗输了些灵力给沈云珞，她的精神强了几分，镇定自若接着看戏。大约戌时五刻，戏演了一半，她便起身向梁老爷和沈员外告退，推说自己身子疲乏。她身子不好大概是公认的，因此沈员外嘱咐了我们几句，便让我们退下了。

翘儿正看得兴致盎然，依依不舍。

沈云珞见了说："翘儿，你便留下看，于归陪我回去。"

"真的么？小姐，员外不会罚我吧？"

"有于归在，别担心。"沈云珞看着我，意味深长。我却不懂，她怎么会留下翘儿，多一个人在那把风不是更好么？

20

进了自己的院子，沈云珞的气息顿时急促起来，脚步飞快。楼阁门前的檐下挂了两个灯笼，楼道里漆黑，我搀着她上楼，听着她的喘息在黑暗中挣扎，如同失去双翼的蛾子渴盼光明却力不从心。

她情绪激动冲进了屋子，我随进去唤了声："公子，出来罢！"

秦朗坤从角落里走出来，身影在抖动。

戏台上的乐曲和唱词愈渐清晰，我想，他们大概也想唱上一出《牡丹亭》罢。

沈云珞从我身边飞一般扑了出去，嘤嘤念着情郎的名字。

我为他们点燃一盏灯，便离去了。

廊里昏暗，屋内微弱的烛光透过花窗泻出一点点。就着那一点点光，我倚在栏边，看着自己才拥有了几天的手指，一面仔细聆听。或许他们不知道，我的听力是极为灵敏的。我的恩人用他惯有的嗓音说："珞儿，对不起……你要嫁人，我却无能为力！"

"君当作磐石，妾当作蒲苇。蒲苇韧如丝，磐石无转移！"

"珞儿！你想做什么？"

"待放榜之后，若你没有高中，我也绝不会嫁入梁家，宁为玉碎不为瓦全！"

"别做傻事，珞儿！"

"阿坤，我知道你是孝子……我只求你每年的七夕能记得我们的约定。”

我惊呆了，沈云珞想要殉情？可罗净说过她是富贵命啊！

情急之下转身，却见镂空花窗里、朦朦烛光下，四片唇瓣如娇嫩的蔷薇，辗转缠绵。他们在互相品尝彼此的香甜，我的舌尖却泛着苦涩，一股滚热之气从胸前腾起，烧得脑子晕沉。

沈云珞轻解罗裳，喘着气说：“生米煮成熟饭，可好？”

秦朗坤认真捧起她的面颊，眼中依稀有泪光闪烁：“珞儿，何苦？”

“你成全我吧……”

她的云鬟凌乱、樱唇微启，她的冰肌洁肤、皓腕玉臂……我不堪忍受，扭头伏在栏上。我是真的在为他人做嫁衣，看他们的朗朗乾坤、风起云涌，就像那一出《牡丹亭》，我只是个看戏的人。

远处戏台上的唱腔珠圆玉润，字字就如吐在耳畔清晰无比：“这一霎天留人便，草藉花眠，则把云鬟点，红松翠偏。见了你紧相偎，慢厮连，恨不得肉儿般和你团成片也。逗的个日下胭脂雨上鲜。我欲去还留恋，相看俨然，早难道好处相逢无一言。行来春色三分雨，睡去巫山一片云……”

沿着栏杆无力滑倒在地，一边是那般缠绵暧昧的唱词，一边是这样激烈动人的嘤咛。

我紧紧捂住耳朵，哭了。这是我做人以来第一次哭，那种叫做眼泪的东西泉涌而出，我不知道自己体内原来有这么多水，怎么流也流不完。他们不可以这样对我，轻易击碎了我所有的未来，飞仙的期盼此刻就好像瓦砾渣子，粉碎粉碎的。

“小桃花，何必伤心。”罗净不知何时来的，立在墙头。

我泪眼朦胧望着他，啜泣道：“你当然不懂，你是和尚。”

“我早说过，万事皆有定数。你根本不用为任何事情伤心难过，总是会过去的。”

我摇摇头，总是会过去，可现在却是真真切切地难过。

“劫难，不过是一个一个的坎儿，世上没有过不去的坎儿。”

我渐渐止住了泪，认真听他的话。

“为何要应劫在人间？因为人有七情六欲，当你尝遍了一切，摆脱了痴、嗔、贪，放下了分别心、是非心、得失心、执著心，才会懂得看破，心中便再无执念。你现在的执念，便是飞仙。一心飞仙，却不知究竟飞仙为何，实在太枉然。”

我用衣袖擦了擦脸颊，带着浓浓的鼻音告诉他："飞仙，是为了离开山谷，是为了不寂寞。"

"可是神仙和佛祖更加寂寞。当你经历过人世，如何还能耐得住天上的寂寞？"

我愣住了，嘟着嘴问他："那你呢？你可害怕寂寞？"

"修行要有耐性，要能甘于淡泊，乐于寂寞。"

僧人毕竟是僧人，他能看透的事，我就是看不透。且不说道行，光是脑子，他就比我聪明多了。荧荧月华下，他的身影从墙头飞跃而去，一袭袍尾飞扬。

一出惊梦快唱完了，屋内已然尘埃落定。

事已至此，我还能怎样？或许我今世注定无法飞仙，那就灰飞湮灭好了，等待下一个千年。

21

我抱着双腿坐在廊上看月亮，听见屋内一阵悉悉索索的声响，接着是脚步声和呢喃细语。

门悠悠开了，沈云珞将秦朗坤推了出来，催促："快些回去，被发现，你会没命的！"她倒是精神了许多，眼眸比前几日也多了几分神采。

秦朗坤万分不舍拥她在怀里："珞儿，等我的消息！"

我站起来，语气镇定催道："快点，戏已经完了。"

秦朗坤诧异道："你还在这里？"

"快走罢！"我也没法与他解释许多，匆匆领他回了西苑。我闻见他领口的汗味，他青衫上胭脂的香味，如果可以，我想要更清醒，明明早就知道他的心，为何还要妄想？罗净说得对，我有执念。

回到楼阁，沈云珞塞了一包东西给我，大概是床单衣物之类的，轻声说："先藏起来，改日给老妈子拿去洗了。"

我反问："为什么换掉？"

沈云珞嗔道："你傻呀？不然我为何支开翘儿，她年纪小不懂，你也不懂么？"她脸颊上潮红未退，明眸璀璨，发髻松垮，我从未见过她这般慵懒迷人的样子。

我抱着东西正要出去，她又叫住我："还有，我要热水沐浴！知会厨房一声就好。"

“知道了。”我微微笑答，心底却是一阵麻木。

回到房里，将一堆东西塞进橱子，却瞥见一片猩红的血迹，我头皮发麻，不禁战栗。秦朗坤对她都做什么了？怎么会流血？我吓得捂住了嘴，她身上有伤！赶紧将橱子锁上，又咚咚跑上楼去，紧张万分盯着沈云珞。

她正在镜前梳发，侧头问：“怎么了，于归？”

“小姐……”我挠挠下巴，支支吾吾问，“你、你……疼吗？”

沈云珞掩口而笑：“哪儿能不疼呢？”

“那要不要……”我想，她大概是不愿让外人知道这事吧？咬咬嘴唇问，“我去帮你抓点药？”

“那倒不用，免得旁人起疑。”她放下梳子，转身望着我，“谢谢你，于归。我此生最大的心愿，便是做他的女人，哪怕只有这一次，我也没有遗憾了。”

我狐疑打量她，他们方才在屋里缠绵，我光顾着难过，也没注意到秦朗坤伤到她哪里了，这可如何是好？只有趁她不注意，悄悄用法力替她疗伤好了。

昆曲班子次日离开了，我依然趴在墙头，看弱柳扶风般的秦朗坤渐渐淡出我的视线。我还是想不明白，他怎么能伤害沈云珞？难道爱情，要以鲜血为代价么？那太可怕了！

猛地发现罗净在不远处屋顶上站着，我嗤笑道：“大师，你怎么总是飞檐走壁？要做梁上君子？”

“看你所谓的伤心也不过一霎那，今日又会贫嘴了。”

我努努嘴，眼珠子一转，俏皮问：“大师你担心我？所以临走时来看看？”

“你不是说众生平等么？我只是关心众生罢了。”他眉毛一挑，眼角飞扬着别样的神采。那不是出家人的淡然，更似少年顽童的戏谑。

我笑眯眯冲他挥挥手：“大师，你过来，小妖有事请教。”

他迟疑了片刻，飞起、落定在我跟前。我歪着脑袋仰望他，眨巴着眼睛问：“昨夜里，秦朗坤伤着沈云珞了，我想替她疗伤，可是总也寻不到她的伤口在何处？”

“如何伤着了？”

“不知，只是看见床单衣物上都有血迹。”我心有余悸道，“秦朗坤看着也是温润书生，怎么这样残忍？”

罗净垂目看着我，竟然翻了个白眼，没好气说：“沈云珞破了身子，你只消治疗她下腹。”

我蹙眉问：“破了身子是哪里破了？”

罗净不耐烦瞪着我：“他们有了夫妻之实你竟然不知么？不然你昨夜哭什么？”

“夫妻之实又怎的？难道非要受伤不可？”

“你……”罗净语塞，蜜色的肌肤变得通红。随后又叹道：“我当真是拿你没法子。”

“大师，我自知愚钝，不过虚心好学呀！”

他闭目半晌，方说：“你可知男女为何成夫妻？”

“因为情投意合，互相爱慕。”

“所以心存爱慕之人往往深陷情欲，不可自拔。”

“情欲，是不是相互亲吻、相互依偎？”

罗净轻笑一声，瞬间飞出天外，无影无踪，徒留元神浑厚的低音在四周震荡：“乾道成男，坤道成女，阴阳交合则化生万物。”

我愣愣看着碧空如洗的净空，越发茫然了。说了半天，他还是没告诉我沈云珞哪里破了！罢了，先按他说的，治疗腹部。

22

冉冉青烟从香炉腾起，氤氲在案边。案上铺着苏绣缎子，泛着丝滑的光，针针缕缕飞丝走线，构成一幅绝美的富贵牡丹。沈云珞的绣工极好，我在一旁看着，禁不住伸手摸一摸，“小姐，这是金线？那得多矜贵！”

“那都是两年前绣的。”沈云珞手中的绣花针顿了下来，狐疑问，“你不会绣花？”

幸好这回转得快，我赶紧答：“会一点，但是绣得不好。比小姐的活差远了。”

“我素日也是闲着，便绣着打发时间了。”她这几日精神好多了，总是微喜的表情，一双眼眸也灵动起来。一边与我闲聊，灵巧的手指上下翻飞一般，我惊羡不已。

忽闻远处一阵锣鼓声，欢庆热闹，我好奇走到窗边探望，沈云珞说：“那是宫里来人选妃来了。”

“选什么妃?”

“你不知么？名门望族把女子送入宫里给皇上和皇亲国戚们挑选，运气好的能封个妃子，或者被赐给王侯将相，再不济，也会有个封号品级留在后宫，只不过一生都困顿了。”

“皇上很多女人么?”我猜自己问的问题是不是很傻，因为沈云珞看我的目光很困惑，我也很困惑，天上的玉皇大帝只有一个王母娘娘，为什么地上的皇帝有好多女人?

“于归，天底下所有的女子，只要皇上要的，就一定能要得到。”

“那他有妻子么?”

“当然有，皇后就是。”沈云珞放下针线，也走到窗前，看远处河岸边吹吹打打的艳红队伍，如迎亲一般，侧目睨着我问：“你怎么能不知道呢?”

“我自小在乡野长大。”我嘿嘿笑着，吐吐舌头。

楼梯传来咚咚的响声，翘儿神情激动冲进屋子，挥舞着手臂大叫：“小姐！小姐……你看！看呐!”她指着河岸的方向，气喘吁吁说不出完整的句子来，“听说、听说……不、不是听说，是真的！他们是来……接、接状元的!”

沈云珞又惊又喜，几乎雀跃起来，捉住翘儿的双手，一个劲问：“是他中了?! 是秦朗坤中了状元是不是？是不是?!”

翘儿喜极而泣，哽咽点头：“是……是秦公子!”

我僵在当地，果然一切皆有定数，老天偏生不让我如意。

“真的……”沈云珞泪如雨下，“我这就去告诉爹，我要出去找他!”

“小姐，秦公子必须即刻上京面圣，恐怕不能耽搁，待他任职之前回乡省亲时，一定会来提亲!”

“会吗？他会吗?”沈云珞又哭又笑，看上去有些疯癫。我从旁拉住她，“小姐，想必员外也得到了消息，不如稍作收拾，去听听员外的意思。”

沈云珞连连点头，慌忙拉着我，语无伦次：“是了，你们帮我上妆！快些！爹一定知道了，他不会让我嫁给梁公子了……状元，一定有个好官职，爹会同意我们的婚事!”

我心中百味杂陈，安抚她坐下。她的手指在颤抖，睫毛也在颤抖，幸福的笑容溢满了一整面菱花镜。我品尝到一种好似叫嫉妒的强烈情感，令心肺在焚烧。可是再嫉妒也无用，秦朗坤是她的，人和心都是。

我独自坐在屋顶上，从晌午一直到日暮，看见迎状元的队伍向着夕阳的方向远去了，融入一片绯色落霞中。沈员外同意了他们的婚事，只要秦家来提亲，他便会答应。天意弄人大概就是如此罢，我没法像白娘子一样向许仙报恩，可我的确被秦朗坤伤到了。至于伤到哪儿了，也说不清，我只是固执地认为他负了我，我一心要报恩，他竟然不理会。

天边渐渐黯淡下去，残留一丝被河水反射的光，就像我的光明，只剩了那一点点。回到自己屋里，冷不丁发现沈云珞站在中央，我忙点上灯，觉得她神色有些奇怪。

她举起一张纸，就是那张容华随手给我的纸，问："这是哪儿来的?"

"前些天弄湿了，我就晾在窗台上。"

"我是问这纸哪儿来的?"沈云珞此时倒一点不软弱，语气生硬。

我摇摇头："捡的。"

"民间是不准许使用黄纸的。"沈云珞将纸放在烛火上方，点燃，"如果被人发现，要坐牢的。你连这个都不知道么?"

我惊讶瞪大眼睛，看着那张稀奇的纸烧毁殆尽："我觉得新鲜，便捡来了。这个纸怎么了呢?"

"是朝廷用的。"沈云珞语气淡淡的，"于归，你伺候秦公子笔墨，竟然一点规矩也不懂。"

我一时语塞，朝廷用的纸，那么容华是个当官的吗?

"你帮了我们的大忙，等我们成亲之后，会还你自由身。"她淡淡看着我，没有情感，那眼里空空的，看不出什么来。原来脱离开秦朗坤的影响，她整个人是这样的清冷，连温柔都不复存在。

23

我不想要自由身，我想做陪嫁丫鬟。至少还有机会接近他不是么?可是如何能开得了口，一切根本不掌握在自己手里。我心中仍然有执念，抛不掉，如果罗净在的话，一定会开导我，可他不在。我只能放低姿态，央求她："小姐，于归无处可去，只想追随公子和小姐左右。今生今世，小姐去哪儿，于归便去哪儿。”

“于归，他心中只有我，将来也只会娶我为妻，断然不会纳妾。你就死了这条心。”

我惊愕抬头看着沈云珞，仍不信这番言语是从她娇嫩可人的樱唇中吐出来的。她却逼近我，毫无表情说：“别太惊讶，爱慕他的女子很多，何况是与他朝夕相处的婢女。只是这么多年，他从未与我提过你，我真的不知道小小秦府里竟有你这般出色的女子。要么就是你对他很重要，他不敢告诉我；要么就是你可有可无，提了都浪费时间。依我看，像是后者，他丝毫未将你放在眼里。”

我冷哼了声：“小姐若真想知道，何不直接问他？”

“问他？我疯了么？跟一名小小婢女争风吃醋？”

为什么人要把心思藏得那么深？我轻笑一声：“随你怎么想，反正难受的又不是我。”

“你不难受那就好。”沈云珞轻轻叹气，顾盼间流露出素日的娇弱，“快去吃饭罢，这几日好好歇着。等过一阵子办喜事，可有忙的了。”

夜里下起雨来，淅淅沥沥敲打在窗台，无端端的心烦，我辗转难眠，索性起来赏雨。楼前是一棵老槐树，枝叶繁茂，被雨洗刷得干干净净，白花儿细碎细碎落了一地。

春雨贵如油，我忽然间觉得好渴，从窗户伸出胳膊，让雨淋个透澈。衣料轻薄，湿嗒嗒粘在手臂上，却一点也不觉难过。兴起，将整个身子也探了出去，仰头，张口接着无根之水，一点点往下吞咽。雨的味道很真，像泉水、还有花草和泥土的芳香。我睁着眼，让雨水流进眼里，再流出来，好像流泪了，其实人世间有许多假象，只是我还未学会如何去辨别。

自己傻傻地淋雨，好孤独，我确定我开始想念了，想念人群和热闹，想念我认识的少数几个人，尤其想念秦朗坤。他的声音、他的相貌、他的怀抱，他是我的劫，所以我拿他丝毫没有办法。

谷雨过后就快立夏了。雨仍然在下，漫无边际，天阴沉沉，屋里的光线总是惨白的。

翘儿拾掇着衣物，抱怨：“真是天公不作美。原本秦家要下聘的，结果被这场雨耽搁了多少天了！”

“或许是最后一场春雨了呢。”我望着檐下的雨帘子，伸手捞了捞，却什么也捞不着。他们哪里知道这场雨对花草树木来讲有多重要。

“等雨停了，小姐的《牡丹亭》也终于唱完了，这叫……守得云开见月明！”

我用湿漉漉的手朝她弹水珠子，嬉笑：“小妮子，你跟着小姐倒学了不少好东西！”

“哎唷！”翘儿不甘示弱，举着笤帚追我：“秦公子才高八斗，也没见你学着什么了！这说明我呀，比你聪明！”

“谁说我没学着？我认得字，只是不会写罢了……”我往门外逃了出去，笑得快岔了气。谁知在拐角处迎面撞上了急匆匆赶来的家丁，险些跌倒，暗暗使了法术令自己站住了脚。后面的翘儿撞在我背上，一面哎哟叫唤着一面问：“干什么来的？”

“翘儿姑娘，老爷请小姐去厅堂。”

“这下雨天的，去做什么？”

“出大事了！听说是宫里来的人，可不能怠慢啊！让小姐赶紧下来。”

我和翘儿不约而同惊呼：“宫里的？”

沈云珞的表情甚为不解：“宫里的人怎会来？再说，我一名女子出去做什么？哥哥们都不在家么？”

翘儿催促：“这些只有去了才知道！宫里的人可不好惹呢！小姐快些罢！”

我有几日没与沈云珞说话了，觉得也没什么可说的。便在一旁待着，自己玩着发辫。

院里积水了，翘儿背着沈云珞，我举着伞，等到了厅堂，我的侧身湿透，翘儿裙裤直往下淌水。不便再进去，只好在回廊里候着。濛濛阴雨中，庭院里一顶粉红的轿子分外惹眼，一看便不是府里的，但宫里来的是女人么？怎么会乘这样的轿子？

大约一刻之后，沈云珞面色惨白出来了，眼神绝望。翘儿吓得惊叫：“小姐，你这是怎么了？”

“我……我要进宫了。”

当空一道闪电划过，似是将天划了道口子，顷刻间仿佛要漏下整条天河的水来。

我怔住了，她说，她要进宫了？

“爹……为什么要这样对我？”她失魂落魄走出回廊，脸颊上两道泪痕混迹在雨水中，“秦家就快下聘了，为什么要这样对我?!”

“小姐！”翘儿一直紧紧跟在她身旁，“怎么回事？往年从不会选商户女子！”

沈云珞在雨中恸哭，瘦弱的肩膀急剧抖动，仿佛要抖尽这一切不幸。我举着伞走过去，替她遮了一方天，自己淋在雨中。“小姐，身子重要。”

她凄婉一笑，“对付梁家的婚事，我尚能一死了之。可这回……却想死也死不了……否则，便是灭门之祸。即刻要动身上京，那一次，果真是我们的最后一面……”

我和翘儿一路踉跄将她扶回了房。

进宫选妃，这对她无疑是一声惊雷，将所有对幸福的希冀轰得焦黑。而我的天空逐渐放晴，峰回路转，柳暗花明。

24

沈员外急匆匆进了屋，一脸横肉颤得厉害，目光炯炯，唾沫飞溅：“云珞！这可是沈家的大喜！凭你的姿色，赢得圣上宠爱不是难事！沈家将来可全靠你了！真是老天开眼，宫里指明要你去，说皇上夜里做梦，梦见在苏州沈府游园，看见仙女了！沈府里不就只有你一位小姐么？皇上呀，那是梦见你了！待你进宫了，必定是荣宠至极啊！”

沈云珞目光呆滞，气若游丝：“父亲的意思，叫我以色侍君么？”

“你……”沈员外气得脸色酱紫，“准备好了立刻走！轿子都停到楼下了，宫里现在是极其珍视你的！别身在福中不知福！”

然后恶狠狠指向我：“你！陪小姐一道进宫去！”

我张大了口，惊愕道：“为什么?!”

“宫里说了她可以带一个丫鬟进去，我看你尚有几分姿色，或许也被皇上看中了呢？那可是你的福分！”

我愤慨不已，他送了个沈云珞进去还不够，还要把我也给搭进去，敢情不是他赔本！赔上的是我们俩的一生！命运总是这样捉弄人，我头顶上又是乌云密布，电闪雷鸣。

一顶轿子，坐了两个人，在雨中晃荡。

我只穿着那身桃红衣裳，银簪挽髻。手里的包袱全是沈云珞的东西，翘儿为她收拾的时候，不住地在落泪。我也渐渐明白了皇命不可违的道理。

沈云珞目光低垂，淡淡说："你说今生今世都要跟随我，所以我与宫人说，要带个丫鬟进去。"

我被震惊了，不可置信地盯着她。

"你以为我进宫了，你就可以如意么？"

她始终垂着目，我无法想象她此刻的目光是怎样的阴毒。沈云珞，温柔似水的沈云珞怎么会如此刻薄？我宁愿相信这是沈员外作祟，也不愿相信是她亲手推我入火坑。她大不了一世困顿，而我今生灰飞湮灭之后，还要等一千年！

我气急了，冲她大吼："你为什么要这样害我？我帮你们传信、帮你们见面，也不曾做过对不起你的事！你竟然这样恩将仇报么？"

"可是你爱慕他，我知道。"沈云珞直视我的目光，眼眸瞪得圆圆的，含着阴森的笑意，"我不能让你有机会，他是我的。"

我苦笑两声，将手里的包袱扔给她："沈云珞，别以为我真是你的丫鬟。"

她信手捋了捋发丝，惨白面容上浮现一抹讥诮："凭你的姿色，迟早要得宠，到时候，我做你的丫鬟还不成么？"

曾以为她是大家闺秀的典范，却不料我正是败在她手里。人真的是一种很奇怪的生灵，自己不如意，就也看不得别人如意。我对她的所有好感，在这谷雨中化为乌有。

到官衙歇了一夜，换了马车。一同进宫的还有几位官小姐，分为两拨，两辆马车载着往北去了。

沈云珞一袭湖绿绸裙半倚半躺，小脸儿苍白，那孱弱模样叫人看了心疼。我虽然生她的气，但也不能不管她，便在一旁递递水、替她擦擦汗。

其他的女子同样疲乏，但也都正襟危坐，时不时稍稍侧目打量沈云珞，那神情大概是不屑的。她们一定在计较，大家同是进宫选妃的，凭什么她能带丫鬟？

其中一位千金朝我示好，笑问："你叫什么名字？"

"于归。"

"你家小姐身子不大好?"

"是啊，一直不好。"

"听说沈小姐就快当状元夫人了，怎么又被选进宫了呢?"官家小姐言语就是犀利，丝毫不用看谁的脸色。真是哪壶不开提哪壶，我朝她使使眼色，"那大概是误传。"

"是么？前些日子一直听闻梁公子是中意沈小姐的，都快下聘了，也是误传么?"

沈云珞微微眯着眼，开口道："那是真的，梁公子是中意我，可我不中意他。"

齐刷刷的目光瞥向沈云珞，她只是蹙眉，无力唤："于归，我乏了。"说着，直接枕在我腿上，阖眼睡觉。

我轻叹一声，她这是破罐子破摔，既不想在宫里待着、也不怕开罪人了。

25

方才那位官小姐语调依旧："你这丫鬟倒是水灵，模样讨人喜欢。来，这个送你。"她从腕上退下一只镯子，塞我手里，"我瞧着咱们俩有缘，入宫了还得多照应。"

我从没戴过镯子，一时贪新鲜，没推辞便留下了，笑眯眯答："多谢小姐。"

"我是苏州现任知府的小女儿，吴千雁。"

我仔细打量她，双颊饱满，下颌浑圆，笑起来隐隐有两个小酒窝。这面相定是有福之人。

吴千雁是直爽性子，吐字也极快，像是算盘珠子一样噼里啪啦，不似沈云珞一句话得酝酿半晌才慢悠悠说出来。从苏州上京的路说远不远，说近也不近，多亏有吴千雁那张能说的嘴，我才不觉得闷。

越往北走，天越是晴朗。只是没想到四月里还有料峭风寒，轻轻掀开帘子一角，车里顿时凉飕飕。吴千雁却执意要看窗外的风景，无视其他人抱怨的眼神。

"于归，你看那片桃花，开得真好!"

我凑过去瞧，前边正是我从前待的山谷。从不知道山谷外边原来长了这么多桃花，只有我孤零零在山谷里。心里不由生出几分落寞，轻声道："不久便要谢了。"

吴千雁侧头睨着我："于归，你比桃花还美。"

我喜欢听赞美，心中欢喜，冲她笑着。

"你多大了？"

我也不知，随口答："十七。"

"这可是最美的年纪。"她的指尖轻轻触到我的额，"你的肌肤好像透明，甚至能看见细微的血脉，青的紫的，不染铅华，清丽脱俗。"

"吴小姐太夸奖了，于归不过是乡野女子，不懂礼法也不识大体，见笑了。"

"所以你同我们不一样，将来进了宫，还不知谁是主子、谁是奴婢。"吴千雁感慨良多，倚在窗边兀自想起心事。

望着天地相接处白茫茫的一片云，车厢里窒闷的感觉散去了，仿佛我就站在那云端上，俯瞰人间百戏。在最美的年华里，我为了飞仙应劫到了人间，却无法化开自己的劫难。现在，宫里的一切，或是人间的一切大概都与我无关了，我只消安心做一个看戏的人。

听得街道繁闹，京城是什么模样还未来得及看，我们被直接送入宫，与其他各处来的女子一同聚居在絮华宫，称为采女。立夏那日，宫中有庆典，那是她们第一次面圣，若被瞧上，便可晋升了。

絮华宫在内廷的西北角上，与翰林院不过隔了座花园，不过内外有别，我们既不能擅自出去，他们也不能擅自进来。内侍用尖锐的嗓音这样告诫众人的。

幸而我不是来选妃的，我不过沈云珞的丫鬟，现在成了宫女，可以往返于几个处所，譬如浣衣局、针工局、司苑局，还有絮华宫的小厨房。如果她们被准许出去散步，我亦可以陪伴左右，去逛逛御花园。想想，还是我这个小宫女自在。

絮华宫因垂柳环绕，春天絮花漫天飞舞而得名。只是现时，刚好错过了那个美丽的时节。我兀自趴在窗边看风景，将沈云珞撂在脑后了。直到听得吴千雁低声唤我的名字，才转身，见屋里来了外人。

忙起身，愣愣看着站在我面前一名气质不寻常的宫女，她打量我片刻，语气刻板说："初来乍到不懂规矩，你是破例被带入宫的丫鬟，别让我再看见你那闲散模样。今后不仅仅伺候你从前的小姐，还有这屋里另外两位采女。”

我嘟着嘴低下头去，伺候一个沈云珞都够伤脑筋了，还要伺候别人。

“各位采女舟车劳顿，先歇着，小事都可以吩咐这宫里的小宫女，若有要事，来找我。我叫夏青。”她朝众人微微颔首，又看向我，“你叫于归吧？随我来。”

我朝吴千雁挤眉弄眼，满不情愿跟着夏青走了。

夏青领着我离开了方才的院子，拐入另一所小院，将我安排在西间屋里：“你便住这里，明早会有公公送衣物过来，宫里的规矩多，你慢慢学罢。”

屋子很小，倒是干净，一张通铺，睡好几个人。看似简单的橱子、桌子、凳子，却样样精贵。我笑笑，唤她：“夏姐姐！这张床好大，我睡哪边?”

她皱着眉，用不可思议的目光盯着我，冷冷答：“随便!”

我意识到自己说错话了，忙闭了嘴，无辜看着她拂袖而去的背影。我不是故意的，我是真的不会说话。门外一名小宫女迈进来，严肃告诫我：“你太不懂规矩了，夏大人是这里的管事宫女，正四品女官。别看只是小小絮华宫，哪位娘娘不是从这出去的，即便是皇后也要给几分薄面。”

我略带歉意朝她笑：“我叫于归。”

26

“我是凌湘。”她进屋坐下喝茶，“我们这里大都不忙，时常歇着。等主子们都被分走了，我们便能闲下来，等下一年的新主子进宫。”

她和翘儿年岁差不多，看上去老成且谨慎。我问：“那一年之中，大半年是闲着的?”

“是呢，所以这里宫女少，加上你和夏大人，一共才五个。”凌湘到底还是小姑娘，撅着嘴说，“不过你不会待很久，听说你家小姐很有来头，如果被皇上选中，你就会随她去别的宫伺候了。”

我嘻嘻笑了，“难道你也想去别的宫里么?”

“忙一些，月钱会多的。”

我歪着脑袋想，当时我卖身进沈府，也拿了一些钱，怎么忘记带了呢？听凌湘的语气，钱还挺重要的呢。我好奇问："你得了钱好干什么？"

"为自己攒嫁妆，等放出宫了，嫁个好人。"凌湘说得一本正经，我一听这话乐了，笑逐颜开问："我将来也可以出宫么？"

"当然！到二十四岁，若还没有品级，你不出去也得出去。"凌湘面无表情看着我，"你刚进来，就想出去了？"

我也来不及细想就说出口了："和你一样想出去嫁个好人！"

凌湘狐疑打量着我："你总是笑什么？"

我愣了；"啊？"

"从你一进絮华宫我就见你在笑，你究竟觉得什么事情好笑？"

我立刻捂住嘴，委屈问："连笑也不行么？"

"不行，做宫女，要学会不苟言笑，像夏大人那样。"

我恍然大悟，原来她是学夏青，才摆出这么一副态度。

白日由夏青给众人讲课，各种各样的规矩、礼仪，宫中的节日和习俗，还有禁忌等等。我和凌湘坐在一旁，照看香炉，时不时添茶水。一整日下来，我听得昏昏沉沉，也全然忘记夏青都讲了些什么。

立夏之前的这段日子，是特别用来熟悉宫里环境的，因此不会有其他人来打扰。可现时偏偏来了位公公求见，夏青放下书卷，唤我："于归，你出去代我问问何事。再回报我。"

我乖乖起身，迈着小碎步轻缓走了出去，琢磨着宫里繁琐的礼节，我大概不需要下跪吧……看着那位公公和颜悦色，我放宽了心，恭敬问："夏大人在授课，命我来问公公有何要事？"

"明日未时，皇上要召见苏州沈府来的那位采女，请转告夏大人，务必要做好万全准备。"

"奴婢知道了。"这么快要见她？皇上真是性急，迫切想要见到梦中仙女。不由想起了那《牡丹亭》，说不准她的柳梦梅根本就不是秦朗坤，而是皇上。

我附耳告诉夏青，她神态如常，微微颔首，我便退到一旁，偷偷瞟了眼沈云珞。她的脸色极差，魂不守舍。夏青大约也注意到了，讲话时稍稍顿了顿，又接着往下说。沈云珞的事，我是真不想管了，如今自身难保，我才懒得照顾她那么多的心眼。

傍晚忙碌了一阵，直到亥时，采女们都睡下了，我才歇下来。普通宫女的衣服清一色的粉红，头上挽两个圆髻，对着镜子一瞧，就像看见了翘儿，整个人看上去小了几岁。我苦着脸，趁她们都睡着，偷偷爬上了屋顶。

隔着园子和两道宫墙，看翰林院那边灯火零星，我也不知道自己在看什么，大概是男人吧。我居然想看男人了……仰面躺在冰凉的琉璃瓦上，看着夜空，想着秦朗坤的模样，他那么好看，又是状元郎，等我出宫，估摸他的孩子都会骑竹马了。或者他会不会死心眼，失去了沈云珞便不再娶妻，待我出去之后再慢慢感化他？使劲摇摇头，我是不是魔障了？

正打算下去，蓦然瞥见前院里一个单薄的身影，是沈云珞。这么晚，她起来做什么？她只着了亵衣，浑身惨白，在墙边一排垂柳附近游荡着，如鬼魅一般。待我赶过去，却又不见了她的身影，门窗也关得好好的。

清晨的絮华宫尤其安静，只听得雀儿欢叫，柳树的枝条在晨风中相拂擦出沙沙的声响。半睡半醒，我翻了个身，抱住一团软绵绵的东西。接着耳边传来惊叫，身上骤然凉飕飕的。我揉揉眼睛看着旁边的凌湘："怎么了……"

凌湘俨然一副受了欺负的表情，拿被子将自己包得严严实实，"你钻我被窝里来做什么？"

我扯着自己的棉被盖上，哆嗦了两下："我也不知呢……"

"都怪你，昨夜翻来翻去闹得人睡不着觉！瞧瞧，咱们都起晚了！别看我了，快起来，一会夏大人该罚咱们了！"

我才醒了瞌睡，看窗外已经有人在忙碌了。心里数叨着一会要干的活，伺候人真是辛苦，难怪有钱人都要买丫鬟。待我在宫里攒够了钱，出去也要买两个丫鬟来伺候我。

凌湘喋喋不休埋怨我，我不禁笑了，她与夏青终究不是一类人，再学也学不像的。我们各自收拾干净了，忽然听见另一名宫女急匆匆唤："夏大人！夏大人，快过来看看！"

27

半挽半垂的罗帐后，沈云珞直挺挺躺在床上，面色青白，嘴唇发紫。

我直愣愣看着她柔弱的面庞，手脚冰凉，除此之外没有任何感觉了。方才已经耗尽所有法力，还是除不尽她体内的毒。沈云珞，你究竟为何……

夏青命人去请医女，也顺道请了侍卫来。她居高临下俯视跪地的我，仍旧是面无表情，“所有人吃的饭菜是一样的，不可能只有她中毒了。于归，此事关系重大，今日皇上要召见她，偏偏这时候出了岔子。我无法交差，便只能将你交出去了。不如你再好好想想是否遗漏了什么事?”

我从来没觉得这样害怕，似乎并不是害怕自己会受罚，却又说不清是为了什么。自己的嘴似乎都不受控制，颤得厉害：“奴婢说过了，小姐只昨夜起来在院里走了一会儿，奴婢离得远，加上夜里漆黑，看不清……”

“我在问，你昨晚都做了什么!”夏青厉色喝道，“大家都睡了，你为何爬到屋顶上去了？而且，你是如何上去的？别说是你，就算是男子，也不是轻易能上去的。”

我欲言又止，这要如何说……说我会轻功？荒谬极了，会功夫的女子怎么能进宫。到时还是连累沈家。我害怕夏青的目光，垂着头没有吱声，膝盖跪得生疼、小腿渐渐麻痹，没有余下任何法力来保护自己，便只能跪着，靠身体捱着。

“先去院子中央跪着，若她到午时还醒不来，我也留不得你了。”夏青语气生硬地发话，我鼻子一酸，眼泪就掉出来了。这是我第二次哭，极其委屈。从没想过被人欺负了也要哭，我对谁也没恶意，为什么要欺负我？

腹中空空如也，无力跪在冻凉的地砖上，泪流得太多，双眼发涩，口舌干燥。太阳渐渐升起，烤炽着我越发脆弱的躯体。我不想做人了，想要做回一棵树，吸取土壤中的水分，用枝叶来遮挡阳光。白娘子，我后悔了。

医女来了又走了，侍卫还侯在宫门口。满院的垂柳悠扬飘舞，我眼前昏花。

大概午时已到，夏青领着凌湘匆匆出去了。看样子事情没完，我忽然恐惧沈云珞的死亡，如果她没了，我在宫里便是一个人，和从前在山谷里有何分别？我不喜欢她，却又舍不得她，人的心，为何要生的这样复杂。

吴千雁端了水过来，扶着我的肩："于归，可怜的丫头，快喝些水！"

我几近虚脱，抓住她的手腕如抓到了救命稻草一般，水甘润入喉，喘着粗气对她说："吴姐姐，你快回屋去，别被她们看见了。"

"看见了怎么的？她敢对我怎样？"吴千雁的眼神瞥向其他屋里来看热闹的主子，不屑道，"宫里头就是这样，欺软怕硬，因沈云珞是皇上钦点要的人，她们才如此欺负你。于归，听姐姐一句，撑下去，千万别服输！日后谁是主谁是仆，还真没个准！"

我闭目点头，推她走："姐姐回屋去，我没事的。"

不远处传来窸窸窣窣的脚步声和衣裙摩擦的声响，有那么一群人，在骄阳下屏息凝神，匆匆赶了过来。一行人自我身边掠过，夏青只轻轻提了句："这是那名婢女……"

一句话未说完整，声音已远了。我微微抬目，见一群人簇拥着一名锦袍男子进了屋。皇上是真的在意她，派了这么多人过来。他们之中有高人的话，解毒应当不难了，毕竟我已经除去了她体内约莫一半的毒。

不知是不是刚喝了水的关系，额上的汗水沿着两鬓渐渐滑落，弄湿了碎发。闭着眼，想起春雨，便当作是下雨了罢，心底畅快些。我为自己找乐子，微微笑了，这时听见男子低沉而愠怒的声音说："不是她！她是沈府的小姐么？"

"是，没错。"夏青低声答，"是苏州的沈云珞。"

"沈云珞？不对……不是她……"

"那……"

"太医就留下罢。"他的语气透露着无限的失落，我发觉这声音好熟悉。

好似一阵清风拂来，夹杂着一种馥郁的芬芳，我勉强睁开眼，见一双靴子在跟前，云纹黄底，那云、就像飞仙时的那朵云彩。我脑里一片混沌，朝前栽了下去。

第四章　三株媚

28

眼睛睁开一条缝，又迅速闭上了。深吸口气，再睁开，这回一只手覆上我的脸颊，手掌有些粗糙的痕迹，他笑着问："醒了?"

那张笑脸近在咫尺，蒙着淡淡的金辉，我不得不信了，惊魂未定问他："容公子，真是你！我在哪里?"

"宫里。"

锦被、纱帐、缎服，床前立着紫檀六扇屏风，将屋里的其他一切都隔开了。这方天地里只有我和他。我扭开脸，脱离他的掌心，"你怎么会在这里?"忽然惊觉天色已暗，周遭都点着无数的烛火。我"噌"地坐起身，心急问："沈云珞、沈小姐她怎样了?"

"她吃了大量的柳树树皮和树叶，才昏睡不醒的。吐出来便好多了。"容华一直脉脉看着我，看得我心乱如麻，低头拢了拢薄衫，桃红肚兜上绣着大朵的白牡丹，在他眼前半掩半露。也不知是谁替我换的衣裳。

他一定已经知道我撒谎了，所以这样不说话看着我，是在等我自己招罢。我硬着头皮，嗫声说："公子，我骗了你，我不是沈府的小姐，我只是沈府的丫鬟。"

"为何要撒谎?"容华语气平和问。

我皱着眉想了想，"我只是觉得大家闺秀更讨人喜欢。"

"你是想讨我喜欢么?"他笑得神秘莫测，我看得目不转睛，男人长的真好看。

他忽然凑近了些，轻声说："你总是这样看着我，你会后悔的。"

出于本能，我推开他，带着质问的语气："你不是生意人，你也骗了我。你是不是大官？小姐说，你给我那张黄纸是朝廷用的。"我才仔细打量，他穿的并不是官服，但衣料无疑是极好的，金冠束发，中央还镶嵌了一颗夜明珠。他抿唇笑了笑，气定神闲答："我是翰林院的官员。"

"你真的大官啊！翰林院不就在絮华宫的旁边么？"我莫名地兴奋起来，"我认识了大官，是不是能去翰林院玩？"

"你去翰林院做什么？"

我眨眨眼睛，只是随口说了，也不知道要去做什么，为自己傻兮兮的行为尴尬笑笑。

"那位沈小姐，就是秦朗坤的心上人吧？看来我是害了他们俩，原是想找你，却误将沈云珞牵扯进来了。"

我惊诧道："原来是你？你怎么能令皇上下旨的？"

他没答，却说："当初我若仔细些，核实你的名字和身份，便不会这样了。"

原来，沈云珞进宫，完全是我的错！一时间心慌意乱，忙问："对了，秦公子现在何处？"

"翰林院。"

什么？我的恩人就在宫里？我激动地拽住容华的手臂，"容公子，那太好了！"

他略略诧异，"难道你还想帮沈小姐会情郎？"

我一怔，为什么要一直帮沈云珞？我也是有私心的，若不是沈云珞非要我陪她进宫，我现在已经伴在秦朗坤身边了。

"她现在可是进宫了，弄不好便是丢掉性命。"

我试探地问："那么，她一辈子也出不去了么？"内心是渴盼他点头的，这样，我的劫似乎有了化解的希望。

他没点头，也没摇头，若有所思道："不是完全没有可能，皇上选妃剩下的女子，可以配婚给皇亲国戚或者功臣，只是……秦朗坤官拜五品，又无功绩……沈云珞就算不留在宫里，也会嫁入将相之家。"

我松了口气，又听得他说："我倒是可以向皇上讨了她，可是，皇上赐的，那就不可能再转赠他人。依我看，沈云珞只能死心塌地做皇上的女人。"

我心中窃喜，却又惶惶不安，也不知自己此刻是怎样的表情，惹得容华将我揽入怀里。我懵懵懂懂，不知他怎么了。

“别担心她了，倒是你，想出去吗？”

我用力才挣脱他的怀抱，双手紧捂住发烫的脸颊，戒备地盯着他，喃喃说：“公子，我是极想出宫的，可我不放心小姐，不如让我在宫里等个结果，她安定下来了，我也再无牵挂。”

他笑着捉下我捂脸的手，“用不着遮，你的任何表情都单纯得很可爱，不像红尘俗世中人。”

我噗嗤一声笑了，“那我像什么？”

“像妖精。”

我蓦地一惊，后脑好似冰冻了一般没了知觉。他怎么知道的?!

他的目光温柔似水，“像会使迷魂术的妖精，你长了一双桃花眼，看着就再也不想移开。”

如释重负喘了口气，所幸他只是觉得像而已。

“于归，不出一个月，沈云珞便能安身立命了。到时，你随我走好吗？”

我毫不犹豫点头，笑眯眯应：“好！”

并不太清楚这是什么地方，容华命人将我送回絮华宫，半路上猛地想起，他曾经告诉我，容华是假名字，他的真名叫华容添。

絮华宫翠翠幽幽，垂柳窈窕，这么美的景色，却隐含毒性；像沈云珞，娇弱惹人怜，心思真难以琢磨。回来之后，总觉得凌湘看我的眼神有些奇怪，但是也没说上两句话就各自忙开了。清晨途经厨房遇见夏青，我忙唤她：“夏大人！”

“何事？”她语气如故，像是要拒人千里之外。

我小心翼翼问：“昨日将我带走的是什么人？”

夏青淡淡望着我，目光波澜不惊，“翰林院的人。”

“可是，翰林院的人不是不能擅自进到内廷么？”

“他不一样。”

我嘟着嘴，小声说：“他告诉我他叫华容添，我该称呼他华公子还是华大人？”

夏青眼睫微颤，横了我一眼，“他的名讳岂是你能挂在嘴边的？宫里的人，自然个个比你大，唤大人罢。”她拂了拂衣袖，双手交握在身前，姿态端庄离去了。

想起她昨日罚我跪了一上午，心里未免还有气，我冲她的背影拱鼻子，大人就大人，我虽是小人一个，不久便出宫了，亦能活的自在。

29

廊下种了几丛金银花，攀着栏杆，翠绿得令人神怡。金银花的花期快到了，我为它们悉心施肥，希望花儿开得旺一些。幼枝嫩叶，叫人喜欢的紧。用手指轻轻抚过藤蔓，好似能听见它们窃窃私语一般。

其他人都去听课了。沈云珞的身子还需调养，静卧在屋里。她大约是闻不得花肥的味道，自前日中毒之后第一次开口说话："于归，外头什么味儿？"

我匆匆洗了洗手，跑进屋去看她，"小姐，你终于肯说话了。"

她的嗓音虚弱低哑，"关了窗吧。"

关上窗，也将窗外的美景一并关了。我轻叹："你何必想不开？人生在世，也就短短几十年，开心是一天，不开心也是一天。"

她不言语，斜斜看着我的腿。直到我出去继续施肥，听得她在里头问："你还疼么？听说你被罚跪罚到晕过去了。"

我心底有一片柔软的地方被她按住了，笑着答："不疼。"

"我没想连累你，只是想解脱。"她说着，一面咳嗽。

"小姐，以后别再做傻事了，宫里的太医医术精湛，怎么也能把你救活的。"为花儿浇了水，稍作收拾又进屋去替她斟茶。

"于归，你知道我已非清白身，若是叫皇上发现了，我们都会没命的。"

我一怔，原来是这样。难道这也能看出来么？我好奇打量她，我怎么就看不出来她与我的区别。

"我只想安安静静待着，不要地位、不要荣宠。"她的眉微蹙，神情苦楚。

此刻哪里敢告诉她，就算皇帝看不上她，她还是会被赐给别人。我一面劝慰，一面又脑子发热告诉她："秦公子此刻在翰林院任职。"

果然，她由悲转喜，殷切望着我，"翰林院，不就在北面么？"

"是，小姐和公子，其实不过隔了两道宫墙。你只要想着，其实他日日就在离你不到一里的地方，虽然此生无缘相见了，但也算相伴终生。”我不知道自己这番话是怎么说出来的，不过两道宫墙，却隔开了两个人的一生。我心酸，为她，也为自己。秦朗坤是忘不了她的，我又要如何走进他的生命里？

宫里的日子清闲且乏味，她们都去游园了，可沈云珞卧病在床，我和凌湘必须留下伺候着。我上针工局领了些沈云珞要的东西，刻意放慢脚步，偷偷懒四处闲逛。可是从没想到皇宫会这么大，我天生就不认路，躲在树荫下辨了好一会的东西南北，仍是一片茫然。

不远处有一条河，我来的时候，根本没见着河。这下可慌了，夏青警告过我不要乱跑，可我现在究竟到了什么地方？踮着脚伸长脖子张望，也没见着一个宫人。急得团团转，忽然看见蓝莹莹的天空渐渐升起两只纸鸢。

今日夏青领她们去游园，当时吴千雁手里不捧了只纸鸢么？我兴奋地朝那边一路小跑过去，追着纸鸢、就像追着风一般，心中升腾的是一股自由绽放般的畅快。仿若在幽幽无人的山谷里，尽情尽兴，我就这样爱上了奔跑，将一切束缚都抛下，步履如飞，笑得淋漓尽致。

纸鸢就在眼前了，可是两只纸鸢轻轻碰了一下，随即纠结在一起翻滚，急速下坠。

我不由惊呼，喘息未定，匆匆赶过去，见两只纸鸢落在一棵参天大树上。

我轻盈一跃，踏着树干飞了上去，攀着树枝，一节节往上爬。

纸鸢落在了树梢，恐怕那细细的枝桠撑不住我的重量，索性继续用法术，腾空飞去摘下纸鸢，再飞旋落地。可是我转身的那一瞬间，树下居然来了人！不得已，我收住法力，惨叫一声往下跌，简直绝望到了极点，该不会就这样灰飞湮灭了吧！

一阵风呼啸而来，我落入一个怀抱，稳稳将我托住的身体很熟悉，有一股俗气的檀香味。我仰视他漠然的表情，不禁笑了，出家人为何要这样严肃呢？我朝他挤眉弄眼，落地后，他简直像躲瘟神一样退避三舍，我撅着嘴问：“大师，怎么我在哪里你就在哪里？”

罗净没答话，盯着我手上的纸鸢，“王爷，这大概要不得了。拿新的纸鸢罢。”

我才注意到他身边有一名男子，长得黝黑魁梧，相貌堂堂。

内侍尖锐的声音叫唤道：“放肆！冒犯了长庆王还不知下跪请罪！”

我将纸鸢扔在一旁，慌忙跪下，“奴婢刚进宫，不懂规矩，冒犯王爷了。”两名宫女忙捡起纸鸢，退到一旁。

那位长庆王捏起我的下巴，目似铜铃，盯得我头皮发麻。我也只好这样瞪着他，眼睛都不敢眨一下。他似是倒吸了口冷气，眉眼一颤，“好模样，哪个宫里的？做什么的？”

他捏得我下巴好疼。我“咝”了一声，喏喏答：“絮华宫……宫女。”

话音刚落，他猛地将我拽起来，拖着往花园里走，绕过假山和凉亭，前面是一片密密的林子。他的力气大得惊人，看上去丝毫没使劲，我的手腕却快要被捏碎了。谁知道他要带我去哪里，难道又要罚我跪？只好扭头看身后的罗净求助，却见他和另外的几名宫女内侍都候在凉亭里。

我吓坏了，声音发颤：“王爷！奴婢错了，饶了我吧！”

他大笑起来，在森森的林子里格外狰狞。“本王看上你，可是你的福气！”他不由分说将我按在一棵树干上，粗鲁地拉扯我的下裙。我首次对男人产生了反感和恐惧，哇哇大哭起来，原来惊吓过度也是会流泪的。拼命挣扎，指甲在他脸上抓了一道，长庆王几乎发狂了，将我扑倒在地：“小野猫！你今日不从我，明日也逃不过！”

忽然感到头顶一股灵力传来，我心中一震，当即将全部法力凝集，抬腿朝他腹部一击，仓惶逃走。罗净在关键时刻还是帮我了，不枉我尊称他一声大师。

我一路逃窜，更是迷失了方向。想着长庆王知道我是絮华宫里的人，到时又来捉我可怎么办？顿时觉得无辜无助而且孤独得要命，泪痕未干，我又躲在假山后面哭了起来，做人好难，真的好难……

30

我蜷缩成一团窝在假山的山洞里，大约有两批人来寻过我，唤着我的名字。可是我怎敢出去，长庆王挨了我的那一下，或许两日都醒不来。阳光刺眼，甚至不敢往外看。要怪也只能怪自己，好好的乱跑做什么？以后，我一定听夏青的话，什么都听她的。

一阵急促的脚步逼近，我屏住呼吸，洞口的光线被挡住了，一下陷入黑暗。然后听见罗净的声音：“出来吧。”他很少用这样的语气说话，仿佛稍稍大声了会伤到我一样。我从洞口探出头，看见夏青和吴千雁也在，她们搀了我出来。

“于归，你没事吧？”吴千雁焦急捂着我冰凉的手。

夏青也面露担忧之色，松了口气，“叫你不要乱跑，长庆王都被你得罪了。”

我心里憋屈，有气无力问：“会不会有人来抓我？”

“应该不会。”夏青笃定道。

我顿时瘫在地上，吴千雁忙不迭架着我的手臂，“于归，我们回去。没事了。”

我心中愁苦，举目望了罗净一眼，低声道：“多谢大师。”

他微微颔首，眉头紧蹙，一双细窄的眼里流露出关切之色，我嘴角轻扬，这才是出家人该有的姿态。夏青和吴千雁扶着我回去，我忍不住转头看了一眼，罗净站在一片融融的苍绿中，袈裟似火。

吴千雁放下大小姐的架子，陪在我身边安慰，随意搭着话：“听夏青说这事有人为你挡下了，就是上次带你走那个翰林学士。”

“是吗？”我不解地问，“翰林学士的官比王爷大？”

“那倒不是，我也不清楚，不过夏青说没事，那就是没事了。”吴千雁抚着我的手，叹道：“你可算死里逃生，那个长庆王，糟蹋的宫女不计其数。哪天兴致来了，就顺手逮一个往林子里钻，事后倒是会向皇上讨了那宫女回去，但搁在他王府里更惨，虐得不成人形。”

我不由抖了两下，多亏罗净输给我的那道灵力，随口一叹：“今日还多谢大师了。”

“对，他真是神呐！”吴千雁的双眼忽然亮起来，眉飞色舞，“原本我们都在池边喂鱼，那位高僧忽然走过来，对夏青说长庆王被我们絮华宫的宫女打晕了，让夏大人过去善后。夏青当即就愣了，要知道长庆王在宫中一向跋扈，这时，高僧附耳对夏青说了句什么，夏青马上带人过去了。这事也就真这么算了，之后，我们四处寻你寻不到，也是高僧领我们去的。奇怪，他怎么知道你在山洞里？”

我撅着嘴，对于他不早些出手还是有些耿耿于怀。“他是出家人，总不能见死不救吧……”

“听说他是长庆王的食客，却帮着你，真奇怪！”

这时凌湘送了碗汤进来，轻轻吹了吹，递给我：“压惊汤，慢点儿喝。”

好似她从没这样温柔过，我笑着去捏她脸蛋，“你真贴心，这才是好凌湘嘛！没事干吗要去学夏大人那不冷不热的样子？”

凌湘没好气朝我翻白眼，说：“这可是夏大人让我送来的，听说你出事了，夏大人最着急。”

“是吗……”我小声嘟喃，她急什么？上次还罚我跪，也不见她给我弄点儿什么汤。

也不知怎么就把一整日给睡过去了，半夜醒来精神好的很，丝毫没有入睡的念想。索性溜到院里去，月色静好。远远望着南北方向，一条如纱似绡的光带悬在天空，是天河，我认为那是天上最美的地方。山谷里寂寞的时光，都是遥望天河度过的。

静谧的夜里，传来浑厚而飘扬的声音：“小桃花，做人好玩吗？”

我抬头朝屋顶上的身影笑：“你吓不着我，我知道你在。”

他从屋檐飞下，走到我跟前，眸子在月色下晶莹。

“你怎么知道？”

“就像你怎么找得到我一样。”

“你身上有妖气，我可没有。”

他老是爱跟我拧，我毫不客气回敬他：“你身上有俗气！”

他笑了，他竟然笑了！我不可思议盯着他的笑颜，可是转瞬即逝，揉揉眼睛，还是只看见他那副冰凉的面容。他只穿了身洁白的僧袍，赤脚，朝我伸手，“想上屋顶么？”

我将手搭上，触到他与我同样冰凉的手，原来我们是同一类人，没有温度。他搂住我的腰飞上屋顶，再将我轻轻放下。他以往哪里会对我这么温柔，我斜睨着他问：“你是想来道歉吗？”

罗净在屋脊盘膝坐下，双目平视前方。“我知道你受惊了，可当时我也不能堂而皇之地帮你。”

“你是怎么令长庆王不追究的呢？”

“这还用问我？你不是有位贵人么？”

我琢磨了会，歪着脑袋问：“你是说容华？他是翰林院学士。”

罗净目不斜视，“他说，你就信？人总爱说谎，说一句谎话，要编造十句谎话来弥补，何苦呢？”

我不满道：“你是出家人，怎么疑神疑鬼的？还有，你为何会做了长庆王的食客?"

他犀利的目光扫过来，又收回去，"这个你不必知道。我想，你有机会的话，早日出宫，这里不是你待的地方。"

"我当然会出宫，我还要报恩呢!"

罗净语含嘲讽："还想着秦朗坤？你打算怎么报恩?"

"以身相许!"说完，我才发觉自己衣衫不整，方才从床上爬起来也没披件外裳。

罗净冷眼将我打量了个遍，居然说："你这副身板送上门人家也不见得要。"

我气急，猛地推了他一把，结果他一时也没防备，就这样滚下去了。幸好他会功夫，安全着地。我小心翼翼趴在屋檐嘟喃："大师，我不是故意的……"

他站在月光盈盈的庭院里，似飞仙一般腾空跃起，落在对面的屋顶上，朝我笑道："贫僧岂是小气之人？施主继续赏月罢!"

"哎！哎……"我唤之不及，他身姿颀长，颈部尤其好看，赤裸的脚尖轻轻点着波光粼粼般的琉璃屋顶，似一只白鹭飞入夜空。可是他就这样走了，我怎么办?!

31

晨曦刺目，醒来时浑身酸胀，才发觉在屋顶上凑合了一晚上。罗净还真把我扔在这一整夜，真是无良的僧人！屋子坐北朝南，侧身刚好见到初升的朝阳，从天地一线间渐渐升起，染遍了天际的云彩，那颜色真是瑰丽，刹那间，一缕缕金光穿云透雾照亮了整片大地。

"你看，凡间的景色多美。"

我被这冷不丁的声音吓一跳，回头瞪着他："你又在这里!"

他坐在最高处，依然是昨日的粗布白袍，沐浴在晨光中，颈项好似绣上了一道金边，肌肤呈现更深的蜜色。我傻愣愣看着他，好看的东西，我总是喜欢多看会。

他也看着我，语气平和："在天上，根本没有白昼交替，没有日出日落、月圆月缺。你就这么想成仙么?"

"不成仙，我来做什么?"

"做人。"他修长的眉一挑，又多了几丝风情。

"人一点也不好做，要受委屈、受欺负、受惊吓……还要忍受好多。"

"你可以选择平凡的日子，找一个值得托付的人，有情有爱地过一生。"

"一生完了之后呢？我也就完了！"

"用一千年修行换一生恩爱，不划算么？得不到的东西，你会一直以为他是美好的，那是因为你对他了解太少，没有时间与他相处在一起。当有一天，你深入了解后，你会发现原不是你想象中的那么美好。"

"你是说秦朗坤不好么？"

罗净细长的眼闭了起来，轻唤："于归……"

我感到惊诧，他第一次唤我的名字，可是这一声呼唤，却暗藏玄机一般令人猜不透。

"一年之后，我会问你同样的问题。"罗净的神情不再冷漠，朝阳映在他双瞳上，如跳跃着火苗一般，我想起江南的某个春日，那时候他的眼睛是桃红的，像现在一样艳丽迷人。我失了魂，待清醒时，又剩我独自一人。找个值得托付的人，有情有爱地过一生，大概这也是不寂寞的一种方式。

沈云珞身子好了起来，虽然整日还是不言语，终究能下床走动，时不时也在院里晒晒太阳。我见她那样子实在担忧，生怕她又做出什么事来。夏青命我和凌湘轮流盯着她，夜里也给房间上锁。她倒是没反应，惹得吴千雁怨言颇多。后来夏青又将屋里其他人调走了，命我和沈云珞住在一起，也好照应。我直打哆嗦，她哪天不高兴了半夜起来吓我，那可要命了。

夏青唤我："于归，后天便是立夏了，给各位采女的衣裳配饰今日该备下了，你去领一下。"

"哎！"我巴不得出去走走，刚起身，迎面走来的凌湘眼神古怪盯着我，低声在夏青耳边说了句话，夏青又改了主意："你别去了，凌湘去罢。"

我皱着眉头，为什么，又怕我乱跑么？

夏青踱着步子到我身边，似有似无说了句："去宫门口，有人找你。"说完，又擦身而过了。

何事要弄得这样神秘？我跺跺脚跑出去了，却见容华、不，应该是华容添正在阶下站在，一把折扇在手中轻摇，风度翩翩。扇面上墨黑的“逍遥”二字极为瞩目，我“噗嗤”一声笑了，“公子即便是再逍遥，也不必如此招摇！”

他收起扇子，含笑看着我，“你……无恙吧？”

“啊？”我不解。

“前几日，长庆王……他行事未免太过荒唐，你今后少与他接触。我事务繁忙，才迟几日来看你。”他一面说着，一面领我往园子里走，穿过这园子，便是翰林院了。只觉得心气翻腾了一阵，秦朗坤就在那里，我究竟何时才能见到他！

“于归……你可是怪我？”

我蓦然回过神来，愣愣望着他，“怎么会？公子可是帮了我。”

华容添脸上是一如既往的惬意笑容，目光宠溺：“你方才不说话，我还以为……你不开心。”

总不能说我在想秦朗坤吧，于是又撒谎了：“只是想起来，很害怕……”忽然觉得自己是个大骗子。

华容添眉头紧蹙，关切问：“他还是碰了你么？别怕，你告诉我，将来，我都会帮你讨回来。”

我狐疑看了他一会，然后滔滔不绝把所有的经过详细讲了一遍，只是省去了不寻常的细节——比如说法术。讲完之后，我居然气喘，拍拍胸口说：“就是这样，我回去之后，狠狠洗了手腕和下巴，恨不得将皮都洗破了。”

他似是心疼我，目光楚楚，“你受惊了，以后有我在，没人敢欺负你。”

32

前边一大片灌木长得正好，旁边种了些木槿花，夹杂着蔷薇、紫藤，姹紫嫣红，如一团彩云嵌在绿茵茵的园子里。我心中欢喜，跑过去嗅那些自然的芬芳，“真好看。”这样的风景，这样的天气，好想窝在那花丛里睡上一觉。

“呵呵，这些花虽然名贵，我却觉得不及郊外的桃花好看。”说着，他看向我，“桃花开得最真，娇艳红润，热闹得肆无忌惮。”

我被他夸得不好意思，垂头笑着，“难道公子不觉得桃花俗气？”

"大俗大雅，雅俗共存。"

他见我笑得欢，信手要摘一朵花，我忙制止他，"公子，花儿也是生灵，你摘了它，它会疼的。"

"疼？"

他深邃的眼眸此刻浅浅地倒映出我的影子，我认真解释："它们和人一样，会疼的。人会流血，树也会流血，只不过透明如水，人们不知道那是血。"

他收回的那只手，轻轻捏我的耳垂，很痒，我躲了一下。他英气的脸庞忽然变得凝重起来，低声问："你没耳洞？"

我不知该如何答，只是望着他。

他继续揉捏我的耳垂，双眼渐渐眯起："我喜欢……完美无缺。"突然将我拥在怀里，柔柔的、带着馥郁芬芳，他迷糊的言语吐在耳畔，"你总是……这样看着我……叫我如何抗拒？于归……"

我陷入了一阵迷醉，他紧紧地搂住我，身子贴在一起，那种温暖直入骨髓，太过透彻，教人不忍推开。他的唇在我耳边亲吻，湿湿的、热热的，我顿时浑身绵软，滑倒在他怀里，似要晕过去一般。

他被我吓着了，连忙扶着我，"于归，你怎么了？"

我站直身子，甩甩头，"我……有点晕。"

他让我倚靠在他臂弯，那是安全而温暖的所在。替我轻轻扇着风，私语般暧昧："我吓着你了？是我太无礼。"

我不知为何浑浑噩噩，答了句："我是真的晕。"

看着眼前的繁花似锦，闻着他身上特殊的香气，渐渐清醒过来，为什么不推开他？我要嫁给秦朗坤，我要化劫飞仙的！我一个激灵推开他，惊慌失措逃走，一边喊："不行、不能这样！"

他却还站在树下望着我笑，一手摇着扇子。衬在一片浓妆淡抹的花叶团簇中，风流无尽。

全然乱了分寸，我逃似的回到絮华宫，一头钻进屋里，愣愣看着在案前绣花的沈云珞。她近日一直这样安静，不闹事也不搭理人，眼皮也不抬一下，突然开口问："你怎么了？"

我回过神来，收敛了慌张的神色，"小姐，我想睡个午觉。"

"睡吧。"她淡淡说，"气喘的那么急，热吗？"

"啊……不热。"我迫不及待爬上床，放下罗帐，掏出绢帕用力擦耳朵，可是越擦越烫。回想起来，还是晕晕的，华容添……他该不是像长庆王一样看上我了吧？越发烦闷，掀开帐子一条缝，朝外头问："小姐，如果一个男人对我意图不轨，那该如何？"

沈云珞手下飞针走线，轻声说："看是什么男人了，是你喜欢的，还是不喜欢的？你不会又碰见长庆王了吧？"

"没有……"

沈云珞的目光瞥过来，"那你脸红做什么？"

我连忙放下帐子，双手捂住脸。可是仍然百思不得其解，日后见了华容添，该怎么办？

我回到昨日那园子里头，华容添早已不在。可是昨日发生的事情时不时在眼前浮现，像一根毛刺扎在我心里，隐隐地不舒服。我沿着石子路随意走着，不知不觉已经穿过花园，前边的宫墙之后，便是翰林院。

四周观望一圈，这里极其冷僻，一般无人进来。我寻了棵粗壮的槐树爬了上去，隔了座宫墙，躲在枝叶里遥望翰林院。这些天一直待在絮华宫，最远到过御花园，哪里知道皇宫的气势如此磅礴。我张大了嘴，贪婪看着眼前林林总总的大小宫殿，长廊迂回，飞檐高耸，偶尔有两三个着朝服的官员走过，树木葱郁间，隐隐绕着宫廷乐声。从未见过这般景象，真舍不得移开视线。秦朗坤也在这里面，只是这么多宫殿，我要如何找他？

就在我望洋兴叹时，墙根下突然冒出一个人头来，自言自语："就是它了，没错……"

我又惊又喜，大呼："秦公子！秦公子！"真是得来全不费工夫。

秦朗坤回身扫视了一圈，神情严肃。他清瘦的身躯被裹在宽松的朝服里，不堪重负似的。我还是喜欢他穿布衣，戴方巾的书生样子。拨开一丛树枝，我探出半个身子冲他招手："是我，于归！我在树上！"

33

秦朗坤看我的目光惊诧不已，见四下无人，方走近了，急切问："我赶回苏州时，你们已经进宫了。若不是那一场雨，我娘早已去沈府提亲，天意弄人！真是天意弄人！"

他和沈云珞一样怨天尤人。我只能答："事已至此，公子，还是顺其自然，莫要强求了。”

他突然问：“你为何不早与我说你是她的丫鬟？”

我一时哑口，绞尽脑汁，为自己编了个理由：“于归出身卑贱，怕公子瞧不起……”

“你怎会这样想？我岂是嫌贫爱富之人？你帮过我和珞儿，也算我的恩人。”

我听了满心欢喜，他是我的恩人，我也是他的恩人。这样多好！

秦朗坤就立在墙角下，半晌没动静，哀恸闭上眼，低声问：“珞儿可好？”

“她郁郁寡欢，终日不言不语，想就此在宫中捱过一生吧。”

“珞儿进宫的事，是有人捣鬼。我连累了珞儿……”秦朗坤自责不已，左手拈了一根草微微颤抖。

我的心也随着他发颤，沈云珞进宫，完全是我的错！若不是我对华容添撒谎，他也不会弄错了人。“公子，这怎么能怪你？”

“是蔺水蓝，他非要逼得我无路可走。”秦朗坤咬牙切齿，将手中的草捏折了。

蔺水蓝？记得沈云珞提及过此人，相国公子，任京兆尹一职。“公子，你如何得罪他了？”

“此等小人，不提也罢！”秦朗坤白皙的面容因愤怒而涨红，扭头见远处有人过来，匆匆与我说，“于归姑娘，明日酉时三刻，我们在此会面。我有要事拜托你！”

“公子的事，就是我的事！你去吧，有人来了。”我赶紧躲回枝叶中，透过密密的缝隙，见秦朗坤朝一所殿里去了。那匾额上写的是“藏书阁”，我抿唇笑了，明日酉时三刻，他约我。心里头甜滋滋的。

春色淡远，鸟雀啼啾。花风如扇，绿叶成荫。

立夏这日，既是宫宴，亦是决定絮华宫那群女子去向的关键时刻。繁复的仪式在嗡嗡乐声中开始，我们随着夏青，一行人婷婷袅袅走入御花园。我也不敢乱瞄乱看，低垂着头跟在最后面。朝皇上皇后行过大礼，伺候各位采女入座，我们小宫女又退避三舍，远远候着。

真好奇皇上是长什么样子的，玉帝我是没见过，见见人间的皇帝也好啊。可惜夏青正襟而立，将我挡了个严实。

宫廷乐曲气势恢宏，在天地间奏鸣。内侍一声声尖锐长调的传令，显得格外刺耳。忽然一声熟悉的称谓入耳，那内侍喊道："请：长庆王入座——"

我腿一软，几乎跌下去，幸好有夏青挡着，这辈子我都不想再见到那张可怕的脸。

"请：逍遥王入座——"

咦？原来不止长庆王一个王爷？我好奇想探头看看，身子刚倾了一点点，只听得夏青沉声喝道："别乱动！"

我乖乖归位了，瘪着嘴。人家没见过场面，想见识一下都不行……

这时内侍又高喊："请：玉临王入座——"

我按捺不住，还是抬头去看，怎么又来一个王爷？

"于归……"夏青微微侧头，嘴唇似启非启。

"知道了。"我垂下头，满不情愿地窝在角落里。不到十丈的距离，可是那场繁华盛事与我们毫无关系，这便是宫廷，尊卑分明的地方。

祭夏仪式比我想象中持久，树影从斜长渐渐变得粗短，直到听见内侍宣布礼毕，我长长吁了口气。阳光刺得人眼睛都睁不开，内里的亵衣黏湿，浑身不好受。听着那些歌声舞曲，仿佛看到了觥筹交错间多少动人的容颜都在祈盼圣上的目光垂落，哪怕是不经意的一瞥。

忽闻一阵粗厚稳重的嗓音："这样喝酒，未免乏味，众卿？"

另有一满含风韵的女声附和道："皇上既然觉得乏味，不如，咱们来行酒令？"

我暗自忖度，这便是皇上与皇后？行酒令又是什么？

"皇后好雅兴，只是臣粗人一个，哪里会你们的雅令，这不是存心叫我出丑么？"这是长庆王的声音，我掉了一地鸡皮疙瘩，虽然是笑语，但令我觉得毛骨悚然。心里狠狠咒了他一番，又听得皇后说："长庆王，你酒量深，不会雅令，喝酒还不成么？今日皇上可拿出来珍藏多年的桃七酿，长庆王可要喝得尽兴！"

长庆王答："桃七酿？当年唐七公子酿的绝世好酒，也只有宫中存留了。"

皇上叹道："是啊，可惜那唐七公子年仅十二就……真是天妒英才。唐家之后酿的酒，再也不是最初的那股酒香。"

唐七公子？我努努嘴，姓唐的我不喜欢，指不定是唐伯虎的亲戚，摘桃花卖钱的家伙。这桃七酿也是用桃花酿的酒罢，他们倒是喝得开心，可怜了那花儿。

34

“好好的，莫提伤心事！”皇后笑着说，“皇上，看御花园虽百花争妍，可是人比花娇。不如，臣妾就当一回酒令官，今日就行‘飞花令’！可不是寻常的飞花令，每人说的七绝诗中必须有花名，且那花与人相映才行！”

“哦？有意思，花与人如何相映？”皇上的音调提高了两分，显得兴致盎然。

“皇上，且听着，臣妾的诗是：庭前芍药妖无格，池上芙蕖净少情。唯有牡丹真国色，花开时节动京城。”这诗连我都能懂，皇后无疑是先占个头魁，牡丹素来雍容大方、富丽堂皇，大约是暗示她的地位无人能争吧。

“大家可明白了？现在就从西座的絮华宫开始吧。”她声音朗朗，却令絮华宫一干人紧张不已。我这位置，恰好能看见吴千雁和沈云珞还有另外几名采女，吴千雁向来临危不乱、镇定自若，沈云珞则是淡漠如常，因此也没有特殊的反应。倒是其余几人，身子明显有些僵。

上边第一位采女接道：“多谢花工怜寂寞，尚留芍药殿春风。”

多聪明的女子，谦虚而知足，可表露得未免太过明显。

第二位忙不迭接道：“芙蓉生在秋江上，不向东风怨未开。”

才轮到第二个，芍药和芙蓉便都出来了，她们是太过心急？还是过于惧怕皇后？

“日日春光斗日光，山城斜路杏花香。”

“海棠不惜胭脂色，独立蒙蒙细雨中。”

“五月榴花照眼明，枝间时见子初成。”

“……”

“……”

行的是飞花令，便是咏花的诗句，既要将自己像花儿一样呈现出去，却又不能昭著，果然是很难的题目。大家事先猜测会是怎样的形式，不想考的不仅是才华、更是心境，还有机智。

逐个轮过，大都是避重就轻，除了开头的芍药和芙蓉的诗句意思明了，其他越加低调。

我看得入了神，不由从夏青身边探出脑袋去，看着这一幕平静的厮杀。吴千雁起身，朝座上的皇上皇后行礼，然后念道："一树梨花一溪月，不知今夜属何人？"

我能从夏青的鼻息里听到几丝笑意。吴千雁颇有胆色，只是这样将颜面拼却，不知结果会怎样？

四座鸦雀无声，半晌，皇上爽朗笑起来，答道："东边日出西边雨，道是无晴却有晴。"

我皱了眉，这是何意啊？皇上说话怎么模棱两可，叫人如何猜？

轮到沈云珞了，我不由替她捏了把汗。削瘦的身子裹在湖绿缎裙中，臂弯悬挂的绫绡飘扬，似弱柳扶风。一刹那，我又想起了秦朗坤，他们原是天作之合，是我拆散了他们。

沈云珞犹如病态，细弱的嗓音绵绵无力念道："春色三分，二分尘土，一分流水。细看来，不是杨花，点点是离人泪。"她的音色夹杂了明白无误的闺怨，我顿觉心中凄紧，她怎么可以……这样表露心迹？

一时噤若寒蝉，大概是皇上的脸色不好看，众人大气不敢出。这沈云珞，当真是破罐破摔。

我急得焦躁难安，席间突然有人大笑道："罚酒！这可不是七绝！皇后，臣弟没记错罢？"

皇后顺势道："对，本宫说了要七绝。坏了规矩，当罚！"

"民女受罚。"沈云珞动作麻木，抬手饮了杯酒，得令后坐下。

皇后为清减凝重的气氛，继续调笑："逍遥王素爱附庸风雅，不如，先请王爷来对上一首。"

我听见一声折扇"啪"地打开的声响，才惊觉方才的声音很耳熟呢！忙伸长脖子去看，对面站起来的男子，不是华容添么?！我不禁张大了嘴，扇子上"逍遥"二字格外醒目，逍遥王!？他又骗了我……不过，我骗他的也够多，罢了，扯平。

华容添温雅的目光忽然投向我，笑盈盈道："桃之夭夭，灼灼其华。之子于归，宜其室家！"

皇后温和笑道："王爷，你这不也是坏了规矩？方才说的话，眨眼就忘了?"

"非也，臣弟只为贪多一杯这绝世桃七酿！"他朝北面举杯，复又正对我，呷了口酒，道："好酒、好花、好人……不知絮华宫那位美丽的姑娘如此深情地看着本王，是否也贪这一杯酒？不如你也说一句诗。"

夏青冷不丁转身，眼神在阳光下竟然火辣辣的，烧得我脸红。我往后缩了脑袋，喃喃："我不知道他能看见我。"

"那么你出去罢。"夏青二话不说将我推了出去，我当即愣了，紧张地吞咽口水。如此场面，华容添想干什么？我敢说，这是我做人以来见过最多的人！

35

我从夏青身后迈出去，迎着百余道目光，走到沈云珞那一席，低垂着头向皇上皇后行礼。

皇后问："免礼，你叫什么名字？"

"奴婢于归。"

"于归？真不知该说你名字好还是逍遥王念的诗好！你也说句诗吧，想到什么说什么，有逍遥王这位惜花人在，你就大胆说。"

我侧目瞪了华容添一眼，明知我连字都不会写，哪里背得出几首诗？这存心是害我。搜肠刮肚，我唯有随口胡念了："桃花一簇开无主，可爱深红映浅红。"

念罢，许多人都笑起来，我不明就里。皇上粗厚的声音边笑边对我说："小丫头，朕且将你这无主的桃花赠与逍遥王，今后可不能这么说了！不怕驳了逍遥王爷的面子么？"

听着周围的笑声，我窘迫极了，脸颊如火烧一般。

皇上和蔼道："赐坐。"

当即愣住了，不知该坐哪里。听夏青在身后说："去逍遥王那。"赶紧迈着碎步子匆匆赶到华容添身边，像经历了大劫一般身心疲惫。这么多人看着我，那些目光足以将我烤焦了。我低声埋怨："你成心叫我难堪是么？"

他的手悄然从案底伸过来，紧紧抓住我的手，"皇上看中了沈云珞，她是安身立命了，你也该离开这是非之地了。"

我忍不住扭头盯着他问："你怎么知道？"

"我当然知道。"他笑得很神秘，又反问我："我问皇上讨你，你却答了句什么？"

我小声嘟喃着："我根本就不会几句诗，胡乱说的……"

他轻笑，笑声就荡漾在我耳畔，温和且迷人。他捉住我的手不放，一脸自在，"你真是可爱。"

“公子、不是，王爷，皇上会对她好么？”

“你还是唤我公子罢。”他斜睨着我，目光里分明有几分醉意，“你不知道，你唤公子的时候，有多动听……”

我便低头笑着说：“你也不知道，你看我的时候眼神有多奇怪。”

一通行酒令之后，宫宴热闹起来。趁歌舞缭乱之际，我拉拉华容添的衣袖，“公子，我想看看皇上长什么样子。”

“呵呵，你看便是。”

“看不清楚。”

“你还想凑到他面前看不成？”

“那我不是白来了么？”

华容添正饮着酒，手忽然顿住了，语气低沉：“难道你进宫是为了见皇上么？”

我察觉到他面色不悦，华容添几时变得这样阴晴不定了？我低声央求：“我乃粗鄙小民，得多大的福分才能瞻仰到圣容啊！王爷，你就给我制造个机会，让我见见皇上皇后。”

他嘴角轻扬，更加用力捏着我的手，“这可不像从你嘴里说出来的话。”

“公子……容公子、华公子、王爷、逍遥王爷……”

他耐不住我软磨硬泡，无奈应道：“好好……下回带你去看，今日可不行。”

我乐颠颠笑起来，听得他微醺的话语吐在耳边：“灿若桃花。”

忽然注意到侧面座上一个半大的小孩，不过十一二岁，神态举止却端着十足的架子。我用指头挠了下华容添的手掌心，努努嘴问：“那边的小孩是谁？”

“玉临王。先皇驾崩时，他才出世，他母亲也追着先皇去了。因为他最小，皇家所有的人都是极宠他的，他也着实是天赋异禀，年纪虽小，心思缜密、处事谨慎，有先皇遗风。”

“小孩子，要那么谨慎做什么？”我摇摇头，又笑嘻嘻问，“那你呢？逍遥王？”

“本王，乐在逍遥。”说着，他一手又打开了折扇，我趁他不备将自己的手抽回来了，双手交叉在胸前，得意洋洋炫耀：“捉不住我了吧？嘿嘿！”

他不禁失笑，这张英气十足的脸上从未出现过这样放肆张扬的笑意，我傻傻看着他，阳光款款洒满他全身，真的很好看。

这时候，皇上突然发话："皇后说得没错，许多年未见逍遥王如此开怀。看来是这位佳人令四弟如获至宝，朕必须给予嘉奖才是！"

华容添稍稍收敛了笑声，却不减笑意："皇兄说的是！"

皇后笑答："那便正好，于归，来一起领赏罢！"

我才注意到，沈云珞和吴千雁正俯首跪在前边。我也离席，与她们一并跪着，皇上赐每人一壶桃七酿，三人一同叩谢圣恩。这一刻备受众人瞩目，托盘里的白玉壶娇巧玲珑，袅袅酒香似四月桃花熟醉，我抿唇笑看向身边的吴千雁，她亦回我一笑，再倾了些身子看沈云珞，她明眸低垂，仍是一派说不出的淡漠。

我心头一紧，手不由颤了两下，沈云珞，你为何总是叫我心疼。

36

回座，隔着窈窕若仙的宫廷乐舞，我凝视沈云珞脸上残留的零碎哀怨，她空乏得不像个完整的人，仿佛只剩一副皮囊。这歌、这舞，那诗、那酒似乎都与她无关，只有远远隔着几道宫墙的秦朗坤，才能将她点燃。

华容添将酒递到我唇边，"于归，你尝一尝这绝世佳酿。"

我竟然落泪了，清泪滑过脸颊，滴在酒杯里，溅起醇醉酒香，"公子，我暂时不能走。我要看着她好起来。"

华容添怔了怔，将杯中酒一饮而尽，"杨花付诸东风，无力挣扎，却能入土发芽，落地生根。"

"可我害怕……她形似杨花，却韧如蒲苇。公子，我不能丢下她。"我要亲眼看着她安身立命，才能放心去找秦朗坤。

"那……好吧，你何时想出宫了，再与我说。"华容添趁着醉意揽住我的腰，不经意想起前日花园的事，一个激灵推开他，结结巴巴说："公子！其实……我、我有喜欢的……"

"三弟！"长庆王好似从天而降出现在面前，皮笑肉不笑说："我来恭贺三弟觅得佳人啊！拣日不如撞日，今日就纳入王府？"

华容添似醉非醉，笑呵呵道："不急，好酒须得细品。何必一口吞下肚，连味道都不尝清楚？"

“那是，三弟对付女人可比我在行！二哥我粗人一个，只晓得霸王硬上弓，改日还得虚心讨教讨教！”说完，长庆王狂笑不止，黝黑的皮肤在阳光下发亮。我对他厌恶至极，也不知罗净怎么会做了他的食客！

长庆王走远了，华容添兀自饮酒，低声说：“你在宫里我不放心。”

“我就跟在小姐身边，哪儿也不去。”

“所以才不放心。”

“为何?”我不解地问。

他转头盯着我，深邃的眸子里似是含了些嘲讽，“长庆王倒是提醒了我，霸王硬上弓的主又何止他一个?”

我笑容一僵，他在极力掩藏哀伤，这一刻我用了法力去窥探他的内心。只见一名女子站在琼花丛中，白衣胜雪，笑容甜美说：那我嫁给你可好?

她是那样纯美，令我自惭形秽。那是他心里的沉痛，也是深爱吧?

猛地从幻境中出来，我喘了口气，好奇问华容添：“长庆王说要你纳我？莫非你娶了妻室么?”

“没有。”他垂目望着桌上的白玉酒壶，半晌才说：“于归，我可以纳你，但不能娶你。”

我笑着摇摇头，原来凡间的男子竟是这样践踏女子的尊严。

“你不愿意?”他剑眉紧蹙，显然觉得意外。

我答：“不愿意。”别说给他做妾，便是皇上要娶我当皇后，我也不干。秦朗坤和沈云珞注定无缘，本小妖的机会来了，谁也别想挡我的成仙道。

华容添这回笑得神色复杂，眼神更加深邃。席间他也没再看我一眼，我便也沉默着。只在临了的时候，他淡淡笑着说：“罢了，就当我做了场桃花梦。”那一刻他的话传入我心里，竟是酸涩的。好一场桃花梦，他可以毫不费力将真切的我化为虚无，原来我们之间的交情也不过如此。

宫宴结束后一个时辰，圣旨便紧跟着到了絮华宫。沈云珞、吴千雁二人被册封为美人，正四品；那芍药和芙蓉等四人为六品宝林，其余的被分派各个殿所为七品御女。

众人领了赏赐之后，叩谢圣上隆恩。我也在列，因为我也有一份赏赐。

回到屋里，掀开盘上的红绸，竟是六根玛瑙簪，红润扁平，端上雕的镂空桃花纹，真是稀罕之物。好奇去看了沈云珞的，同样是六根簪子，翡翠绿莹，末端的柳叶栩栩如生。她却理也不理，自己坐在案前接着绣花。

我两手将所有的簪子都抓了起来，嘻嘻笑着问："小姐，你看这些多好看！"

吴千雁此时刚好进门来，手上托的盘子里也是六根簪子，上好白玉，雕的是梨花。她将托盘搁下，笑答："这是百花簪。"

"什么意思？"

"皇上早年命巧匠打造了一百副簪子，模百花神韵，各具形态。之后，这些簪子渐渐被赐出去，我们收到的，便是其中三副。"吴千雁拿出三支，举着对我说，"但是并不是得到簪子的人就能佩戴。本朝能佩戴六根簪子的，是正一品妃，佩五根簪，是二品昭仪，依此数下去，我们四品美人，自然只能戴三根簪子。"

我将手里一大把的簪子都放下，哭丧着脸说："我没品级，那就是不能戴了！干吗要赐给我？"

吴千雁故作吃惊道："咦？好像王妃也是一品夫人哦！你呀，比我们戴的还要多！"

"你胡说……"我跺跺脚作势要去打她，吴千雁却一本正经说，"如今我们三人要相互扶持了，在宫里，可是步步为营。"说着，我们俩同时侧头看沈云珞，她依然是一副事不关己的模样，心思既不在绣花上，似乎也没听我们说话。这个女人，大概已经得失心疯了。

吴千雁无奈摇摇头，低声对我说："于归，劝她想开些。在宫里，得学会利用机会，这一次我们三人走运，下一回还不知轮到谁。趁风水轮还没转走，我们必须齐心往上爬，否则将来便是让人踩死。"

我手一抖，险些摔了簪子，怯怯望着吴千雁问："真的么？要被人踩死？"

"是。不过你大可放心，逍遥王今日问皇上讨了你，总有一日会接你出宫。"吴千雁朝沈云珞努努嘴，"可是你得帮帮她。"

蓦的恍然大悟，吴千雁是想要个伴儿吧？独自一人在宫里孤立无援确实很难，如果沈云珞得宠，而我真的做了王妃，她好似也更有了地位。

待吴千雁走后，沈云珞开口说："我不想迁走，这里离他最近。"

想有何用？华容添说的对，柳絮无法抗拒东风。

第五章　夏初临

37

酉时三刻，我如约爬到那棵树上，一眼看见了墙根下的秦朗坤。顿觉欢喜，冲他挥手大喊："公子！公子、我来啦！"

日渐西沉，绮丽的落霞染透天际，一层深一层浅地铺陈过来。秦朗坤被笼在金紫的光芒中，渐渐转身，他脸上却被官服映出忧郁的蓝色。翰林院空荡荡的，殿前一座宝鼎香焚，青烟冷淡。

"咦？今日翰林院怎么如此冷清？"

"立夏日，皇上给众臣放假了。"秦朗坤仰头望着我，眉头紧蹙，"宫宴早都结束了吧？她怎样了？"

"嗯……小姐被封为美人，明日便要迁往裕华宫。"

秦朗坤的身影在暮色中僵住了，西天的光华由炫转暗，他的脸庞变得模糊了。我心口抽紧，声音发涩道："公子，也就只能这样了。你们还是……相忘于江湖罢。"

他苦笑两声，喃喃自语："相忘于江湖……相濡以沫……执子之手，与子偕老。"

"公子！"我甚至想跳下去安慰他，可还是忍住了，把心一横说，"你们之间应该了断，否则对彼此没有益处。"

秦朗坤转身，对着夕阳，一线富有磁性的嗓音低低吟唱："原来姹紫嫣红开遍，似这般都付与断井颓垣。良辰美景奈何天，便赏心乐事谁家院？朝飞暮卷，云霞翠轩，雨丝风片，烟波画船。锦屏人忒看的这韶光贱……"

他舞着衣袖，步履蹁跹，自顾自在高墙之内咿呀唱戏。我看呆了，为何他要生得比女子还要柔美？我又为何偏偏喜欢他？恩人，你可不能再这样下去。

我大声唤道："公子，这《牡丹亭》，你应当与别人唱！你们一个为官，一个为妃，今生再无可能！"

他顿住了，然后踉跄跌倒。我情急之中从树上跃入翰林院，扶住他，"公子，你们二人都如此叫人不放心！小姐尚有我照顾，我会好好照顾她，我会让她无病无忧、平平安安！公子更要保重，你还有家人、还有整个秦府。不是说朗朗乾坤、善恶有报么？公子是善人，一定有好报。"

秦朗坤支着身子，垂目问："你怎么知道？是珞儿告诉你的？先父将这样的期许压在我身上，却不知我能否扛得起。"

"公子，于归相信你。"

他琥珀色的瞳仁在夕阳下折射出动人的光彩，我当然相信他，无条件地相信。"你还有许多事情要做。小姐她会明白的，她或许更加期盼你大展经纶，满腹才学能得到赏识。"

"是这样……"秦朗坤点点头，薄唇蠕了几下，恳切道，"于归，告诉她，后宫险恶，万不能轻信他人。尤其要防的人，是淑妃，蔺家没有一个好人。"

我搀起他来，隔着绸缎衣料摸到他的骨骼，瘦瘦的，仿佛一捏就要碎掉。"公子放心，于归会照顾小姐的一切。"

秦朗坤盯了我一会，又抬头看看树，"你怎么下来的？"

我瞪着眼睛答："跳下来的。"

"没摔着？"他围着我瞧了半天。

"没……没有。"我往后退了两步，干笑道，"公子，我该回去了。你也回去吧！"

"可是你要怎么回去？"秦朗坤指了指我身后一道高墙。

我回头，拧眉嘟嘴，想了一会才说："我沿着这道墙找找看有没有树……"

"那我陪你找。"秦朗坤今日很热心，可是怎么能让他看见我上树的过程？小小丫鬟会轻功，岂不是叫他生疑？我忙推辞，"不要不要！我自己去，公子快出宫罢！宫门要关了！"

他恍然道："对，我还在晒书！来不及了！于归，你当心点！"

我用力点头，莞尔一笑，“多谢公子挂心。”

他走远了，我却还在傻笑。为了他，我会待在宫里，直到沈云路振作起来。

夜晚风凉，我敞开窗户收拾细软，沈云路嫌风大，吹乱了她的绣线。我无奈道：“你白天绣就行了，这么晚，哪里看得清？”

“快绣完了，过几日好用上。”

“用在何处？”

沈云路抬眼睨着我，“送给皇后娘娘，皇后最喜欢珍藏苏绣。”

我深感诧异，忙端了案几上的白釉烛台过去看，“你绣的什么？”

“凤穿牡丹。”沈云路纤指未停，华贵的绣线构成一幅精致堂皇的凤穿牡丹图，在众多灯烛下光影斑斓。

我不解地问：“你一进宫就忙着绣这个，是为了送给皇后？”

“我只求平安，不求荣宠。侯门一入深如海，从此萧郎是路人。前途未卜，倒不如未雨绸缪。”沈云路又垂下头去，认真挑着丝线。

我在屋里寻了一圈，拖了把紫檀禅椅过去，关切询问她：“小姐，圆凳坐着多累，这个不是更舒服么？”

她只瞥了一眼，说：“太高。”

我撅着嘴，自己坐下，“你能不能多说几句话？这屋子里明明住了两个人，却像只有我似的。”

“那就当只有你好了。”沈云路依旧不冷不热。我吐了口气，耷拉着脑袋出去了。还有重要的东西落在原来的屋里，该去收拾一下，别被凌湘那小丫头给拾去了。

38

刚出了院子，隔着双廊的花窗，听见吴千雁的声音：“那就多谢夏大人了。”

我停下脚步，笑眯眯站在花窗这边唤：“多谢什么呀？”

月华如练，她们站在一片树荫中，云锦宫装淡淡泛着光。吴千雁脸色稍变，看见我又松了口气，“你躲在那叫人看不见，吓着我了！”

“于归，吴美人位居二十七世妇，你怎么这样不知礼数。”夏青还是那样的脸色，一派凛然。

“我只是路过、路过而已。”我低下头匆匆离去，如今她们俩都是四品，都可以罚我跪了，唉……

窗内昏黄，凌湘在屋里收拾东西，一面哼着小调。

我轻着步子进去，问：“你这是要去哪里?”

“跟你一样，去裕华宫!”凌湘咧着嘴笑，“夏大人将我拨给吴美人了，以后跟着她，我的俸银会越来越多的!”

“为什么?”我一面问，一面在床沿坐下，悄悄从枕芯里掏出了簪子，藏在衣袖。

凌湘神秘兮兮对我说：“皇上喜欢吴美人，不久便要晋升了。”

“这都被你知道啦?”我笑道，“以后你风光了，可要记得我。”

凌湘神气的神情只一闪而过，又恢复了平静，“你来做什么?”

“拿点东西。”我在橱子里找出进宫穿的那套衣物，华容添在苏州赠与我的。

“那衣裳还留着做什么？今后都穿不上了。”

“我喜欢。”我朝她一笑，出去了。那支金簪我觉得珍贵，便藏在枕芯里，现在是否该归还了？而这套衣物，我总有一天要穿上它出宫。

裕华宫有东西南北四座殿，早已住了不少人，沈云珞与吴千雁一同住进了北殿。这比絮华宫冷清多了，偌大的宫里，虽然住了二十几个人，却听不见一丁点声语。我愁眉苦脸打量着沈云珞的寝殿，以后所有的活，都要我干，连个帮手都没有。原以为美人有多风光，还不如夏青，至少身边跟了四个小宫女。

我们的东西并不多，最珍贵的当数那幅凤穿牡丹，我小心翼翼展开来铺在画案上，虽然沈云珞惹得我极不高兴，可她一双巧手就是这么令人着迷。

“改日叫人裱起来。”

“小姐，这个要怎么裱?”

“这大概要送去给翰林院的裱画师……问问凌湘，她应该知道。”沈云珞顿了顿，又盯着我说，“今后要改口了，你总是没规矩。”

我也盯着她看了半天，才恍然想起来，“噢！要叫娘娘!”

沈云珞恹恹道：“我真是想念翘儿。”

我跺了一下脚，怒视她，什么意思嘛!

忙忙转转好几日，才算把裕华宫都摸清了。矮我半个头的凌湘全权当起了我的师傅，哪些人得宠哪些人需要避开，她心里都数得清清楚楚。我也甘愿充当跟班了，去哪儿都随她一道，生怕自己惹祸。

特意拉上凌湘去絮华宫托夏青请人裱那幅苏绣，她今日倒是宽容，一口应下了。我笑逐颜开，偷偷捏了捏凌湘的手，她鼻子里哼哼，竟然向夏青告状："于归她连梳髻都不会，日日清晨叫我去给沈美人梳髻，夏大人，不如让于归闲时来学梳髻，瞧她笨手笨脚的。"

我把手一甩，气呼呼瞪着凌湘，真是知人知面不知心，她和沈云路一样将我往火坑里推！

"于归进宫时日太短，确实需要好好调教。"夏青轻轻捏起我的下巴，朗朗道，"这双眼睛，也不懂得藏心思。你要如何在宫里活下去？"

我把头一扭，发横道："我不会在宫里待很久的！"

夏青淡淡笑了，"你以为王府很好待？"

我也笑，比她笑得好看，"谁说我要去王府？"

"不然，你要怎么出宫？"

夏青语气轻缓，我的笑容却僵住了，完了，得罪了华容添，我怎么出宫去？他不会就把我丢在这里了吧？因为我不想做他的妾，就让我在宫里发霉烂掉？据我这些日子对人类的了解，完全有可能的！顿时有种想哭的冲动，咽喉紧紧的，讲不出话，只是愁眉苦脸瞪着夏青。

夏青神情诧异："怎的这样委屈？我欺负你了不成？"

我瘪着嘴低声说："我想见见王爷……我想……和他说几句话。"

夏青也不知什么表情，坐着的椅子吱嘎响了一声，语气如常，"王爷不是你想见就见的，你每日按时来我这学梳髻，过几日或许能见上。"

我忙不迭应了，朝夏青行过宫礼。夏青微微点头，"这样倒是有点你主子的风范，可是沈美人怎会调教出你这样的丫鬟？"

我垂着头不作声，沈云路是我见着的第一名女子，从一开始我便在学她。可是做人的日子越长，越是不想装得那般娇弱，我是桃花、可不是杨花。

39

午后闲下来，我与凌湘坐在廊里歇息。院里的花草生机盎然，初夏的阳光有些刺目，却让人觉得懒懒地犯困。倚着红漆方柱，斜斜望见对面宫殿的飞檐上立着各种神兽，被日光勾勒出漆黑的轮廓，想抬手比划，还是放弃了。昨日学了一个时辰如何梳髻，至今胳膊都酸痛无比。我一面捏着双臂，一面抱怨：“这里宫女也太少了，我还当在宫里能享福，原来这样劳碌。”

凌湘在嗑瓜子，齿间喀喀响得清脆，粉嫩的唇一撅一撅，“后宫里这么多女人，又不止这裕华宫。美人只能分到一名宫女，婕妤便是两名，昭仪便是四名，若有一日，你主子当上了妃子，有六名宫女伺候，你还是领头的那个。”

我殷殷望着凌湘，神往之。若我当了领头宫女，就不用起早贪黑地干活了。“好凌湘，从美人到妃子，得多长时间？”

“或许两三年、或许五六年，亦或许一辈子都当不上妃。”

这无疑是一盆凉水，在夏日炎炎里将我浇了个透爽。作为报复，我从凌湘瓷碗里抓了一把瓜子，她一脸不高兴：“要吃，问你主子要去！”

我冲她拱鼻子，然后学着她的样子咬开一粒，可瓜子仁没有像她的一样跳嘴里去，仍旧卡在壳里出不来。只好用两指掰开，再把那里面细细长长的仁拈出来。

凌湘笑得花枝乱颤，指着我道：“你不会吃瓜子么？”

刚把瓜子仁吃到嘴里，被她这么一吓，就咽进肚了，丁点味道也没尝出来。这下凌湘笑得更欢了，气都喘不过来。我黑着脸将手里一把瓜子全倒嘴里，连着壳大口大口嚼起来，瓜子壳与木头差不多，味道很好。

凌湘目瞪口呆，“你……你不觉得……难以下咽么？”

我意犹未尽，又从她碗里抓了把塞嘴里，含糊不清道：“真……好吃。”

凌湘见瓜子所剩无几，赶紧揣着碗背过身去，“你太讨厌了！哼，我再也不来找你玩了！”

我忙拉住她：“我有重要的事没问你呢！”

“何事？”她转过身来，把碗藏在身后。

“是不是有位淑妃姓蔺？”

凌湘狐疑盯着我：“你怎么知道？”

“只是听说……我很好奇，那位淑妃娘娘很厉害？”

“皇上最宠的当数蔺淑妃。皇后只育有二位公主，淑妃去年诞下皇长子，无疑是要被立为太子的。况且，蔺丞相在朝中的地位无人能及。”

我不禁为沈云珞捏了把汗，秦朗坤是如何得罪了蔺家人，这下可麻烦了。蔺淑妃这样得势，怕沈云珞将来没好日子过。

凌湘悄悄凑到我耳边问：“于归，你想干什么？”

我斜瞟了她一眼，“我能干什么？沈美人行事乖张，我怕她得罪人。”

“唉……她真够让人头疼，也不知整日在琢磨些什么？还是吴美人好，考虑周详又开朗健谈，对我很是宽容。”

我蔫蔫叹了口气，沈云珞非逼着我进宫来给她当丫鬟不说，还嫌弃我不如翘儿，这是什么人呐……

初晨，殿外喜鹊鸣啾，日光金琐碎。青釉熏炉焚着淡淡的香，若有若无，清新安神。

沈云珞在镜台前坐着，冷冷望着镜中的我，“罢了，不如不梳。”

我累坏了，她就这样说一句话，真是没心肝。为了秦朗坤，我还得哄着她：“娘娘，披头散发像什么样子？就凑合一下嘛……”

“我也想凑合，可是你让我连凑合都不行。”沈云珞自顾自拔了满头珠翠，任青丝散落，“反正我也不出去，你别叫人进来就是。”

我站得腰酸背痛，坐下喝了杯水，“娘娘，那幅凤穿牡丹，明日能拿回来。”

“是么……快十五了，也该去请安了。”沈云珞一双蛾眉似蹙非蹙，目光空洞。

我几度想过是不是要告诉她我见过秦朗坤的事，却又不想给她再添乱，便小心告诉她：“皇后娘娘为后宫之主，应当是大度之人。于归觉得，娘娘要当心的是蔺淑妃。”

“蔺淑妃？”沈云珞明显有些诧异，“是蔺家的人？”

“是，既然公子得罪过京兆尹蔺水蓝，只怕这蔺淑妃也不好惹。”

沈云珞的眼眸似蒙了雾气一样让人看不清，只淡淡地望着我说：“你知道的还挺多。”

“我从凌湘那儿打听来的。蔺淑妃时下最得宠。”

“那与我无关，我只要好吃好喝地过日子，不要圣宠。”沈云珞细弱的嗓音温柔如旧，只是骨子里那种执拗真不似杨柳，而似蒲苇。

40

夏青派人来告诉我绣品裱好了，命我去取。便趁机出去溜一圈，总不想对着沈云珞死气沉沉的脸。夏青大约听我说这是献给皇后的礼物，才上心了，就像她对我客客气气完全是由于逍遥王的缘故。记得书上说，这种人叫做势利小人。

去絮华宫明明有更近的路子，我偏偏绕了远，沿着翰林院那道宫墙慢慢走着，想象秦朗坤就在那里，隔着一道墙望着这边。当然，他一定不是在望我。

透过稀疏的林子，能看见林荫小道上有两名女子走过来，手里捧着衣物，大约是从浣衣局出来的。仔细一看，那不就是裕华宫的宫女么？我并非刻意躲在树后偷听，只是耳朵极其灵敏，几十丈之内的声音皆能听得清楚。

“她们那不叫风光，不过自恃有几分才色，就在皇上面前卖弄！这不，虽然封了美人，皇上却一次也不曾招幸。”

“这都过去十天了，皇上只招幸过一名宝林。或许这批进宫的女子，都不合皇上心意。”

“你不懂了吧？是淑妃霸着皇上，连皇后那，皇上都许久没去了。”

“咱们裕华宫更是清冷，皇上有一年没来了吧？”

“那吴美人的性子，恐怕皇后和淑妃都容不得，哪里会让她有机会往上爬……”

“姐姐说的是，皇后与淑妃虽然斗的厉害，却从不会让旁人得了便宜。”

她们二人渐渐走远，我忿忿道：“小人，在背后嚼舌根！”

“你在背后偷听，亦非君子之行。”这突如其来的话语，惊得我心跳如鼓，转身见一名少年身着浅灰色云锦袍服负手立在我跟前，人儿虽小，但气质雍容。

我盯着他辨认许久，恍然忆起来，“你是玉临王！”话一出口，我方想起下跪行礼，“奴婢不知玉临王在此，冒犯王爷了，还请王爷恕罪。”

“平身。”他吐字极稳，声音还显稚嫩，语气却老成。

我站起来偷瞄了四周，他一个人在这转悠什么？也不带个随从。他倒是先问起我来：“你在此处做什么？”

“奴婢要去絮华宫。”

他微微颔首，“那你去罢。”

我刚要退下，一想似乎不妥，顿住脚步问：“王爷要去何处，不如奴婢先送王爷?”

“本王……只在此处寻找芸香，找到了便回去。”他语气有些局促，毕竟是皇家人，讲话都不能随心所欲，刻板得不像孩子。

“芸香？什么样的？奴婢帮王爷找。”

他抬目瞥了我一眼，一直背在身后的手伸出来，手掌托着一朵干花。洁白，五片花瓣卷曲。我几乎认识所有的花，可这种却好似第一次见。

“王爷寻这花做什么?”

“你不知么？把它的花叶碾成粉，便是用来杀虫防虫的香料。翰林院的藏书阁春季受潮了，许多藏书长了虫子，虽然晒过，但还是不能彻除，所以需要大量芸香。”

“可是，这哪里需要王爷亲自寻找？宫里自然会买来的。”

“此花在中原一带不曾有种植，宫里所有的芸香都是西域进贡的，并不多。今年的已然全部用完了。”玉临王皱起了稚气的眉，“我们也曾经试过栽植芸香，只是屡次失败。去年我在此处洒了些种子，发芽之后长的并不好，没多久便枯死了。可我今日途经此地，隐隐闻见花香，现在又恰好是芸香花开的季节，或许……”

我嘴快问道：“或许有存活的芸香?”

他郑重点头，“只是听说北方不适合种芸香，却无人试过，本王不信他们，唯有眼见为实。”

我狡黠一笑，种花而已，怎能难得倒本小妖？“王爷，奴婢可以帮忙，奴婢进宫前一直侍弄花草。”

“果真?”他眼里流露出孩童的欣喜，“你是叫于归吧?”

“是，王爷还记得奴婢?”

“当然，逍遥王看中的女子，定是有非凡之处。”他脸上浮现一抹深奥的笑意，我就不懂了，小孩子为何要装深沉？而且装得与华容添有那么几分像。

于是与他一同猫着腰在附近嗅着花香，找芸香的踪迹。我忽然注意到他髻上的金簪，雕了精美的花纹，一端有小小的动物的头，与华容添的簪子一模一样。我好奇问：“王爷，你簪子上的是什么头?”

他蹲在那里，仰头望着我，语气不悦说：“那是麒麟，上古神兽。”

麒麟，我只是听说过，应当是尊贵之物罢。我又问：“逍遥王也有这样的簪子？”

“当然，这是先皇赐的。皇兄的是龙，我们其余三人的都是麒麟。”听他与皇上称兄道弟，我头皮发麻，按年纪，他足以当皇上的侄儿。

41

一只白蝴蝶在草丛中翩翩飞舞，我贪玩，伸手便召了它过来。蝴蝶立在我手背，蝶翼一张一合，悠悠享受着午后慵懒的时光。玉临王诧异极了，目不转睛盯着我，声音放得很低，深怕惊扰了蝴蝶，“常人为了补蝶得花多大气力，你是如何做到的？”

“奴婢说过，从前一直侍弄花草，自然就与它们成为朋友了。”我手腕转动，蝶儿飞走了。

他狐疑瞪着我：“本王从未听过这一说。”

我冲他笑容灿烂说：“不知王爷是否听说过孤陋寡？”

他噌地站起来，把我吓一跳，还以为他要做什么，却听见身侧传来华容添的声音：“四弟走远了也不和奴才说一声，他们正急着找你。”

华容添风度如旧，手中握着那柄镀金折扇。我离他不过几尺之遥，能闻见他身上惯有的芳香。那张英俊的容颜似乎散发着冷淡，我看着他发愣。

“王兄……”玉临王又转头皱眉瞪着我，“于归，你怎么见了王爷也不知行礼。”

我如梦初醒，垂着头行宫礼，“奴婢给逍遥王请安。”

“你怎会在这里？”他微笑着，语气疏离。

“奴婢要去絮华宫，途经这里。”

“从裕华宫去絮华宫，不需要走这条路。”

他的话语冰冷，我为何觉得难过？大概是他往日待我太好了，如今教我不习惯，人总是这样善变。心口传来一阵刺痛，我紧锁眉头，沉默以对，从腰间取出那支簪子递给他。我始终低头垂目，双手托着簪子许久，他并没有拿。

皇家之人，想必心眼长得更加复杂，我猜测不出他此刻的神情，只觉得额上渗的汗珠往下淌，微风一过，凉嗖嗖的。在玉临王面前，我终是给了他台阶下：“奴婢于立夏那日宫宴拾得，今日见了玉临王髻上的发簪，方知可能是王爷落下的。”

他大概生气了，逼近我几步，粗声道：“看来你清楚这代表了什么？你就这样践踏本王的心意吗？”

我抬头，惊诧道：“代表什么？什么心意？是王爷想纳我为妾的心意么？奴婢惶恐，万不敢攀龙附凤！”

华容添的脸色呈现出我从未见过的愠怒，我不解。显然一旁的玉临王也面露惊色，劝道：“这宫女不懂规矩，该罚！王兄可别气了。”

手上的金簪被华容添一把夺走了，我莫名其妙望着他愤然离去的身影，问玉临王：“我又说错话了么？”

“皇上既将你赐给了逍遥王，你因何拒绝？”

“我未曾拒绝！皇上赐的，于归怎敢抗旨？在宫里当宫女和在逍遥王府里当丫鬟不都一样么？只是，王爷说要纳我为妾，这我可不乐意了！”我嘟着嘴，身子倚上一棵树。

玉临王嘴唇紧抿，想笑而未笑，最终正色道：“谁说要你去逍遥王府当丫鬟？皇上赐的女子，怎么可能当丫鬟，至少是侧妃，正二品。”

“啊!?”我大惊失色，原来、原来是这样的！皇上将我赐给华容添当妾室？我忿忿不平嚷道：“怎么都是三妻四妾，皇上这么多女人、王爷也这么多女人？这是什么人间呐!”

“可是……逍遥王游江南的时候便看上你了，一封六百里加急派回来恳求皇上令选妃的队伍在苏州停留几日，破例选了商户女子。为了掩饰，王兄还怂恿皇上对太后撒谎，编了个梦，否则你和那位沈美人没有资格进宫。”

玉临王的话令我惊讶极了，我究竟哪里迷住了华容添，令他颇费周折将我弄进宫里来？可是他误会了，从一开始，我便没想要那支极其珍贵的簪子！

“我没见过王兄对女子如此上心，于归，这是你的福气。”

“什么？给人当妾是福气么？”我瞪着玉临王，凡人的想法简直不可思议。

玉临王面带难色看着我：“于归，你果然不同凡响，难怪逍遥王喜欢。他一向是无拘无束的人，喜欢游山玩水，搜罗新鲜玩意儿。”

我冷冷睨着他：“玉临王的意思，于归是件新鲜玩意儿？”

他皱了眉头，清清嗓子说：“不是……也不是这个意思。你是绝色佳人，不是玩意儿!”说罢，他愣了会子，疾步走开，一边叫着，“来人、来人！本王乏了，回宫!”

剩下我又气又愁地在原地跺脚，逍遥王和长庆王都被我得罪了、今后我要怎么过啊！真真想哭，却是欲哭无泪。待我哭丧着脸出现在夏青面前，她被我吓一跳，“于归，你生病了?”

我摇摇头，仍旧是被霜打了一般蔫蔫的，提不起精神。

“脸色那么差。”她皱着眉摸了摸我的手，“手也冰凉，你真的没事?”

“可能是有些乏……无妨，夏大人，我今日不学梳髻了。”

“嗯。”夏青将案上托盘递给我，“在这了，这幅凤穿牡丹真是绝品，不到两个月便能绣出来，连宫中老绣女都为之惊叹。沈美人行事一向出人意料。”

我心不在焉应道：“嗯，夏大人，那我先回了。”

42

端着珍贵的凤穿牡丹在宫里漫无目的走着，脑里纷乱如麻，有书云：快刀斩乱麻。这是叫我斩了自己的脑袋么？为何做人要有这么多的烦恼？只有逍遥王能救我出去，可是我怎么能给他做妾？若是他能令我成仙，做妾也罢，可秦朗坤才是我的劫。我要嫁给秦朗坤、我要报恩、然后成仙。使劲摇了摇头，再三确定了方位，心中怀着对这座皇宫的厌恶，咬着牙往前走。

晌午的日头正毒，我却不知为何背脊发凉，越走越是觉得乏力，腰酸软不堪。难道真是生病了么？我从未病过，想着能捱一捱便能好了，谁知腰间的酸痛愈渐沉重，几乎令我无法行走。

忽然双腿一软，托盘“哐当”一声打翻在地，那幅凤穿牡丹在烈日下眼花缭乱，我蜷缩成一团，脸颊贴着被晒得滚烫的石砖，汗流浃背。

原来不知道生病是这样痛苦的事情，我以后再也不会烦沈云珞生病了，生病真的很可怜。我一个人窝在地上，枕着刺绣，呜呜哭了起来。想用法力，却连动弹一下的力气都使不出。忽然发现凡人原来生得这样脆弱，我忍不住边哭边喊：“白娘子、好痛……白娘子，于归好痛……”

我能察觉到一股热血在流动，或许整个身体只有那一处是热的了，小心掀开百褶裙，见雪白的绸裤已经血迹斑斑。血、鲜红的血！我吓呆了，伴随着一种未知的惊恐，慌张将裙子掩上。

原来是流血了……止住血应该就不疼了吧？紧紧闭目，用尽全身法力，可是疼痛不减，反而加剧。我绝望了，泪水没完没了，那鲜血也没完没了……我会流干血然后死掉吧？可是我不想死……

一阵热风扑面而来，夹杂着我不喜欢的檀香。

罗净将我从地上捞起来拥在怀里，蹙眉问："你怎么了？小桃花？"

我泪眼婆娑望着他，望着他阳光般的肤色，如蜜一般诱人，可是现在没心情看男人了，我止不住地抽泣，说话都断断续续："大、大师……我要死了……你来了，真好……"

"我察觉到你用了很强的法力，便过来看看是否出了事？你受伤了？"

我心中悲伤满溢，吸了吸鼻子，"我流了好多血，我快死了。"

"哪里流血？别担心，我替你疗伤。"说着，他要将我放平，我按住他的手，摇摇头说："没用的，大师……我方才试过了，止不住……大师，临死之前，你能不能回答我一个问题。"

"什么？"罗净的嘴唇在颤抖，紧紧搂住我，素日淡漠的双眸似乎密布了剧烈的沉痛。我禁不住伸手摸着他的脸，哽咽着问："我死了以后，能成仙么？"

他居然动情地抓住我的手，眼里湿润，"你不会这样死！不应该是这样的……"

我也被他的慈悲心肠感动了，强作笑颜说："大师，其实于归心里一直有个愿望。"

"什么……"

我深深吸口气，盯着他的脑袋，"我想……摸一摸你的光头……"

然后，我看见他的神情由悲痛变得疑虑，再变得平静，最后是愤怒，三根手指紧紧掐住我的手腕吼道："你这笨桃花！"

被他这么一吼，我连哭都忘记了，瞪着肿肿的眼睛。罗净似乎想狠狠将我摔在地上，整张脸都在抽搐，矛盾了许久，终于将我打横抱了起来，黑着脸低声说："你不会死，更不会成仙！"

我喏喏无力道："你要带我去哪里……哎哎……我的凤穿牡丹……"

最后，我窘迫地窝在一个和尚怀里，手里拎着湿嗒嗒的刺绣，这般狼狈出现在华容添面前。罗净是用飞的，直接落到华容添的寝殿，幸而没有其他人看见。当然华容添还是吃惊不小，前一个时辰我还在惹他发怒，现在就有了报应。

华容添急忙请罗净进殿去将我安置在他床上。那紫檀六扇屏风我认得，正是上回来过的地方。

罗净冷着脸，垂目解释："情急之下，贫僧只想得到王爷这处。"

"罗净师傅，你今日不是为太后讲经？怎么……"说着，他狐疑看着我。我原想说我要死了，可罗净方才发火说我不会死，我还是闭嘴好了。

"我也是凑巧遇见她，王爷，贫僧多有不便，先行告辞了。"罗净如一阵风从我眼前消失，华容添追出去了，我紧紧攥着绣品，侧耳听见华容添说："师傅慢一步！她究竟怎么了？"

罗净的声音发涩，"月信，大概是初次，她不懂，亦害怕。"

"什么？"华容添的语气一开始很惊讶，随后笑起来，显然我生病他笑得很开心，"她岁数不小了，竟然不懂。"

"劳烦王爷了，贫僧还赶着去给太后讲经。"

"有劳！"

43

华容添双手负在身后踱步进来，嘴角挂着笑意，眼睛也弯弯眯成一条缝。他将我反复打量好几遍，似是很惬意道："也难怪你不解风情。"

我忐忑不安迎着他的目光，几乎想抓起被子将头蒙起来。不过，我还是大胆而好奇地问他："月信是什么？"

他又笑了，笑得很促狭，柔声道："桃花癸水，按月而至，如潮有信，故称月信。"

我听得一头雾水，华容添取下我手中的绣品搁在案儿上，替我放下床帐。"你先歇着，我命人来帮你。"

"公……王爷，你不生气了么？"

隔着淡黄的轻纱，他双眸中笑意更甚，"跟孩子生气，何必。"

"这是什么地方？"

"我为皇子时住的殿所，皇兄一直为我保留。"

看他的神色，我确信自己没事了，月信、是月信。

当我从老宫女嘴里完全听明白是怎么回事，从今往后便再也不想听见这个词。同时我也明白了另一个词的含意：丢人。

在华容添寝殿里沐浴更衣，整个人也被薰上了他的香气。他告诉我，这是龙涎香，皇上用的。

“皇上用的，王爷也能用?”我窝在床上不敢动弹，青丝披散，遮住两颊。

“我们是亲兄弟，向来不分彼此，皇兄亦不会与我计较什么。”

我却想起那名白衣女子，和他当时的语气。死死盯着他，想看出点撒谎的端倪，可是他那样深邃的双眸，并不是我能够看透的。

光线绕过屏风，投在他脸上阴晴不定，我嘟着嘴说：“我不喜欢在这里，屏风挡住了阳光。”

华容添将我抱起，薄衾滑落，他垂目恰好能瞥见春光乍泄，我忙拢住了捻金短衫襦，一手遮于胸前，心慌意乱。事到如今，我好似无法像从前坦然微笑，抑制不住脸颊发烫，唯有垂头、再垂头。

“你的头都快缩进壳里去了。”华容添温和笑着，将我放在一张罗汉床上，小心撩起我耳边的发丝，“于归，你多大了?”

他的指尖在我耳垂摩挲，好痒，我忍不住笑了，“大概十七吧，我也不知。”

“岁数不小。”他凝神看着我，半晌说，“你也该懂事了，于归。”

我琢磨了会，不知这话什么意思。他替我盖上薄衾，在近处的书案前坐下，拾起墨棒，手腕轻缓而有力打着圈，忽然又搁下，眉头一收，自言自语道：“还是丹青好……”

我忽然想起正事来，忙问：“王爷，我的凤穿牡丹呢？那是沈美人要献给皇后的!”

“那幅绣品被你弄脏了，需要清理。我命人去通知沈美人了，她知道你在这，待你觉得好些了，再回去罢。”他神色有些古怪，看看我，又垂目看着空无一物的宣纸，最终还是摇摇头。

我们俩便这样坐着，沉默极了。窗外的热风滚滚而来，呜呼在周遭，蝉鸣渐起，催人入睡。我大概是睡着了，却听见他的声音，好似很遥远，又像轻微在耳边，“我以为……可还是……提不起画笔，更没有办法爱上……”

我依然睡得很熟，可我知道了，你爱的是那名白衣女子，而我爱的是秦朗坤，我们就该这样的。

龙涎香渐渐飘远，若有若无。我眼角滚落一滴泪，毫无预兆。他不要我，这样更好。

回到裕华宫，已是傍晚时分，沈云珞大概也知道怎么回事，命我在榻上好好歇着。捧着刺绣对着夕阳仔细瞧，轻声问："听说你摔倒时弄脏了绣图？这样看倒是看不出来，送给皇后应当不会失礼吧？"

"王爷命人清理的。"

"王爷对你真是好，于归，你真有福气。"她斜斜望着我，也不知犯了什么心思。我淡淡答："在路上晕倒，正巧被王爷撞见。"

"逍遥王风流倜傥，才华横溢，多少女子仰慕。他既然向皇上要了你，为何还不将你收进府去？"

我语塞，想起方才离开时，夕阳中他的凄迷目光，还有那名巧笑倩兮的白衣女子。他那么孤独，想要找一个人来爱，但因为心结未解，他爱不上。

愈见昏暗的光线中，我侧头对沈云珞说："你不用巴巴望着我嫁人，秦朗坤总是要娶妻的，不是你我就会是别人。"

她眉毛一颤，微微笑道："你聪明了，于归。"

我扭头不看她，"你笑的真假，不如不笑。"

沈云珞幽幽叹气，自行下榻点了盏灯，喃喃道："我很矛盾，你若是嫁人了，我独自在宫里更加难过。"

我嗤之以鼻，她从来都只为自己，浅薄的女人。

44

照宫中请安的规矩，位列九嫔以上的嫔妃每日清晨必须给皇后请安，而九嫔以下则逢初一十五方能求见。这日恰好是沈云珞被封为美人后第一个十五，我用一碗瓜子贿赂凌湘来给沈云珞梳头，只是在此过程中，不知不觉我把瓜子都嚼没了，凌湘怒视我说："你真是稀罕之人，吃瓜子吃得连瓜子壳都不剩！"

"好凌湘，别生气，等我回来就给你送一碗去！"

凌湘不停朝我翻着白眼，还学着夏青的语气说："沈美人怎会调教出你这样的丫鬟……"

看在吴千雁的份上，我不与她计较，稍作收拾，随沈云珞一道出门了。

小宫女清一色的粉红衫裙、羊角髻，我并不小，却也是这副打扮，在同样的宫女中总引人注目。尤其是逍遥王的缘故，我变得与众不同。但凡路过我身边的都会窃窃私语说上一句："那就是逍遥王爷看上的宫女。"

我常常因此烦不胜烦，不过这回倒是轻快了，有沈云珞在前面，她是我主子，自然成了挡箭牌。路过身边的窃窃私语改成了："那就是皇上梦见的仙女。"

沈云珞一如常态，置若罔闻，我当学学她这样超然才好。

皇后住在撷华宫，也称东宫。渐渐走近正宫，顿觉视野开阔，凌湘说过，最高的那座宫殿是皇上上朝用的，我不由仰头惊叹，若站近些，恐怕一方天都要遮得严实。这里已非内廷，没有花草树木亭台楼阁，层层叠叠的白玉栏杆，一派肃然。

我纳闷道："这里虽然气势磅礴，却连花草也没有。"

沈云珞侧目道："这又不是闲来消遣的处所。快走罢，别东张西望。"

晨雾未散，巍峨的撷华宫宛若被仙气缭绕。沿着一级级温润的白玉阶梯迈上去，几乎舍不得使力，万一我太重了，踏坏玉石要赔钱的……等上到宫门前，沈云珞已经气喘了，休息片刻，才上前请求内侍通传。

我双手捧着托盘，其上覆了匹素色的锦缎，隐隐泛着丝缕光芒。这是沈云珞从苏州带来的明光锦，为了给皇后这份礼物，她倒是花了不少心思。只是讨好皇后，真能保她平安无事么？

不一会，内殿中传来尖锐的呼声："传，沈美人——"

宫女引我们进入，殿里阴气极重，大约不得阳光的缘故。屋梁悬高，四下空旷，我打心眼里不喜欢这个地方，除了一根根暗金大柱和整排的红漆门窗，再无他物。

皇后在偏殿接见我们，此处向阳，晨光照透窗棂，似乎能看见无数浮动在金缕中的尘埃。皇后端坐，与我们隔着一道帘幔。宝座下方依次摆着六张黄花梨官帽椅，所有的摆设整齐得没有丝毫的参差，却压抑得令人喘不过气来。

“臣妾请安来迟，望皇后娘娘恕罪。”

“平身。”

“这是臣妾献上的一份薄礼，请皇后娘娘过目。”

我呈上托盘，由皇后的近身侍婢接下了，两名宫女在帘幔前将刺绣慢慢拉展开来，阳光洒在金丝银线上，映得帘幔一片明晃晃。皇后忽然挑起帘幔，惊赞道：“好绣工！”

首次得以见皇后全貌，凤冠霞帔，妆容明丽，自有一股出众气质。她忽然看向我，眼色微动，“你是于归？”

“是，奴婢于归。”

皇后笑了：“逍遥王真不懂得怜香惜玉，还不接你回府去。你们站近些回话罢。沈美人，这可是你绣的？”

沈云珞走上前，柳腰轻摆，“回娘娘，臣妾进宫以后方听闻娘娘喜爱苏绣，只因出来得匆忙没有准备，便在宫中赶绣了一幅，不知娘娘是否中意？”

“好一幅凤穿牡丹！”皇后起身，从帘幔后踱出来了，轻轻抚上刺绣，分明是喜爱至极。“本宫从未收到如此合心意的礼物，沈美人费心了。这尺寸，刚好可以镶嵌在那屏风上。”

我们顺着她手指方向望去，见一扇带座屏风，其上绣的花鸟鱼虫，也算精美之作。

“得皇后娘娘如此厚爱，是臣妾的福分。”

皇后斜斜瞥了她一眼，转身上座。“你这样的绣工，实属罕见，沈美人，是否苏州女子个个似你这般心灵手巧？”

“回娘娘，家父做的是刺绣生意，因此臣妾耳濡目染，绣工日益精进。”沈云珞细弱的声音忽然提高两分，“日后皇后娘娘若有任何刺绣的活，都可差遣臣妾来做！不止花鸟鱼虫，山水风光、甚至佛塔佛像，臣妾都会绣。”

“呵呵，沈美人，本宫怎好差遣你？殊不知，皇上可是喜欢你。”

“回皇后娘娘，臣妾身子虚弱，自入宫前久病在床，现时也一直不大好，恐怕没有侍奉皇上的福气。臣妾愧疚，只盼在宫中静静休养，闲时做些女工，向娘娘讨个欢心。若有足够的材料，臣妾想绣一幅千手观音，由皇后娘娘呈献给皇太后，祈求太后娘娘凤体安康。”

"静静休养?"皇后的目光落在她脸上久久未动，纵是满腹疑虑，她也只是旁敲侧击，"本宫觉得你是有心病，否则在宫宴上你怎会念出那样的诗句? 不过皇上留下你，或许是出于一时好奇，并没有宫中传的那样玄乎。什么梦啊仙女啊，都是传言，不可信。"

"臣妾有罪，当日不该信口胡念。"沈云珞惶恐跪倒，我也跟同跪下。

"罢了，本宫会派医女为你诊治，再回禀皇上，给你派个僻静的地方养病。本宫下一道懿旨，命你为皇太后绣千手观音，需要什么，尽可去针工局领。"

"多谢皇后娘娘!"沈云珞磕头谢礼，我一并。她转头看我，面露笑意，这回是真的笑了，她的笑容柔若春风，和煦怡人。

45

从撷华宫出来，我不解地问："皇后为何如此爽快应了你的要求?"

"皇后拉拢了吴美人，不久，皇上便会临幸她。"

"啊?"我一头雾水，这干吴千雁什么事?

"皇上宠幸的那名宝林，已经是淑妃的人了。而我，早在入宫前就是她们俩都想要的人。淑妃再得宠，也只是淑妃而已，我不会傻到去跟皇后作对。现在讨好皇上的人已经有了吴美人，我便是那个用来讨好太后的人。皇太后在宫中的分量远在皇后之上……"沈云珞进宫以来没讲过这么多话，看来她心里的大石放下了，面容也愉悦不少。

我迷茫望着身后的宫殿，那样的雕梁画栋、那样的鳞次栉比，其中隐藏了多少不为人知的百转千回。

是夜，沈云珞刚睡下，我撤了寝殿的灯烛退出来，却见殿门外一行人缓缓而来。明黄华盖下，为首的男子一袭玄色衣袍，默默伫立在殿前。夜太黑，就着檐下两盏红纱灯笼，男子的神情阴沉肃然。

我僵在殿门正中央，不知进退，直到有人喝了一声："皇上驾到! 沈美人快快出来相迎!"

我一惊，手中烛台晃了晃，滚烫的腊泼在手背上，回头大喊了一声："娘娘! 皇上驾到!"

将烛台暂且搁在地上，下跪行礼，"奴婢恭迎皇上!"

他迈进了殿门，停留在我跟前，一双云纹黄底靴，我曾见过逍遥王也穿着同样的靴子。只不过这双是暗暗的土黄。“平身。”

“你是于归吧？”他的嗓音沉凝，缓缓说，“抬头让朕看看。”

我便抬起头来，目不转睛盯着他，这便是皇上呵……与华容添有几分像，只是年长些，气质也大不相同，那种皇家的威严在逍遥王身上已经消匿了。皇上严肃的神情露出几分笑意，“逍遥王有一阵子没来看朕了，你转告他，朕颇为生气！”

我为难道：“奴婢又出不得宫去，如何转告王爷？”

皇上负在身后的双手伸出来捋了捋衣袖，眼睛斜瞟，“丫头，可不能仗着王爷宠爱与朕顶嘴。”

我满不情愿道：“奴婢知罪。”

猝不及防，皇上忽然凑在我耳边说：“逍遥王一定告诉你了，不过这个秘密，朕不想让任何人知道。”

我皱了皱眉，窃窃问：“什么秘密？”

“关于朕的梦。”

“喔！就是王爷怂恿皇上向太后撒谎的那个仙女梦……”话还在说着，一只大手捂住我的嘴，他身上的香气也很熟悉，是龙涎香。

“现在，这个梦是真的。”

我瞪着眼睛点点头，大手终于松开，得以喘口气。

皇上朝寝殿方向望了望，他身旁的内侍问：“沈美人为何还不出来迎接圣上？”

我忙答：“娘娘刚睡下，估摸在梳洗。”

殿内只有一盏烛火，昏黄，我持火烛去点亮其他的灯盏，却被皇上叫住了：“不必点了，这样就好。你们都去外头候着罢。”

皇上身边几名内侍宫女都出去了，我恭敬道：“皇上请稍坐片刻，奴婢去沏茶来。”

他微微颔首，我一溜烟退下去叫沈云珞，见她已然装扮妥当，虽然随意了些，但总归不会失了礼。我压低嗓子对她说：“别怕，皇上或许只是来坐坐。”

夏青与我讲过这些规矩，若是要临幸她，裕华宫的女官会提前准备，至少要给她缝制一套新衣裳。看今日的样子，皇上极有可能是路过。

沏茶的时候，我犯愁了，也没打听过皇上喜欢喝什么？眼前林林总总的茶叶罐罐真令人头疼，不管了，一样加一点，总有他喜欢的！于是一撮撮往茶壶里放，煮开了两次，第三壶才沏出来，用的红瓷茶盅是平日沈云珞都藏起来不让碰的，珍贵至极。

蹑手蹑脚走进殿里，却不见人影。有话语声从偏殿传出，我端了茶过去，见皇上坐于书案前，随手翻着一卷书。沈云珞垂目立在斜旁，神情淡漠。

"《牡丹亭》这种书，还是少看为妙。"皇上起身，侧头望着她，半晌说，"你说你过于虚弱，需要静养，朕会命医女来看你，安心等待罢。太后看过你绣的凤穿牡丹，大加赞赏。至于千手观音，太后会亲自交代给你。大概过两日，见太后也不必紧张。她一向吃斋念佛，对后辈和蔼慈祥。"

"臣妾遵命。"

我趁着空当进去送茶，将茶盅搁在案上，却瞥见沈云珞眼色惊变。我意识到有什么地方不妥，她极少这样反常。皇上随手摸了摸："太烫。"随后视线凝在茶盅上，蹙眉问："哪儿来的?"

沈云珞强制镇定答："臣妾从家中带来的，是家父从外高价购得。"

皇上嘴角溢出一丝笑意："这是先皇时期在景德镇烧出来的红瓷，天下仅有三只。一只赐予了当时的江西巡抚秦大人，以赞其清廉刚正；一只赐予了唐七公子，将桃七酿定为御酒；还有一只赐予了当年的逍遥王，以表其战功显赫。逍遥王那只肯定还在，这或许是秦家或唐家遗失的。"

沈云珞冷冷瞥了我一眼，叫人心惊胆战。我哪里知道这茶盅是秦朗坤送给沈云珞的，幸好皇上并未疑心。他只是迟迟未饮茶，盯着看了许久。

皇上前脚一走，沈云珞无力瘫在座椅上，轻轻擦拭额上的汗，气若游丝道："于归，你害死人了。"

我不明就里问："皇上不是没说什么?"

"若他有心去查，不过两天工夫便能知晓！我告诉过你别碰这只茶盅，你……你气死我了!"

我嘟着嘴抱怨："你不告诉我是公子送的……我想着这样好的东西，就是给皇上用的。"

这两日发生的事情太多，扰得心烦意乱。夜里睡不着，睁着眼躺在床上，手掌贴着冰凉的蚕丝织锦轻轻摩挲，辗转反侧。皇上会真究么？他喜欢沈云珞，定会关心她的一切吧？倘若沈云珞和秦朗坤的私情败露……不敢想了，凡人的心思很难捉摸，更何况是皇帝。

第六章　步步娇

46

一场夏雨过后，园子里清爽了不少，石砖地被洗刷得分外干净，只有缝隙中依稀藏着灰土。绿叶上残留的雨水在阳光照射下变得璀璨，而后渐渐变小，消散。

对面的殿所装饰一新，仿若被雨水洗尽了旧色。回廊里，花窗敞开，吴千雁正在试穿新装，面若飞霞。我径直朝窗户走过去，在窗外挥挥手唤她："吴美人！沈美人命我来道喜来了！"

"是于归啊！"吴千雁笑起来，一双酒窝甜蜜醉人。"看我这样打扮好看吗？"

"当然好看！"

那剪裁合体的霞帔，是为今夜做准备的。凌湘为她梳起了高耸的螺髻，三支梨花簪并插在脑后。她的天庭饱满，能享尊贵。沈云珞估摸得没有错，吴千雁要得宠了。至于其中的原委，我就不得而知，且不管怎样，我是为她高兴的。

道完喜回来，见沈云珞正倚在廊下望着对面，手中团扇有一下没一下地扇着。我唤她："娘娘，屋里闷热么？"

她缓过神来斜斜瞟了我一眼："你怎么不进去？"

"进去做什么？"

"瞧瞧她得了什么赏赐，顺便与她套近乎。"

我随口答："我与她本来就亲近。"

沈云珞直起身子，轻移莲步进了屋去，懒懒唤："快准备准备，太后那该晚了。"

我恍然记起来，太后的传召，险些忘记了！

沈云珞一身素雅装扮进了太后的佛堂，此处檀香尤盛。

我内心是极度惧怕的，我是妖啊，怎敢随意闯到此处来？若早知道太后在佛堂，我定要寻个理由躲起来。迈过高高的门槛，我战战兢兢随沈云珞伏在佛堂中央，听着她幽幽的声音在静谧佛堂中回响："裕华宫沈云珞叩见太后。"

衣袍悉索，接着几声沉沉的步子，禅椅吱嘎响了一阵后，略显苍老的声音说："平身。"

我随沈云珞一同站起来，出于好奇，偷瞄了一眼，没瞄到皇太后，却无意瞧见了罗净！他正在香案旁打坐，眼眉凝锁，鼻子还动了动，仿佛在嗅什么。我憋住笑，他一定又是闻见妖气了。

皇太后张口问了句："你就是皇上梦见的仙女？"

沈云珞轻声答："臣妾不知皇上的梦。"

"那你也不知商户女子是不得进宫来么？"

"臣妾知罪。若皇太后驱臣妾出宫，臣妾也心甘情愿。"

皇太后轻哼了一声，大约是不待见她。我始终垂着头，冷不丁听见她叫了我的名字："于归！"

我一惊，抬头瞪着她不知所措，皇太后生得倒是慈眉善目，只那语气愣是让人觉得阴森。"你打伤了长庆王，但碍着逍遥王的面子，皇上却未将你治罪。哀家的佛堂恰好可以给你洗刷罪孽。"她朝侧旁努努嘴，"去佛像面前跪着！"

香案前有三张圆垫，中间那张明黄，旁边两张淡黄，我正犹豫着选哪个，紧闭双目的罗净却用元神与我说：小桃花，别晃了，快跪下。

我挠挠头，悄声问："跪哪个呀？"

"只要别在我面前。"他眉毛一挑，神情孤傲。

我偏偏"噗通"一下跪在他面前，虔诚拜了两下，口中念念有词："信女于归并非有意伤人，自伤了长庆王之后，日日食不下咽、夜不能寐，望菩萨原谅于归的过错，阿弥驼佛阿弥驼佛……"

罗净猛地睁开眼，狠狠瞪我，又闭上了。我拜完之后整个身子都伏在地上，偷偷笑起来。大师啊大师，你总是动怒，这可是破戒了！破戒了如何还能修成正果啊？

那边的皇太后正不冷不热地与沈云珞说：“哀家见过那幅凤穿牡丹，你的绣工很不错，皇后说，你还会绣千手观音。”

“臣妾对苏绣之法万分熟稔，无论绣什么，只要有图，定能绣得十分相像。”

“这样……哀家倒是要考考你了！”皇太后冷笑一声，“这千手观音图，哀家仅有一副丹青，却总觉得不尽人意。相传西域有形形色色的观音像不下千种，我朝有图文记载的也不下百余种，你可以向翰林院藏书阁借几幅书画仔细钻研，想想如何改进才好。”

“臣妾遵命。”

“哀家可以给你无限期，绣好了便来复命，绣不好，便一直绣下去。”

“是。”

“你先退下，你的宫女暂且留在这。”

我浑身颤了一下，巴巴望着沈云珞，她淡眉微蹙，深深看了我一眼，无奈离去。

皇太后朝我走来，一身金光璀璨，打扮得跟尊佛似的。她金口一开，令人胆颤：“别以为你们可以在这宫里恃宠而骄，只怕到时候丢了性命，都不知怎么回事。先跪着，不到酉时不准起来。”

听着她走远了，我喃喃抱怨：“为什么又要我罚跪？”

罗净闭着眼，开口说：“因为你伤的长庆王是她儿子。”

我猛地攥紧了褶裙，倒吸了口冷气。怪不得这么恶毒，这老太婆，日日念经不过是伪善。

47

耳畔低低回荡着梵语，从罗净口中一缕缕漏出来，好似乐声，很是怡人。加上这回跪的是软垫，并没有很难受。可是跪得久了，膝盖以下渐渐麻痹了，如万蚁啃噬，在佛堂里是不敢用妖法的，我向罗净央求：“大师，帮帮我……”

他轻轻叹息：“佛祖面前，岂能徇私？”

“这么说，若不在佛祖面前，你就会帮我徇私了？”

"贫嘴。"

我瘫坐在垫子上，捶着自己的腿，一面问："大师，长庆王是坏人，你为何要帮他？你这是为虎作伥！"

"我没有帮他做事，我只是为他念经。"

我好似明白了几分，冲他笑眯眯说："我就知道，大师你是好人。虽然我很讨厌和尚，不过我挺喜欢你的。"

他眉头皱得更紧了，脸上写满了无奈，之后又闭上眼。我后悔说他是好人了，更后悔说喜欢他，我明明最恨僧人的，和法海一样的人！鉴于白娘子的前车之鉴，我很紧张问了句："你会阻挡我与秦朗坤好么？"

他置若罔闻，坐在那纹丝不动。不一会，他似是忠告我说："说妄话者，先骗了自己，然后才骗人，以实为虚，以虚为实，虚实颠倒，不得善法。"

"什么？"我一脸迷茫。

"你自己参悟罢。"

什么呀？无趣极了，我的腿不麻了，重新跪好。紧紧盯着佛像边的莲花浮漏，斜阳刚好漫过我的身躯，酉时到。同时，太后的侍婢也到了，命我回宫去，我如释重负，瘫在地上站不起来。

"太后吩咐，明日未时至酉时，继续罚跪。"侍婢的声音在佛堂里显得清脆悦耳，却令我如遭五雷轰顶，我那脆弱的桃花心摇摇欲坠，只怕再跪几日，我这膝盖就要不得了。

"罗净大师，宫外有两位小沙弥来传话，说老方丈病重，请大师速速回寺。"

罗净猛地睁开眼，暗暗使了道法力缓解我的疼痛，然后火速离去。我能听见远处他对白马的急喝和那蹄声促促，他很紧张。

我身体好似无恙了，站起来试走了两步，问那侍婢："罗净大师是哪个寺里的？"

"相国寺。"

"喔……我知道，是天下第一寺。"

侍婢用疑虑的目光打量我，尤其是打量我的腿。我立即苦着脸，一瘸一拐往外走，冲她挥挥手："我明日会按时来的！"

今夜月色朦胧，我手旁点了一座精巧的烛台，火光与白釉相衬，那昏黄倒是像极了月周的光晕。

沈云珞捧着那张观音图看了整整一晚上，就着微弱的光。她总不喜欢点多了灯，所以这里从来不似对面那般灯火通明。

我就趴在窗台，望着明黄的步辇渐渐走近，随后，殿门檐下一对红纱灯笼被取了，熄灭。而殿内的红光更甚，那些红烛的温暖透过窗棂洒在了我脸庞。看见玄色的身影庄重迈入殿所，我轻声问："皇上喜欢吴美人吗?"

沈云珞淡淡答："喜欢如何，不喜欢又如何。红颜易逝，色衰而爱弛。在这里不能渴盼被永远喜欢，曾经获得荣宠便足够了。"

我见她看观音都快走火入魔了，无奈问："娘娘，你那个千手观音，能绣成么?"

"绣不成我会自告奋勇么?"沈云珞终于放下图，长长舒了口气，"得去翰林院找些书来……"

我察觉到她的心绪波动，我何尝不是？秦朗坤就在那里，那便是牵动人心的所在。

对面的红烛燃得炽热而隆重，仿若一场婚事，摇曳着令人向往的幸福。我开着窗，迎着红光阖眼入睡，梦境甜蜜而纷乱，几张不同的容颜在轮换，不同的怀抱和温暖，而不变的是那一缕幽情，若悄然绽放的夜来香，暗暗袭人。

次日未时，我独自一人来到太后的佛堂。远远听见梵语吟颂，心神恍惚，那是罗净的声音么？竟如天籁一般。太后正跪在中间的圆垫上虔心跪拜，罗净则在香案边打坐唱经。我抬起的脚悬在门槛上，收不是、落也不是，幸得罗净说："太后，今日到此为止。"

太后由侍婢搀起来，在一边的禅椅坐定，手里捻着佛珠："跪吧。"

我乖乖跪在昨日那位置，正对着罗净。

"你可知哀家为何要你跪?"

"因奴婢伤了长庆王。"

"昨日是，今日却是代你主子跪的。身为后妃，三宫六院谣言四起她却不加澄清，任由事态发展。哀家只是略施薄惩，只要她日后规规矩矩，自然能过的安稳。"顿了顿，太后又问，"千手观音图怎样了?"

"娘娘正在拜托女官彤史大人遣人前往翰林院寻佛家典籍。"

"那也不见得能找到她想要的。皇后不是颁了懿旨么？你就拿那道懿旨去翰林院找藏书阁的学士，他们会帮忙的。"

“太后的意思，是让于归去么?”我心中惊喜，却不敢外露，藏着掖着也不能让太后瞧出来。

“你去，比他人去方便许多。”太后起身，途经我身边，叹道，“酉时一到，你便回去罢。好好歇一晚，寻书可不是好差事，一日找不到便日日去找，有你受的。”

我刻意耷拉着脑袋，窃喜。秦朗坤就在藏书阁，找不到岂不是更好，便能与他日日相对，本小妖的春天就要来了!

48

沈云珞将那道懿旨递给我，目光虽然淡定，却是不信任的。她自己去不得翰林院，当然也不希望我去。她犹豫许久，终于低低说：“我写封信给你带着，若遇见他，悄悄给他。”

“娘娘，这可是……死罪。”

“是我死，又不是你死。”她直勾勾盯着我，“再说，翰林院那么大，很难遇见。我只是侥幸一试。”

我无法辩驳，垂目默许。我从未告诉她，秦朗坤就在藏书阁，我一定能见到他。可是见到又怎样，他们俩之间已是绝路。

暑气渐盛，叫人心烦气躁。沈云珞在书案前提笔写信，优雅沉静。她也是怕热的，脸蛋蒙了层红晕，却涔不出汗水。

我就倚在榻上，衣襟敞开，手中的团扇不停地摇，燥热也不减半分。透过半支起的窗，远远见凌湘从对面过来了，手里捧了件衣服。我便下榻去，站在寝殿门边迎她。

凌湘皱着眉训我：“瞧你妆容不整衣裳凌乱，还敢站在门边!”

我一手拎起褶裙来：“我还光着脚!那又怎么了?”

“万一有人来，你就要受罚了。”

“不会有人来。”我笑嘻嘻牵着她进去：“我有好几日没见着你了!吴美人接连三日被临幸，你可得了什么赏赐?”

“得了!”凌湘捂嘴笑了会，“皇上赏了许多东西，娘娘也打赏了我不少。”

“凌湘……”我悄悄附耳问她，“临幸究竟是怎么一回事?”

凌湘推了我一下，嗔道：“你以后就知道了!”

“可我现在想知道。”我抓着她的手央求，“好凌湘，你告诉我罢……你给我说说呀!"

"这个怎好说……"凌湘红着脸扭过头去，"等轮到沈美人，你自然就知道了!"

冷不丁想起听着《牡丹亭》的那个夜晚，沈云珞与秦朗坤在房中行的，也就是这么回事吧?

"我来是请沈美人帮个忙。"

"什么忙?"

凌湘将手中霞帔抖开，指着领口说："这处被撕破了，可这是御赐之物，我虽能修补，却无法修得毫无痕迹。沈美人不是擅长针线么?"

我双手叉腰打断她说："沈美人凭什么给吴美人补衣服?"

凌湘为难地瞟了眼内殿的沈云珞，悄声对我说："其实，是皇上的意思，这本就是皇上撕破的，却不好拿去针工局……"

我点点头，接下来："那我进去问问沈美人。"

"于归，收下吧。"沈云珞的细语传来，我探头看，见她垂着目，手下未停，似乎这事与她并没有多大关系，也不用花费多大的气力。我朝凌湘挤眉弄眼道："好了我再给你送过去。"

她大气不敢出似的，踮着脚出去了。我将殿门关上，顿时阴凉了不少。一面扇着风一面走进去问沈云珞："皇上是何意?真的让你修补衣服?"

"总归和绣花一样是针线活。"

这霞帔色彩绚丽，缎面冰凉。我叹了声气放在案几上，沈云珞瞥了我一眼："做什么叹气?"

"这样好的衣服，你不想穿么?"

沈云珞面上浮现一抹假笑："我不想，可是有人想我穿。"

我没再吱声了，与凡人相比，我显得很笨。永远猜不出一个人的用意，也听不出那些话中的话，除非用法术，非不为、乃不屑。

顶着一轮骄阳，两条腿似灌了铅一般，发觉去翰林院并不是我想象中那么好玩的。从内廷到翰林院，不是一个翻墙就解决了，绕路足足绕了半个时辰，况且我原本不擅长行走。靠在宫墙下歇会，掏出手绢擦拭额头颈上的汗，那手绢都能挤出水来，我真不愧是一棵树，水分充沛。

一辆红锦盖马车经过，车轮滚滚，忽然在我身后不远处停下了。我好奇扭头去看，布帘子掀开，一方小窗内华容添正对着我客气地微笑：

"于归，你去哪里?"

"王爷!"我一脸谄媚地跑过去行礼请安，然后很直接告诉他："我要去翰林院!"

他朝我轻轻点头："上来。"

马车内荫凉，我侧身坐着，身子紧紧贴着车厢壁，这才不热了。华容添打开他的扇子，替我扇着："去做什么?"

"给沈美人找观音像。"

他不解蹙眉问："找来做什么的?"

我解释道："太后娘娘命沈美人绣一幅千手观音，王爷不知么?"

"我有一阵没进宫来了。"

我才想起来，他方才是要进宫的，现在又调头出去了！不由轻呼："哎呀，于归是不是耽误王爷进宫了?"

"无妨。我进宫也没什么要事，无非陪皇兄下棋。"他一面含笑看着我，一面替我扇着风，龙涎香从他身上散发，随着热风朝我扑过来。若是恍惚了，会觉得扑过来的是他。可我很清醒，只是风而已。

49

我垂目玩弄着手绢，在指上一圈圈地绕，故作随意问："听皇上说，王爷早年驰骋沙场，战功显赫。"

"嗯?"扇子顿住了，他盯着我，"你见过皇上?"

"皇上突然来看沈美人，顺口与我说了几句话。"

他深邃的眼睛不知望着何处，淡淡说："那还是我当皇子时。皇上登基之后，天下太平，我也逍遥了。"

我莞尔一笑，客气答："那也好，乐在逍遥，做个富贵闲人。"

"你可知何谓逍遥?"他将折扇收了，一下下敲在手上，笑得玩世不恭，"那是一种放浪形骸，不负责任的生活。"

我迷茫看着他，摇摇头："你不像。"

他闭目，或许是胆怯，或许是歉意，他就是紧闭双目与我说："于归，我曾以为你就是那个人，能带给我安定，可是我发现，不安的是我的心，并不取决于任何人。我不是不想娶你……而是需要时间。"

这番话似乎语无伦次，我听得不明白，不过最后那句我懂，他以为我不想做妾室而是想做正室么?这是一场误会，我从来都没想过要嫁给他。我连连摇头，急忙跟他澄清："王爷，其实我喜欢……"

秦朗坤三个字未说出口，马车骤然减速，我向前扑倒，正中他怀抱。我两鬓的发黏湿，衣襟也渗了汗迹，他的衣袍却整洁得如同崭新。我窘迫极了，面上发烫，连忙想坐直身子，可被他一把紧紧拉入怀里。丰厚的唇毫无预兆地压下来，双臂紧紧箍住我、野蛮而霸道，我撇开头，他的吻落在我颈上。

"王爷，翰林院到了！"

车夫这一嗓子喊得分外及时！趁他分神，我使劲推了他一把，逃似的跳下车。惊魂未定往前冲，猛地被一对铮亮的矛戟挡住了去路。我才回过神来，转身看，华容添的马车在刺目的阳光下缓缓离去。

"什么人？擅闯翰林院！"侍卫一声大喝，我吓得浑身一抖，侧头瞪着他，将皇后的懿旨递出去，"我是奉命来的。"

侍卫看过懿旨，点点头，又问："那你跑什么？"

真令人头疼，我好言好语解释："方才受了点惊吓，大家都是当差的，冒犯之处还望侍卫大哥见谅。"

"你进去罢，不过除了藏书阁，不许乱跑。"

"是。"我垂头接过懿旨，别在腰间。辰时刚过，翰林院内的官员大都在各个殿阁忙碌，偶尔三三两两走来，我便停下脚步退到一旁，待他们走过，再继续逛花园似的东张西望。

远处飘荡着笛音，近处的苍郁大树上蝉鸣四起，我躲在斜长的树荫里，认真辨别方向。忽然见前方殿阁中走出一名小小公子，不是玉临王又是谁？心里一阵莫名其妙的欣喜，振臂高呼："玉临王！"

他一怔，步子缓下来，他身后的几名侍从面面相觑。

我轻快跑到他跟前，笑逐颜开："给王爷请安！"

玉临王垂目叹了口气："于归，你怎会在此处？"

"奉皇后娘娘之命，来藏书阁寻些佛家典籍，还有观音画像。"

他望着我，神情严肃，语气正经："本王也要去藏书阁，一道罢。"

我连连点头："正好，我不认路！"

能听见他轻微的鼻息，很隐忍。我侧头瞟了几眼，他的衣袍宽厚，将小小的身躯裹得密不透风。大概是因为热，脸蛋通红，倒是显出几分可爱来。

藏书阁前当值的侍从见了我和玉临王一起，也不拦着了。我努努嘴，满心不悦，若我是一个人，又免不了一顿呼喝。

藏书阁里风凉袭人，因所有的窗都紧闭，显得阴暗，刚进到里面，眼睛一时适应不了，我险些摔倒，幸而被人扶了一把。

我皱着眉头嘀咕："真黑。"当渐渐看清了眼前人，我喜出望外，一把揪住他的宽袖叫唤："公子！公子你在这里！"

秦朗坤悄然嘘了声，一旁的玉临王迷惑问："你们相识？"

我才意识到说漏了嘴，忙退了两步，默不作声。秦朗坤从容答道："恰好都是苏州人士，彼此相识。"我灵机一动，笑道："在苏州，逍遥王和秦公子相见甚欢，还邀我一同饮酒了！"

他们二人一高一低并行往里走，两旁都是高高的书架，从书卷到竹简，应有尽有，聚在一起散发出木屑和潮湿的味道。玉临王颔首，若有所思道："是王兄举荐的秦大人，否则，糊涂的主考官将秦大人的答卷都遗落了。"

"逍遥王的知遇之恩，下官实在无以为报。"

"秦大人，本王已是第四次来找你了，比诸葛孔明的三顾茅庐还多一次，你仍不愿意做我的侍读学士么？"

"下官任职时日善短，怎可一步登天？有道是人言可畏，还望王爷明白下官的忧虑。"

"唉……"玉临王叹气的时候尤其老成，我憋住笑，小小人儿，怎么会这样老气横秋。

50

这屋子应该是秦朗坤处理公务的地方，书案上乱糟糟摊着许多书卷，地上也掉落了几本。秦朗坤有些不好意思，面颊微微泛红，将书拾起来放好。

玉临王在一方紫檀茶案边坐下："秦大人，上回你摘草的地方，可是在东南边。"

我好奇问："什么草？"

"芸香。"玉临王脸上终于洋溢出孩子的笑意，"秦大人恰好也在找芸香，与本王不谋而合！而且，不过一墙之隔，他找到了，我却没找到。看来秦大人比本王要用心呢！"

我歪着脑袋仔细回想，上次在宫墙那边遇见秦朗坤，他手上就拈了根草。原来那就是芸香？

秦朗坤提起琉璃壶，替玉临王倒了杯梅子茶，一边说："下官既然负责藏书阁，自然是要上心的。那也是偶然所得，觉得香味不同寻常，便朝那个方向寻了，不想还真找到一株。"

"一会带本王去看看那地方。"玉临王显得兴致盎然，忽然侧头盯着我，"对了，于归不是来找书的么？快去罢。"

我站在原地不愿走开，殷殷看着玉临王小声问："奴婢可以随王爷一道去看芸香么？"

他抿着唇想了会，微微摇头："你别误了皇后的要事。"

我泄了气，满脸不高兴问秦朗坤："秦大人，奴婢为太后娘娘寻找千手观音的画像，请问佛经、诗画都在哪处？"

秦朗坤好心告诉我："这里的佛经现存不多，最好是上相国寺去找，寺内除了译经还有大量佛像壁画。罗汉殿中更有一尊千手观音像，十分传神。"

"相国寺？"我是妖精，怎么敢随便进寺庙，这下如何是好？

玉临王连连摆手说："相国寺老方丈于昨日圆寂了，现时寺里势必在做大法事，不便去打扰。你还是先在藏书阁内找找看。"

"是，奴婢遵命。"我恋恋不舍走出去，隔着廊上的窗不停回望，秦朗坤一袭海蓝缎袍，身子微微前倾，面带微笑与玉临王说着话，那笑容轻轻的，和他的声音一样迷人。我朝书库慢慢走去，一面垂头笑着，忽然摸到袖里藏的信，蓦然一惊，沈云珞的信我如何交给他？今日玉临王在，小心为上，明日给他也不迟。

独自在林立的书架前转悠到了晌午，无趣极了。肚子咕噜噜地叫唤，我犯了愁，出来的时候，没人告诉我翰林院有没有吃的。

好在秦朗坤没有将我落下。他的步子很轻，柔柔踏在地板上，衣袍悉索作响，隔着书架的间隙，他微微笑着唤我："于归，找到了吗？"

我轻略皱眉，撒娇一般嘟着嘴："没有呢……秦大人，我眼都花了。"

"该吃饭了，改日再忙。"

我不好意思挠了挠耳朵："大人，于归也可以在这吃饭么？"

"玉临王请我们出宫去吃。"

"啊！真的?!"喜出望外，我到京城日子不短了，却一直在宫里，没见识过外面的繁华。

秦朗坤颔首，指了指外面："你先去伺候着王爷，我去换了便服。"

我应得爽快，没想到还能出宫去，真是不虚此行。

玉临王只带一名侍从，我们步行出了翰林院，再穿过两道宫门，才算真正出宫了。

宫墙之外，是纵横交错的街道，车如流水马如龙，街边摊贩杂多，人头攒动，马车、轿子在其中穿梭都显得拥挤。这与宫里相比还真是有些繁乱无章，却很是热闹繁华！

既然出宫了，也不必老垂着头。我踮起脚伸长脖子东张西望，不由自主的，就是想笑。

"于归，小心跟着，街上人多，可别走丢了。"秦朗坤关切拉住我的衣袖，我侧头朝他莞尔一笑："多谢公子关心！"

他依旧拉着我，叫我心里生出一丝甜蜜。我抿唇笑着，注意到他一身青布衣洗得有些发白，袖口处还有缝补的痕迹。混在这样熙攘的人群中，他与平民百姓毫无差别，怎看也不像堂堂翰林院学士。

玉临王衣着光鲜，加上我和侍从都是宫装，旁人见了都会纷纷退避，但忍不住要多看上几眼。偶尔还能听见小声地议论，大约是说宫里当差的人，不论男女都生得美。

我心里乐滋滋的，愈发笑得灿烂。悄悄对秦朗坤说："公子，你听有人在夸我们呢！"

他微笑不语，我脉脉望着他的侧脸，这样美的男子，终有一日会属于我的。

玉临王领我们进了家临河的酒楼，很是雅致。从高高的楼阁中放眼望去，河面上来往船只很多，不远处一座虹形石桥下停了只船，像是桅杆被卡住了，连累后面几条船都过不去，引了不少人围观。我站在窗边观景，兴致盎然。秦朗坤端了一精致的小碟递给我："尝尝，京城的乌梅。"

我信手抓了一颗，塞嘴里大口大口嚼起来。秦朗坤的手稍稍颤了颤，端着碟子回座了。嚼了有那么一会，我哭丧着脸对他说："好酸……"

秦朗坤瞥了我一眼，想笑而未笑："来喝口茶，味道会更好。"

我随口将梅子核从窗户吐了，龇牙咧嘴地回到座上喝茶，这么酸的东西，以后再也不吃了。玉临王蹙眉，语重心长道：“于归，窗外是沿河街道，你这样吐出去，会伤到行人。”

我忍不住笑，满满一口茶朝侧边喷了出去，幸亏秦朗坤躲得及时，只衣袖上溅了一点点。我红着脸抬起手背使劲擦擦嘴，一面难为情地小声嘟喃：“梅子核那么小，能伤到什么人呐……”

51

玉临王稚气未脱的脸上挤出一丝无奈的笑意：“于归……”

秦朗坤毅然打断他，严肃对我说：“于归，你怎能顶撞王爷？”

我想辩驳，但看着秦朗坤，话堵在嗓子眼说不出来。罢了，我还是听他的，垂头嗫声道：“奴婢知错了。”

“无妨。”玉临王忽然有些局促，起身悄然对身后的侍从说了什么，两人一同出去了。

我好奇问秦朗坤：“王爷去哪里？”

秦朗坤叹了口气，给我倒茶，轻轻说：“你是下人，王爷允许你与他同席，是看逍遥王爷的面子，你却不知礼数。”

我耷拉着脑袋，闯了祸一般不安。秦朗坤喜欢的是沈云珞那样的女子，而我哪里都不如她。“公子，我会记住了。”

“还有，在宫里不该问的别问，千万别给珞儿惹了祸。”

“嗯。”心底一沉，我好似陷入了一片阴影，那是沈云珞，她如一道暗色屏风挡在我和秦朗坤之间，也挡住了我的阳光。

雅间的雕花红木门忽然被粗暴推开了，我们应声望去，一名身姿颀长的锦衣男子愤然立在门口，双眼似是要喷出火来，却在看见秦朗坤的一刹那，火气渐渐消去，最终化成一抹轻佻。他面若冠玉，唇红齿白，嗓音略显慵懒：“秦大人，幸会。”

秦朗坤起身，朝他恭敬行礼：“不知京兆尹大人驾临，下官有失远迎。”

我大惊，他就是秦朗坤口口声声说的那个坏人蔺水蓝！忙俯身问安：“奴婢给京兆尹大人请安！”

“原来秦大人在此会佳人。”蔺水蓝兀自走来，犀利的眼神定定落在我脸上，居然发出一声失望的轻笑：“果然是佳人。”

“蔺大人有所误会，这位是玉临王带出来的宫女，与下官并不相识。”秦朗坤是在与我撇清干系，看来这蔺水蓝绝非善类。或许是听说玉临王也在此，蔺水蓝明显正了正身子，眼里怒火重燃：“方才本官路过窗外那条街，被人吐了一粒核在脑门上！就是这窗户，究竟是谁?!”

我倒吸了口冷气，悄然瞟了眼秦朗坤，他薄唇紧抿，低眉垂目，始终没有吱声。我更是大气不敢出，浑身僵住了。

蔺水蓝虽然坏，不过生就了一副好皮囊，英姿飒爽。他命手下人候在门外，自行在桌前坐下，从那小碟里拈了颗乌梅，促狭笑道：“吃过乌梅的人，嘴唇上是黑的。”

我迅速将嘴唇舔了一遍。

蔺水蓝冷哼一声，将手里的乌梅扔下，几步走到秦朗坤面前，逼近他的脸孔，笑意洋洋：“秦大人知道侮辱朝廷命官是何罪？因此不介意本官详查吧?”

秦朗坤仍是垂着眼眸不吱声，削瘦的身子微微颤抖。

我不解，蔺水蓝摆明了是公报私仇，可他为何一定要与秦朗坤过不去?

鼓足勇气，正想上前告诉蔺水蓝，是我吐的，不料蔺水蓝猝然伸手捏住秦朗坤的下巴，拇指自秦朗坤的薄唇上狠狠擦过。他的指甲盖泛着柔亮光泽，渐渐盖过那红嫩的薄唇，这极其诡异的一幕，令我目瞪口呆！蔺水蓝……他什么意思?

秦朗坤白皙的面颊涨的通红，腰身僵硬，青色衣袖下半露的手攥成了拳头，指节隐隐泛白。

蔺水蓝收回手，意犹未尽一般绕着秦朗坤走了一圈之后，语气不悦：“一向很有节气的秦大人，今日如此配合，不知是不是这名宫女的缘故?”

秦朗坤颈中突兀的喉结明显动了一下，背脊挺直，一字一句道：“不关她的事，下官若有得罪之处，还请蔺大人责罚。”

蔺水蓝还想说什么，房门开了，玉临王稳步踱进来，放声问：“这是怎么了?”

秦朗坤顿时松了口气，额上隐隐涔了层细密的汗珠。

“原来小王爷也在！王爷，下官不过与秦大人叙叙旧，没有别的要事。不打扰王爷用膳，下官告辞!”

玉临王尚未开口答话，蔺水蓝竟然就这样扬长而去。我许久才缓过气来，瘫在座椅上，偷偷打量秦朗坤的神色，他却不敢看我。

玉临王摇摇头说：“蔺水蓝此人跋扈惯了，方才是否对秦大人有意刁难了?”

“王爷多虑了，只是交谈了几句。”

“那就好，听王兄说他曾有意刁难于你。皇上素来重用蔺家人，因此京中以蔺家最得势。蔺淑妃去年诞下皇子，蔺水蓝身负重职并且将来极有可能成为国舅，这种人不可得罪。”

“下官明白，多谢王爷提点。”

52

这顿饭吃得沉闷，一路漫步回去，我再无心思玩乐，眼前总晃着那手指擦过嘴唇的诡异画面，指甲的光泽、薄唇的柔软，每每想起来都心跳莫名。我这是怎么了?

玉临王或许是诧异于我的安静，关切问：“于归这是怎么了？如此安静，吃的不舒服么?”

“不是……”我慌乱解释，“是太热了。”

“那你快回去歇着。”

忽然觉得自己很坏，玉临王穿得那么多也没嫌热，我反而矜贵了。我强笑道：“奴婢先送王爷回去。”

“不必了，本王同秦大人去翰林院。你回去罢。”

我与他们在第二道宫门处分别，秦朗坤临了看了我一眼，那意味深长的目光我看懂了，他不想叫沈云珞知道自己的处境。心情沉重得连呼吸都是负担，秦朗坤过得不好，我又如何能开心。

暑气旺盛，宫人们都歇着了，我一个人停停走走，紧紧沿着宫墙也寻不到一丝阴凉。好累，原来连接宫里宫外的这条路是如此漫长。拖着两条沉重的腿，我怀念起山谷里的日子，多安逸。万物生灵皆有其秉性，生为一株桃树或许就该安安静静地待在山谷里，不惹凡尘。可谁都是不甘寂寞的。

忽闻一声锵喤的钟声，城西传来的，虽然隔得遥远，可这股法力足以轰散我的魂魄！惊恐之中，蓦然想起玉临王说过，今日是相国寺为老方丈做法事。我不得已捂住耳朵渐渐蹲了下去，敲钟的人想做什么？驱散京城所有的妖魔鬼怪为方丈清道么？众生平等，出家人怎可这样偏心！一声接一声浑然的钟鸣，荡涤在京城的上空，我的心仿佛要爆裂，头晕目眩。勉强抬头，望见成群的鬼怪在灰色的空中四散逃逸，我枉修了千年，竟连逃也逃不掉。

没有法子，只好坐在墙根下，双手紧紧抱头，埋首在膝间，静心静气诵经。我是善良的好妖精，人不是常说，善有善报么？一面诵经，一面想起在太后的佛堂里，罗净宛若天籁的声音，遥远得如天际传来，却真实地响在我耳畔。我的默念与他的唱音重叠，心底渐渐攀升起一种很玄的感觉，幻念中看见他穿着火红的袈裟站在一片白茫茫的云雾中，那是一个尽头。是什么的尽头，我却不得而知。

当一切重归于平静，我已浑身湿透，却觉得酣畅淋漓。阖眼靠在宫墙上，阳光洒满全身，暖暖的令人不再惊恐。一阵脚步逼近，接着有焦急的声音问："你怎么了？"

我猛地睁开眼，不知所措望着眼前的宫女，发髻盘在脑后，是名领头宫女。随即看见了不远处华丽的轿子，我勉强支起身子，苦笑道："我……摔倒了。"

"淑妃娘娘见你模样很是痛苦，命我来询问。你没事吧？你是哪个宫里的？"

我一愣，转眼盯着那轿子，蔺淑妃？今日可好，蔺家的坏人都见识到了。"我没事，多谢淑妃娘娘了。奴婢于归，是裕华宫的。"说着，我便要站起来，谁料腿软无力，几乎无法行走。

"你是不是病了？"宫女关切扶着我，朝那边招手，又过来两名小宫女。

"扶着她，我去向娘娘复命。"

"是。"

我正想要推辞，两名小宫女紧紧搀扶着我。领头宫女轻轻掀起轿侧的小方帘说了几句话，不一会过来嘱咐说："你们当心送她回去罢，裕华宫的，亲自送到沈美人那里方能回来复命。"

"是。"小宫女答得从顺乖巧，我羡慕不已，何时我才能当上领头宫女，这样气派地吩咐别人做事。忽然想起来要谢恩，忙朝轿子跪下，宫女一把扶住我："不必了，娘娘让你今后当心点，宫里最忌伤着身子，可别留下什么疤痕。"

"奴婢多谢淑妃娘娘关心！"

宫女笑得很温和，但转身的刹那，那笑容便不在了。我不该惊诧，宫里的人大多如此，笑都是假的。因她们是淑妃的人，路上我不敢胡乱说话，便一直沉默着，只道谢的时候说了几句客套话，还是沈云珞领着我说的。不管怎样，她终究比我要聪明，知道该说什么。

沈云珞倚着门框，轻摇团扇。望着远处的宫门摇头叹道："你真能给我惹事。"

我满不高兴瞪了她一眼："我摔倒了，你也不关心。"

"可是淑妃这个人情，叫我今后怎么还？"她伸手，冰清玉指抚了抚我的脸颊，蹙眉，目露嫌弃，"脸蛋怎的这么脏？这样子哪里像宫女，小花猫……"念叨着，随手甩给我一方绢帕。我抓起来使劲擦了几下，忿忿道："你真是没良心，枉我辛辛苦苦为你找书。"

"信呢？"她坐在书案前临摹着画，淡淡问。

我心里一慌，避过她的眼神撒谎说："还在身上，我没见到公子。"

"嗯，我想也是。"

见她并未怀疑，我悄然舒了口气。

53

炎夏永昼，我窝在榻上百无聊赖，沈云珞日日描绘着观音像。

对面的殿所前晃着一干人影，我从窗户探身去看，几个人抬着什么东西，或许皇上又赏了吴千雁。只能望洋兴叹："吴美人那真是热闹，赏赐天天有，上门讨好的人也不少。相比之下，我们这真是门庭冷落。"

沈云珞轻轻说："你去讨好她便是，也能得了赏赐。"

我使劲摇着扇子，只恨自己命不好。对面的人正要离去，又有一行人走来，宫里的人真势利。怨言险些出口，猛地发现那一行人是朝我们这边走来的，忙跳下榻，手慌脚乱穿上鞋子，系好衣带，慌张叫沈云珞："有人来了，娘娘你进去准备一下！"

为首的那名是裕华宫的女官，气质典雅，后面跟着四名宫女。我迎出去，规规矩矩柔声问道："彤史大人辛苦了，敢问大人有何要事？"

"皇后娘娘派了医女过来给沈美人看病。"女官回头唤她们，"你们俩进去吧，看罢之后来回禀我。"

"多谢皇后娘娘关心。"我代沈云珞谢恩，目送走女官走远，请两位医女入内。

沈云珞恹恹倚在床上，青丝凌乱，床帘半挽半落。她只伸了手出来，阖眼，不吱声。内殿原本光线黯淡，她热得面泛潮红，嘴唇皲裂，这样乍一看，还真像病得不轻。

医女看过后，悉心告诉我："肾阴亏于下，肝火亢于上，又肝气郁结不畅，克伐脾土，致脾气衰弱，健运失常，气血化生不足，治宜滋阴泻火，补气养血，兼以理气疏肝。"

"要紧么？怎样才能好？"

"身子底差，要好生养着。我暂且开了方子，地黄、麦冬、天冬、酸枣仁、远志、珍珠母加八珍汤，方子你这也留一张，不过我们还需回禀彤史大人和医官大人才能定夺。你要好好照顾美人，并且要哄她开心，这样郁郁寡欢，对身子才不好。"

"我记住了，劳烦二位医女了。"

我一路送她们出了殿所，赶紧跑回去看沈云珞，她已经下了床，在案前继续画她的观音像。我长长吐了口气："还以为你真病得不轻，你可真能装。"

"脉象是我能装出来的么？"

我一愣："这么说，她们说的是真的。"

"差不多。"沈云珞因怕热，衣襟大敞，胸前的丰韵隐隐约约，她用眼角余光瞥了我一眼，有些不耐烦说："你去吴美人那讨块冰过来。"

冰块？我傻愣愣望着她："冰块是什么？"

沈云珞微眯着眼："冰你不知道么？"

我好像知道，冰就是冬天挂在树枝上那些亮晶晶的棱子。于是迷茫地望着她问："我知道，可是夏天哪里有冰？"

"方才他们抬进去的就是一块冰。"沈云珞说着，走到窗边遥望对面，"按惯例，只有昭仪以上的后妃才能享用冰块。吴美人既然得皇上如此厚爱，分那么一点给我们也无妨。你去要便是了。"

多少也是为自己解暑，我听她话过去了。

凌湘不在殿前守着，我便蹑手蹑脚迈进内殿去了。这里果然清凉怡人，吴千雁正在躺椅上小憩，一袭淡紫的轻绸丝衣熨帖着她的玲珑身段，乌黑的发髻不着首饰、微微有些乱，却更添了几分媚态。硕大的冰块就在她身边，用精雕的红木盆盛着，棱角依稀化了些，变得圆滑。

凌湘端着一碗晶莹剔透的酸梅汤过来，轻轻唤我："你怎么进来了?”

我撅着嘴：“那边太热了。”

吴千雁醒了，抬目看见我，笑了，一双酒窝甜美得叫人无法不喜爱。她未起身，就那样倚着朝我挥挥手：“于归，来让我瞧瞧。听说你前日摔着了。”

我蹲在她身旁，由她摸我的脸蛋，撒娇一般冲她欢笑：“没摔着！娘娘，于归就是好热喔！”

“热就待在我这好了，你反正也不忙。”吴千雁接过凌湘递来的酸梅汤，兰花素指捏着银质小勺，一点点往嘴里送。

“哪里？我可忙了！隔日便要上翰林院去替太后娘娘找什么千手观音！翰林院那么远，走过去累不说，还乏味。”

吴千雁忽然起身前倾，舀了一勺酸梅汤送至我嘴里：“于归真辛苦了，今后多来我这，姐姐会好吃好喝待你。”

冰凉酸甜的液体入喉，身子霎时凉了下来。我晃了晃手上的玉镯子，还是初次见面时她送我的，笑眯眯说：“娘娘待于归一向都好，于归也会对娘娘一样好!”

吴千雁将碗给凌湘，笑容渐渐虚浮，问我：“方才好像见医女去了你们那，沈美人病了么?”

“是啊!”我感慨道，“病得不轻，医女一下子给开了十几味药，说什么补气养血。总之，沈美人身子是一向不好的。”趁机，我把话题一转，“沈美人阴虚阳亢，极度怕热，方才医女嘱咐我好好照顾她，可是医女前脚一走，沈美人就热得差点晕过去。所以……”我俏皮撅着嘴冲吴千雁挤眉弄眼说，“我来跟吴姐姐讨冰块来了。”

吴千雁心领神会，无奈笑道：“其实这些本来都是她的，是她不会为自己着想，何必呢?”

“什么？我不明白。”我迷惑地摇摇头。

“于归，皇上这样宠我，无非是做给她看。”吴千雁倒是心直口快惯了，也从不避讳，“寻常的四品美人，谁能有我这般待遇。皇上喜欢她，可她却拒人千里。于是皇上叫她明白，她想要什么，都可以得到，就像我这样。可我现在的风光不算什么，她沈云珞若是想要，可以比我风光几十倍。”

我瞪大眼睛，觉得不可思议，皇上喜欢沈云珞，却偏偏要宠爱别人给她看，这是什么道理?

54

为了凿那块大冰，我从小厨房找了把斧子，暗暗使了法力才劈开一小块。旁边洒了些碎冰渣，亮晶晶的很漂亮，抓了一撮放嘴里含着，冰爽极了。谢过吴千雁，我抱着冰块一路小跑回去，炎日下冰化得很快，不一会，衣襟都湿了。

找了个木盆将冰块搁下，三两下将湿了的罩衫脱去，朝内殿唤："娘娘，冰块拿来了！"

"放床边去，将屏风拉过来挡住阳光。"

沈云珞的脸色很差，仿佛热得快要晕厥，我忙扶她在床边坐下："先别管那什么观音图了，这样的天气，叫人怎么能静心绣花？"

"你怎的去了这么久？"

"吴美人与我闲聊了会。"

"都聊什么了？"

我侧头睨着她的神色，小心翼翼说："她说……皇上宠她，其实是故意做给你看的。"

沈云珞阖眼倚着，嘴角微扬："是皇上故意的，还是她故意的。"

我不解地问："她为何要故意？"

"她不是常说我们要互相扶持么？或许她是真心想要扶我一把。"

这些人的心思真让人费脑筋，我不管了，伸手在冰块上轻轻擦着，贪凉。相比吴千雁的殿所，这里还真是简陋，想起那碗酸梅汤，我舔了舔嘴唇，得宠果然有好处。我随口感慨："吴美人那什么都有，真好！"

猝然间，沈云珞的手捏住我下巴，柳眉一挑，狠狠说："她有的我也能有，想要过的好，你就听我的。"

我愣愣看着她，茫然点头。

这日刚出了裕华宫，见一顶淡雅朴素的轿子停在路旁。一名轿夫打量了我一会，走上前来："请问是于归姑娘吧？"

"是。"

"逍遥王爷命小的来送姑娘去翰林院。"说完，他出示了逍遥王府的令牌。

我犹豫了会，逍遥王的情领还是不领？他这样，我反而越加愧疚，改日遇见华容添，还是早些说清楚。相信他是大度之人。于是躬身上了轿。

藏书阁比其他地方要阴凉许多，加上通风好，倒也不觉得热。我坐在书堆里慢慢翻着古籍，呵欠连天。门“吱嘎”一声被推开了，我急忙探身去看，秦朗坤从门外白茫的光中走过来，在屋里待久了，觉得光线更加刺目，我用手挡了挡。

“找得怎样？我来帮你吧。”秦朗坤在我身旁盘膝坐下，望了望四周被我翻得凌乱的书架，语气有些无奈，“于归，那一排架子都不是佛家的书。”

我揉了揉腿脚，辩道：“可是，说不定有放错的书。”

他微微摇头：“待我的事情都处理完了，还是陪你走一遭相国寺吧。”

“真的？”我咧嘴笑了。

“嗯，过几日我就不忙了。”秦朗坤将书一本本摞起来，放回架子上，顿了顿，有些歉疚说：“于归，你别介意。我一直很好奇，珞儿怎么带着你进宫了？翘儿可是她最疼爱的丫头。”

我撅起嘴，满不高兴说：“因为进宫是受苦来的，她就巴不得我随她一起受苦！”

秦朗坤斜斜睨了我一眼，目光里有些怀疑和担忧。我看明白了，他是怕我对沈云珞不利。我气得将手中的书摔在地上，大声叫嚷：“你们凭什么这样轻贱我！”我为了他，才忍受沈云珞，为了沈云珞，才被困在宫里，他们俩如出一辙的狭窄心胸，真叫人心寒！从藏书阁冲出来，狂怒的情绪在烈日下渐渐萎蔫，我不该冲秦朗坤叫嚷的，他喜欢温柔女子。

玉临王迎面走来，诧异问：“于归，怎么站在这里？”

我无辜地望了他一眼，垂下头，双手用力绞着衣带。

“回王爷，于归姑娘找书找得烦了，便出来走走。”秦朗坤气息有些急促，他是追出来的罢，还替我圆场。我忽然间又不生气了，冲玉临王笑着行礼：“奴婢给王爷请安。”

“免礼，还是进去罢，这样的时辰日头最毒。”玉临王稳步朝前走着，一面问我，“上回你说过，你会侍弄花草？”

“是。”

“本王将拿株存活的芸香圈起来了，并且剪了枝条，用插枝的方法栽培在宫中，改日还要请你去看看才好。”

“当然，王爷命人来叫我便是。”我轻快答着话，时不时侧头看看秦朗坤，他也会看我，神色略为不安。我却莫名地高兴起来，他在意我，哪怕只有一点点也好。

轿子在暮色中朝内廷缓缓而去，我一直掀起帘子看外面，身体随轿子摇晃着，视野也在抖动。巍峨高耸的宫墙，粼粼泛光的屋瓦，这样气派的地方为何会令我想要逃走？对啊，我的归宿在外面呢。

再三谢过轿夫，我哼着小调快步走回殿所，却在一刹那收住了步子。院子中央的华盖步辇分外瞩目，这才日暮时分，红纱灯笼还未点上，皇上怎么就来了？吴千雁真不是一般的受宠，这些日子皇上来的最勤快的便是此处了。

我步子沉下去，垂着头钻回门庭冷落的殿里去。刚推开虚掩的门，唤了声“娘娘”，内殿猛地传来瓷器摔碎的声响，随即一片诡异的沉静。在这样静谧的暮色下，那声音显得毛骨悚然。我僵在当地，又轻轻唤了声：“娘娘？”

昏黄的光线中，一袭玄色衣袍从内殿稳稳走出来，那轮廓便是至高无上的威严。

我立即跪地请安，皇上就这样默默离去，仿若连一丝气息都未留下。悄然侧目瞟去，见他进了对面的殿所，我才如释重负爬起来，连忙跑进内殿去。书案上一片狼藉，砚台碎在地上三瓣，漆黑的墨汁在地上蔓延，散出一阵淡香。

沈云珞跪坐在紧闭的花窗之下，目光盯着那片墨色，呆滞。

“娘娘！”我慌乱不已，拖她起来，借着窗棂透进来些许落日余晖，她脸上的指印清晰可见。我大骇，捧着她的脸急切问：“他打你了？皇上打你了？”

沈云珞深深吸口气，视线从地上移开，不知看向何处，嘴唇颤了颤说：“收拾一下，墨迹擦干净。”

我扶她上床休息，然后去正殿找彤史大人要了些活血消肿的药粉。宫女时常罚跪，若管事的女官怜悯，会给些三七粉来消肿止痛。彤史大人只当我膝盖伤着了，便给了一小包。

我拿回来替沈云珞敷上药粉，柔声道：“娘娘好好歇息，我去讨热水，明日清晨好伺候娘娘沐浴。”

沈云珞没有阖眼，瞪着双目仰面躺在床上，身子僵直得如一具尸体。我心酸无比，暗暗施法催她入睡了。吴千雁说皇上喜欢沈云珞，可是喜欢一个人，怎么会要她难受？喜欢，不就是希望她好么？脑子里纷乱如麻，沈云珞这么快就触怒了皇上，无法预料将来还会生出什么事情来。

第七章 月儿高

55

相国寺不愧是天下第一寺，这不过是平常的日子，香客纷纭，檀香缭绕。我紧跟着秦朗坤，心底怯怯不安，万一遇见哪位高僧，一眼看出我的妖精，会不会将我收了？这念头刚闪过去，迎面便遇上了高僧，罗净着黄袍披袈裟，头戴立帽，手中持了根铜铸棍杖。

他凌厉的目光扫来，我不禁往秦朗坤身后一躲。秦朗坤上前作揖问好，罗净的目光收了回去，变得温和。

是不是因为我是妖精，所以他看我的时候与看别人的时候截然不同？我撇撇嘴，催着秦朗坤走，“公子，我还赶着回宫去，先去看千手观音吧！”

秦朗坤却止步不动，略带歉意对我说：“于归，我想先去拜拜佛，求个平安。”

我望着金光闪闪的大殿，吞了吞口水，天底下最大的那尊菩萨守在那，我可不敢进去。“公子先去罢，于归不爱闻檀香味，便在此处等你。”

秦朗坤好心道：“颇费时间，你站在这会累的，还是一同进去罢。”

“啊？我不想去……”我往后退了两步，为难地望向罗净。

罗净瞥了我一眼，侧身对秦朗坤说：“秦施主放心罢，我可以领她去看千手观音。”

“这样？甚好。”秦朗坤走出几步，又回头看看我，温柔笑了。我喜欢他穿着青布衣、略带微笑的模样，如一片新鲜的绿叶，令人心仪。

沿着游廊，一棵棵葱郁的大树将猛烈的阳光挡在天外，罗净领我在廊中漫步，一面给我介绍："罗汉殿，又称八角琉璃殿，是相国寺最高的一座殿，千手观音像就在这里面。你所说的佛家书画大多在藏经阁，还有一幅著名的观音像在方丈屋内，我们稍后再去看。"

我点点头，随他上了楼梯，忽然想起相国寺为方丈做法事那日的钟声，心思一转，问："方丈不是圆寂了么?"

罗净脚步稍稍一滞："是，你知道?"

我自怜叹道："你们做法事那日，我差点就灰飞湮灭了。"

他摇摇头："不会，你还未受劫，即使你想灰飞湮灭都不容易。"

我不忿嚷道："可是那一刻，我真觉得自己要死了！也不知是哪个和尚敲的钟!"

罗净斜斜瞥了我一眼，目视前方说："是我敲的，为方丈清道。"

"喔！你这僧人真是偏心，六界之中，妖鬼魔的处境已经够艰难了，还要遭受你们时不时的迫害!"

"六界之中，唯有人界有情，方丈待我恩重如山，我能为他做的，也仅仅是如此而已。"

我嗤之以鼻："为超度他一人，扰得我们三界不安，大师你真是有觉悟。"

他停下了脚步，转身凭栏远眺。屋角上悬着的迎风铃随风叮呤，如碎玉相击，在喧嚣的凡尘中鸣出一份平和的喜乐。

"听，风神在唱歌。"他闭目仰头，迎着万丈金光。丰厚的菱唇宛若金质，微微张启闭合，低吟梵语。我歪着脑袋看他，目不转睛。心灵未曾有过这样的宁静，如止水，任由风吹铃动，也不会泛起一丁点的涟漪。红尘寂寂中，我忽然愿意就此停留不前，不要劫难也不要成仙了。

"于归。"

突如其来的呼唤，令我恍然回过神来。罗净用一种复杂的目光盯着我，温和问："喜欢这样平静的感觉吗?"

我点头，眉开眼笑。

"那么平日多多诵经念佛。"

他的嘴角微微上扬，菱唇泛着金灿耀眼的光泽，很漂亮。我不禁伸手去触碰，那金色原是极度的柔软，我的指尖涌起一道暖流，穿过手臂，涌上脸庞。我的脸此刻一定红极了，心潮汹涌，不过一个触碰，便将如平镜般的心湖砸得粉碎，比起方才的平和，我更加贪恋此刻的心悸。

罗净脸色巨变，粗暴挡开我的手，转身疾步而去，抛下一句话："你不想看千手观音了吗?"

我痴痴站在原地，舍不得迈开步子，抬首望着屋角的风铃，一种漫无边际的愉快席卷而来，我捂住嘴笑了。

千手观音像由银杏木雕就，浑身贴金，确是精美绝伦、巧夺天工。细看来，与太后的那幅丹青似乎是一样的。我仰起头，围着巍峨的雕像一面走一面欣赏，忽闻一阵熟悉的香气，我警觉扭头，近处的拱门之外，长廊之下，华容添摇着扇子徐徐走来。

我犹豫着如何上前招呼，转眼却见他身边紧跟着一名俏丽的女子，那笑颜如春花烂漫。

"王爷，我们去送子观音那求签好不好?"

华容添笑着揽住她，亲昵凑在她耳旁说着什么。

我下意识往后退了两步，却没躲过他温柔而散漫的目光。他止步在拱门下，华丽的锦袍在人群中格外刺目。他既然看见我了，我便只好上前福身请安。

"在宫外不必多礼。"他低声说。

"王爷，这是你宫里的侍婢么?"女子娇笑着凑上前来好奇打量我，没一会，笑容渐渐凝住，"模样生得真好。"

我从来都清楚自己的姿色，可是从她口中听得这样一句饱含醋意的话，不禁笑了，淡淡说："奴婢出身卑贱，哪里配伺候王爷？只不过是一名打杂的宫女。"

"于归！你在胡说什么?"华容添肃然喝了声，旁边的女子吓得神色一乱，垂首不敢吱声。

我紧抿着唇狠狠瞪了他一眼，甩头走了。快步出了正殿，罗净还在原地候着，我随手拽起他的袈裟往前冲："走！去看画像!"

56

罗净用力扯回袈裟，对我横眉竖眼："拉拉扯扯成何体统!"

我不耐烦与他解释，跺跺脚继续横冲直撞。一名女子走得再快也快不到哪儿去，华容添三两步追上我了，一把拉住我的胳膊，硬生生将我拖至偏院里幽静的廊下。罗净见状，只在院门处站着，没再跟进来。

华容添将我粗蛮反抗的双手紧紧钳住，质问道："你这是与我使性子么？"

我撇开头不愿面对他，冷冷答："奴婢不敢。"

"于归，你究竟想要什么？"他语气中愁绪微露。

我被围堵在角落里，无法逃过他的目光。我想要什么？我根本没想从他身上得到什么！

他深邃的眼眸紧紧盯着我说："我有家室，有儿女，如果你自认为有几分姿色便想要去我所有的宠爱，那不可能。"

我置之一笑："于归在王爷眼里，也仅仅是有几分姿色而已。"

他摇摇头，脸色凝重："我原以为你不会计较。"

"是啊！谁能跟了王爷，就是天赐的福气，还用计较什么？"我含笑望着他，语带嘲讽，"不过即使身份地位再尊贵，也不是想要什么都可以得到的。"顿了顿，我运用法力控制自己的声线，附耳对他说："比如，爱情……"

这迷声术如同魔音，能使人出现幻觉。我早已掌握他心底的痛处，于是轻而易举就伤到他了。我又见到了那名笑靥如花的白衣女子，不过转瞬即逝。他的手骤然一松，我挣脱逃走。

罗净一路领我离开，默默无言。直到看完了方丈屋里的观音像，罗净才冷冷对我说："这里是佛门，你不能滥用法术。"

我跟在他身后慢慢走着，垂目答："情非得已。"

"逍遥王很好，何不跟了他？"

我笑道："你这僧人也管起红尘俗事来了？"

"你还想着秦朗坤。"

"当然，你知道我要成仙的。"

"你固执地想要嫁给他，无非是为了成仙。其实你根本不懂感情，怎么能与他结为夫妻？"

"谁说我不懂？"我莫名其妙激动起来，辩驳道："我喜欢他，从第一眼见到他，我就喜欢他！"

罗净没再吱声，一路送我到了正殿。刚迈上阶梯，秦朗坤恰好出来，神情平淡："有劳大师了。"

“举手之劳。”

我扫去所有不快，对秦朗坤强行欢笑：“公子，我们回去罢。”

罗净说：“将近晌午了，二位不如在寺里用了斋饭再回宫。”

秦朗坤微笑点头：“也好，总是要吃饭的。”

我一肚子不情愿，自从尝过肉香，再也不惦记青草和绿叶了，况且叫我吃自己的同类，好残忍……和尚真虚伪，说什么众生平等，难道花草树木都不是生灵？罗净斜睨着我，眉尾一挑，元神传音：小桃花，这可是寺庙。

他在威胁我。罢了，谁让我是妖。

除了从相国寺借出的珍贵画像交给翰林院临摹，其他零碎的书卷都带回宫给沈云珞了。我没有再出宫的理由，懒懒窝在榻上看戏本子。这本《牡丹亭》是她的珍爱，也是秦朗坤的。忆起秦朗坤圆润而销魂的唱腔，我微微眯起眼。

沈云珞写的信我没送出去，于是被她烧了。我骗了她说没遇见秦朗坤，这样撒谎明明是出于私心，我还是为自己找了冠冕堂皇的理由：他们俩之间若是再有联络，便是性命之忧。她沈云珞是不怕死，可我的秦朗坤不能死，为了他，我只能撒谎。

“请问于归姑娘在吗？”殿外传来尖细的唤声，我慌忙提起裙摆穿上鞋，理了理衣服发髻，才中规中矩走出去开门。一名内侍候在门前，恭敬道：“玉临王有请。”

我一愣，想起前些日子他说要找我看花草的。“公公稍等，我进去准备准备。”

我不过是不放心沈云珞，去吴千雁那请凌湘帮忙：“沈美人身子一直不好，你时不时帮我看看。太医院的药或许就在这两日送来，若他们来人了，你帮我接一下。”

“嗯，你去哪儿？”

“玉临王请我去一趟。”

凌湘不怀好意盯着我：“玉临王都被你勾住了……”

“胡说什么？”我捶了她一下，“我先走了。”

凌湘笑撇撇嘴，故意大声说：“将来若当了王妃，可别忘了我！”引得四院里不少宫女探头张望，我脸上一热，匆匆赶出去。

57

随那内侍到了玉临王的殿所，我呼吸一窒，这别苑……不是华容添的地方么？一进去便是双廊绕假山，之后是荷塘、水榭、楼阁，依次穿过，最后才是殿门。

我紧张问："这不是逍遥王爷的浮华殿么?"

内侍和气答："玉临王也是住在这里的。"

我暗自懊恼，再见逍遥王，恐怕又要动干戈。原本好好的两个人，为何会成这样，真想不明白。内侍又带我绕过正殿，穿过一道隐秘的拱门，指着前边郁郁葱葱的园子："玉临王在里面，姑娘过去便是。"

"有劳了。"我微笑着谢过他，径自朝园子里走去。四周墙壁爬满了青藤，满地的青草疯长未加修剪，几株纤弱的小树在微风中颤动。绿盈盈的世界，隐隐衬了些许野花，五彩斑斓，煞是热闹。我轻轻踏步进去，生怕伤着花草，这园子不大，拐个弯便看到尽头了。玉临王正蹲在一片翻过的草地里，袍尾沾尽了灰土。

"王爷好雅兴。"我笑眯眯走过去，福身，"于归给王爷请安了。"

"你来了!"他稚气的脸上露出与年龄相当的笑容，"来看看，这芸香能不能活?"

我跪在地里，俯身去嗅那枝被剪下插在泥土里的芸香，花儿在枯萎，看情形不大好。轻轻托着一片花叶，阖眼，施法。

玉临王轻声问："你在做什么?"

"嘘……"我用心体会芸香的感受，松了口气，朝玉临王狡黠笑道，"我在听它说话。"

"它说什么了?"

"它说，好渴。"

"还有呢?"

我伸出食指深深插到花枝旁的泥土里，笑着说："还有，很闷。"

"真的？那该如何?"

我拍拍手，斜斜坐在草地里，告诉他："芸香并不是不适合在北方种植，只要找到合适的方法。它喜爱阳光，也喜爱雨水，北方较旱，因此要多浇水，此其一。最重要的是土壤，这里的土紧致黏实，它不喜欢，它喜欢松软的沙土，还要在通风很好的地方。此处虽然幽静怡人，却太闷了。”

玉临王的目光渐渐惊诧，瞪着我说：“你说得很对！西域的土壤大多是沙土，而且雨水充足。”

“那王爷该给芸香移个地方了，这里可不行。”

“为何翰林院南墙那株存活了？”

“或许是南边墙角下通风，加上旁边树木郁葱，水分充沛。其实芸香一点儿不矜贵，很好存活。只要土壤适合，按时浇水，每隔一个月施肥一次就行。”

玉临王咧开嘴笑了，雪白的牙齿生得玲珑小巧。我这才发现他左边长了颗虎牙。他大概意识到自己笑过头了，赶紧敛去笑容，恢复一本正经的模样。

我故作惊讶逗他：“哇！王爷长了颗虎牙，真是虎虎生威啊！”

他抿唇斜斜横了我一眼，站起来拍拍衣袖，弹去灰尘。他不会是因为这颗虎牙，才不苟言笑的吧？他语气严肃，带着几分威胁的语气：“于归，你刚才看见什么了？”

我顿时笑得上气不接下气，就差扑在地上了。

“你！你竟敢……竟敢嘲笑本王！”

“谁胆敢嘲笑玉临王啊？”浑厚的男声自背后传来，我吓得噤若寒蝉，转过身去伏地请安：“奴婢给皇上请安！”

回想起那日沈云珞脸上的指印，令人不寒而栗。好在玉临王人虽小，却很宽容，笑道：“皇兄，我们正闹着玩。”

“嗯，平身罢。”

我爬起来，仍是大气不敢出，背脊一片冰凉。

“皇兄今日为何突然驾临，也不派人来通传一声？”

“朕恰好路过，想着许久未见逍遥王了，进来看看，原来他不在宫中。”

“王兄这一阵都歇在府里。”

静默了许久，风声都变得异常清晰，好似整个皇宫的蝉鸣尽数被我收进了耳朵，脑里嗡嗡乱响。皇上终于开口唤我：“于归，你随朕来。”

出了园子，沿着长廊渐渐走到了水榭。荷塘里高高低低的翠盖随风摇曳，几枝初开的荷花微微绽了花瓣，风格青涩。

我小心谨慎跟在皇上身边，闻见龙涎香，明明是同样的气味，却给人截然不同的感受。料想他可能要问沈云珞的事，我愈发紧张。

“你最近可见着逍遥王了？”皇上语气温和问道，我吁了口气，放轻松答：“前几日在相国寺见着了。”

“他都在忙什么？朕昨日派内侍去传召，他竟称病不见。逍遥王从来都不会这样，即便是生病也会进宫来回禀一声。莫非你惹得王爷不愉快了？”

我一怔，左思右想不知该怎么答。为什么是我惹他不快了？他还惹我不快了呢！“逍遥王可快活着，奴婢亲眼见他与夫人游相国寺，还去送子观音那求子。”

“嗯？”皇上突然转身，“什么夫人？”

我不敢看皇上的脸色，只能垂头盯着他的靴子。“大概是王爷的侧妃或者妾室，奴婢不认得。”

“你也该认得了，逍遥王有两位侧妃，四名侍妾。膝下一双儿女，是逍遥王的掌中宝，你将来进了王府，可要好好待他们。”

皇上的话说得很中肯，但我不爱听，两位侧妃、四名侍妾，逍遥王果然很逍遥！难怪想将我也收回府去！我一时嘴快问：“逍遥王为何没正妻？”

皇上站在栏边观景，气定神闲，语气中却外泄了几分无奈：“他想娶的人始终只有一个，可惜，已经不在了。朕亏欠他。”

我悄然举眸盯着皇上的侧脸，那深邃目光中俨然藏着伤痛，他们有着一样的心结。

“朕今日放你出宫去探望逍遥王，究竟他是不是生病了，朕在宫中等你消息。”

我大骇，去王府岂不是自行送上门？却只能喏喏应着。想来皇上对逍遥王如此关心，是兄弟情深，还是因为亏欠想要弥补？那名白衣女子，便是他们二人的芥蒂罢。

58

皇上派了轿子送我去逍遥王府，一路颠簸中，我试想了许多种与他见面的情景，终是不如意。前日对他使了迷声术，他一个凡人应当瞧不出端倪的吧？退一步讲，即便觉得蹊跷，也没有凭据证明我是妖。

心放宽了些，下轿，眼前的豪宅大院便是王府了，匾额上几个龙飞凤舞的烫金大字“逍遥王府”。我走至大门处朝侍卫递上皇上的手谕：“皇上令我来探望逍遥王爷的病情，并且据实回禀。”

四名侍卫面面相觑，为首的答：“昨儿个有位公公来过了，王爷说了这几日一律不见客。”

我莞尔一笑，反问：“如今可是有圣上手谕，难道王爷要抗旨么？”

侍卫收起手谕，正色道：“稍等，待我再去问问。”

不一会，侍卫和一名老者一同出来。老者将手谕还给我，慈眉善目对我说：“在下是逍遥王府的管家，这位是女官大人吧？”

我忙摇头摆手：“不是不是，我只是小小宫女。”

“姑娘，王爷前日就吩咐了闭门不见客，这几日也一直在书房，谁也不敢打扰啊……”

“可是，皇上吩咐，若我见不到王爷，便不准回宫。”我眼珠子一转，想了个主意，“不如管家试试去和王爷说，于归求见！”

“于归？”管家目光一愣，恍然低喃道，“你就是于归……”

他这一句话，引得几名侍卫纷纷打量我。我瞪大眼睛环视一周问：“你们认得我？”

他们摇头，归位。管家面带微笑做了个相请的手势：“姑娘请进。”

我懵懵懂懂就进了王府，寻思着于归这个名字还真响亮，多谢白娘子了。原来王府里的构造与浮华殿相差无几，一进府是双廊绕假山，接着是荷塘、水榭、楼阁。我中规中矩跟在管家身后，迈着轻碎的步子，绕至一所清幽别致的小院，一团团一簇簇的琼花洁白如玉，衬在茂密的枝叶中，风姿淡雅。

透过镂空花窗，能看见平静的小屋内华容添独坐在空案前，举目望着前方，神情憔悴。

管家轻声告诉我：“自从相国寺偶遇姑娘回来，王爷便一直待在此处，未曾出来。”

我心底一窒，该不是我法力太强，害他深陷幻念不可自拔。管家悄然退下了，我轻推虚掩的木门，顺着华容添的视线看去，壁上挂着一幅丹青，画中美人巧笑倩兮，站在一片琼花丛中。左上角题字为：静女其姝。

我终于真真切切看到她了，轻笑问：“她叫什么名字？”

他身子一颤，目光扫过来：“你怎么进来的？”

他的语气疏离，眼神涣散毫无神采，这还是风度翩翩的逍遥王吗？

我缓缓走近他，将手谕放在书案上："皇上命我来的。"顿了顿，我狡黠一笑，"皇上还告诉了我一个秘密。"

华容添猛地站起来，直勾勾盯着我："他告诉你了？他说什么？"

我惊讶于他的反应，不过却故作淡定道："皇上说，他亏欠你。"

华容添微微垂下头，阖眼："亏欠……难道他以为可以用你来弥补？"

我不乐意了："王爷什么意思？难道我是皇上赐给你的礼物，用来补偿你的吗？"

"不然，他叫你来做什么？"

"探病！"我将手谕展开，一字一句念给他听，念罢，将手谕一摔，忿忿道："看清楚了，是皇上好心命我来探望你！"

华容添憔悴的脸上浮现出笑容，轻轻捏了捏我的脸："傻丫头。"

我撇开头，蛮横道："我看你就是装病，我要回去禀告皇上了！"

"谁说我装病？"华容添一把拉住我，将我按在座椅上，俯身，神情平静对我说："你伤到我了，忘记了？"

我迷茫摇头，贴得这样近，清晰看见了他眼里的血丝满布，还有他唇周一片泛青的胡茬。是我揭开了他的旧伤疤，让他憔悴若此。心好像开始疼了，我向白娘子发誓，下次绝不滥用法力。

"从没有人敢在我面前提爱情二字。你说得对，不管我地位多么尊贵，什么东西都可以手到擒来，唯独爱情是我失去了却一直没有找回来的。可你是如何得知的？又是如何念的那两个字令我痛不欲生？"

对上他深邃的双眸，我胆怯了。他果真疑心，那目光仿佛要看穿我的眼睛，直直看到我心底。我败下阵来，垂着头嘟喃："是皇上告诉我的。"

他斩钉截铁道："不可能，以皇上城府之深，怎可将心底的秘密透露给你？"

"真的……"我灵机一动，大大方方抬头看着他说，"皇上还告诉我，你有两位侧妃，四个侍妾，一双儿女。而一直不愿意娶正妻，是因为心结未解！"

华容添眼色古怪，在我面前踱来踱去，语气担忧问："你究竟知道了多少？皇上的秘密，知道得越多越危险。"

"没有了，就这些。"

他终于停了下来："就这些？"

“嗯！这哪里是皇上的秘密，分明就是你的秘密……”我撅起嘴说，“不然，我哪里知道你府里的情况？”

华容添长长吐了口气，低声警告我说：“话不可乱说，说多了只会给自己惹祸。”

我朝对面的画像努努嘴问：“你还没告诉我，她叫什么？”

“宁静姝。你知道便好，绝不能在外提及这个名字，恐有性命之忧……”

一个女人能让我有性命之忧？看来她不是普通人，我闭紧了嘴。

华容添望了望画像，又扭头看我：“你也该回答我了，愿不愿意进我王府？”

我笃定答：“愿为奴为婢。”

他伸手在我耳畔轻抚，话语风流不羁：“你就这么不情愿做我的女人？”

我仰面朝他粲然一笑：“你可望而不可及的爱情，是于归毕生所求。”

华容添干笑两声：“你想要追求的爱情，是怎样的？”

“相互爱慕，相互依偎，一生一世，形影相随。”而这句话的对象，是秦朗坤。想起他的柔美面庞、低微嗓音，我不由娇怯而笑，仿似神游天际，轻喃：“我是在痴心妄想吗？”

“是。”华容添用一个字毫不留情打断我的遐思，然后平静看着我说：“如果这是你要的，我给不了。”

我满不高兴站起来跺跺脚，心想：我又没问你……可人家好歹是王爷，我乖乖说：“那么，于归该回去复命了。”

“你可知道怎样说？”

“就说王爷犯了相思病！”

他低咳一声，斥道：“别胡说八道，就说，中暑了。”

“嗯！你罪犯欺君！”我朝他吐吐舌头，轻快跑出去，一边转身朝他挥手，“放心，我不会乱说话的！”

59

从逍遥王府离开不多久，大概快走到京城正街了，轿子猛地停下来。猝不及防，我惊呼一声，不由分说从轿子里窜了出来，张口想嚷嚷，却被面前一匹高壮的枣红骏马吓住了。再仰头看马上之人，威风凛凛、趾高气昂，正是那恶霸京兆尹蔺水蓝。

他一袭朱红官服在烈日下耀眼刺目，身后还有一行佩剑的戎装侍卫。本朝文官着海蓝服，武官着朱红服，京兆尹是武官么？不过他风华正茂却坐上了京兆尹的位置，或许真有点才干。

"奴婢见过蔺大人，不知大人有何要事拦下奴婢的轿子？"

他眉毛一挑，犀利的目光扫向几名轿夫："你们先在茶肆里歇会，本官请客。"

"多谢大人！多谢大人！"几个人忙不迭谢了恩一溜烟钻进旁边的茶楼里，扔下我和轿子。还真是恶霸，一句话就把人全吓跑了。

蔺水蓝一个飞身跃下马，径自走到我跟前："你叫于归是吧？"

"是。"

"借一步说话。"

我惊诧不已，跟着他往茶楼走去。再回头看，轿子已经被他手下人抬到路边，马匹也牵好了，才不至于碍着过往行人。

蔺水蓝领我进了茶楼的雅间，要了几样小点心，并亲自替我斟茶。我咽了咽口水，真不知道这个人葫芦里卖的什么药，他不会下毒害死我吧？小心翼翼瞟了他一眼，说："其实……皇上还在等奴婢回宫复命。"

蔺水蓝面带笑意："正当晌午，你不饿么？"

我是有点饿，可我敢吃你的东西？我摇摇头："不饿。"

"你回答我几个问题，答完了就可以走。"

"几个？"

"我还不知道。"

"这可不成，万一你从现在一直问到半夜里怎么办？"

蔺水蓝皱了皱眉，又哈哈大笑起来："你可真有意思！"

盯着眼前飘香的绿茶，我真口渴了，不管它是否有毒，喝了再说。喝罢，擦擦嘴说："我不觉得有意思。"

蔺水蓝干咳两声，用狂傲的口吻问："你如何认识秦朗坤？"

心里咯噔一下，早该想到和秦朗坤有关，蔺水蓝该不是想设计害他？我得小心提防，每个问题都要想好了再说。

"在苏州认识的。"

"我是问如何认识的？"

"这个怎么能说清楚……反正就是认识了呗……"

蔺水蓝猛地一拍桌案，我吓得手一软，紫砂杯摔在地上四分五裂，茶水洒了满脚。他神色缓了些，沉声问："你是沈府的丫鬟？"

"是。"

"你认识秦朗坤，你家小姐认识么？"

生怕我的目光太浅显，会被他看穿，我垂目答："我家小姐足不出户，如何能认识秦公子？"

"于归……"他唤我，声音森幽骇人，"方才的茶里下了药……"

我惊得抬头直瞪着他，恶霸、十足的恶霸！幸好我是妖，不然该毒发了吧？我一声不吭，紧紧控住气息，避免毒在体内扩散。

他手上把玩着一只精致的瓷瓶，只有指头大小，玩味一般睨着我："解药在这里，要么？"

我死死盯住他，恨得牙痒痒。

"告诉我，秦朗坤和沈美人是否相好过？"

蔺水蓝仪表不凡，看来也是心高气傲之人，居然使这种手段！我愤怒极了，不管不顾朝他咆哮："你这个坏蛋！"

他显然被我吓了一跳，往后一躲，又将小瓷瓶在我眼前晃两下："先告诉我，是不是？秦朗坤的心上人就是沈云珞，是不是？"

我闭目深吸口气，施法将喝下的那杯茶生生逼了上来，含在口中。趁蔺水蓝正恶狠狠要挟我的时候，"噗"一声，茶水喷了他一脸。蔺水蓝傻愣愣地僵在那，我撒腿就跑，也不要坐轿子了，往旁边的街巷七拐八拐，一路狂奔。使点轻功，甩掉他们算是轻而易举的事，只是将来碰面了该如何是好？

漫无目的穿过一条条街巷，我确信自己迷路了，站在岔路口左顾右盼，沿着御道一直朝北走，应该能走到皇宫的。日当中空，我低头琢磨脚下黑乎乎的一团影子，愣是分不清哪边是北。

一阵急促的马蹄声的逼近，夹杂着车轮滚滚和车夫的呼喝声，街道两旁的行人纷纷闪躲。我也跟着往后退了两步，站在檐下。不一会，左边四匹黑骏马疾驰而来，为后面一辆奢华的马车开道。听得周围有人惊叹："连少夫人出门都这样阔气，蔺府真是名不虚传啊……"

"那可不是？蔺家堪比王侯。"

蔺家？我嗤之以鼻，一家子都不是好人。

本以为马车过去人群也就散了，不想在拐角处，忽然窜出一行人，后面跟着八抬大轿。马车急急停住了，轿子也落了地。这街原就不宽，这一下被堵得水泄不通。

有人窃喜道："这下有好戏了，蔺府撞上了国丈府！还不大打出手？"

人群渐渐纷闹起来，围上去观看这一场好戏。

60

蔺府与国丈府的人互不相让，出言相讥，吵嚷不休，就差动手了。方才还闷热压抑的街道顿时沸腾起来，烈日下众人兴致勃勃，猜测谁赢谁输。我远远站在檐下阴凉处，弄不懂他们在吵什么，一方退一点，不就好了吗？

正僵持不下，左边的奔来一匹枣红色骏马，呼啸而恰好从我身旁过。是蔺水蓝追来了！我忙躲在粗木圆柱后，小心翼翼探头去看。只见蔺水蓝大喝几声，策马进入人群，就那样在马上说了几句话，马车便往旁边退让，国丈府的轿子先行过了街。

迫于蔺水蓝的威势，人群四散，噤若寒蝉。我混迹在小商小贩中，挨着屋檐溜走了。

香汗淋漓，终于远远看见了宫墙，我腿一软，在路边坐下歇息。皇上派的那几名轿夫大概怕极了责难，就在皇宫前的御道边等我，见了我兴奋不已，忙请我上轿。我学蔺水蓝摆了副官架子，不悦道："你们可知道我有皇命在身，不得耽误？"

"姑娘，您就饶了我们吧！那蔺大人，谁也得罪不起啊！"

"哼！欺软怕硬！"我心里憋了一股怨气出不来，使劲将轿帘子一甩，"等下回他把我毒死了，看你们怎么给皇上交代！"

沐浴更衣完毕，装扮妥当，方能去向皇上回禀，不然就失礼了。沐浴后身子格外清爽，口中含了香花露，沈云珞说这样才能呵气如兰，我含着一口香喷喷的水朝她笑。

"好了，吐出来吧。"

我没来得及细想，不知怎么给咽下去了。眨巴着眼睛问沈云珞："不会有毒吧？"

"那倒不会。"沈云珞掩口而笑，娇嗔，"于归，你逗死我了。"

可是极少见到她笑，我站起身理了理衣服："我该去了，顺便要去一趟浣衣局，娘娘就别画了，歇会。”

她笑意敛去，垂目低吟：“早些绣完才好呢……就不用吃苦了。”

我幽幽叹了口气，迈出殿门，又忍不住回头看她。谁知道她这如意算盘最终能否如意。

那座正殿迥然高耸，我不知为何胆怯，似乎走路都有些不稳了，或许是因为皇上打了沈云珞、夺了逍遥王的心上人，这些念头在脑里纷纭不去。幸而皇上有要事处理，并未召见我。我只向皇上身边的内侍总管回禀了，不到一刻钟便匆匆逃离了巍峨的大殿。

逃得越远，脚步越轻快，直到过了御花园，才如释重负。逍遥王的警告犹言在耳，让我意识到皇上是危险的，日后应更加谨慎才可以。

我满怀心事慢慢走着，从浣衣局出来恰好遇见凌湘。为了避暑，我们挑着林荫小路走，虽然绕远了，却能风凉些。夏树苍翠，日光西斜，蝉鸣和着风声一阵远一阵近。这时候的宫廷显得尤为宁静怡人，似乎和宫外也没什么不同。

我有一句没一句和凌湘搭着话，她似乎发现了我的心不在焉，粉拳在我肩上砸两下：“喂！你想什么呢？”

我勉强笑了笑：“没什么，跑了一天，乏了。”

“逍遥王爷何时接你出宫去？怎么也不见动静？”

“谁说他要接我出宫去？”我无奈耸耸肩，“凌湘，你愿意做人家的妾么？”

凌湘若有所思道：“若是王爷要我做妾，我当然愿意。于归，你该不会……想做王妃？这样的野心未免太大了，我们只是奴婢，是贱民……”

我立即打断她的话：“我才不是贱民！众生平等，为何我们就低人一等？”

“可皇宫就是这样的地方。”凌湘小心翼翼瞟了我两眼，“于归，你才进宫几个月，你不懂。”

我喉咙干涩，不想说什么、亦懒得说。心乱如麻，或许该坐下来好好诵经念佛了。

刚进了裕华宫，忽而一阵疾风刮来，沙尘几乎迷了眼睛。凌湘腾出一只手揉着眼角，大意之下打翻了托盘，衣物掉落一地。我忙蹲下帮她拾取、叠好，忽然发现其中一条洁白的肚兜上，赫然绣了一句诗：粉白香痕春带雨，轻红酒晕晓含风。

凌湘眼睛好些了，也蹲下收拾，从我手里将肚兜夺过去，小声嘟喃："你真不害臊，在这里看得这样入神。"

"反正也没人，凌湘，那上面怎么有诗？"

凌湘抿唇而笑，凑在我耳边说："是皇上写在肚兜上的，吴美人趁势绣下来了，皇上可喜欢了。"

"啊？"我张大了嘴，低头摸摸自己的肚子，"肚子软软的，这要怎么写字？"

凌湘用肩狠狠撞了我一下："你可真笨，当然要先脱下来才能写嘛！"

我嘘了口气："脱下来写有何难的，要在肚子上写那才厉害了。"

"你懂什么？这叫闺房之乐……"凌湘捂着嘴笑得花枝乱颤，与我在院里分道。我撇撇嘴往殿里走，什么闺房之乐，不害臊。

61

悠悠捱着日子，掰手指一算，时至夏末，越发闷热。

沈云珞的绣图绘成了，我帮她将绣布固定在绣架上，因绣图巨大，剩下的一大截不得已搁在椅子上。看那细细墨笔勾勒出的千手观音，仍不敢相信这是出自沈云珞之手。她不仅手巧，心思更是缜密，否则错一笔便前功尽弃了。

对面的殿门前热闹非凡，一行人抬着大小礼箱如长龙般络绎不绝。吴千雁盛宠当头，赏赐不断。我一面探头看，一面忙着手里的活，随口问："吴美人是不是快晋升了？"

"或许吧。"沈云珞热得双颊绯红，视线从未停留在对面一眼。

我大着胆子问了："娘娘，上回你触怒了龙颜，今后的日子，会不会很难过？"这是我早想问的，那日究竟发生了什么，可迫于她的郁郁寡欢始终不敢开口。这些日子在药物的调理下，她似乎好了许多，整个人清爽了些。

她动作一滞，愣愣答："已经过去一个月了……"

我小心翼翼文："娘娘究竟做了什么，令皇上动怒？"

她抬目睨了我一眼，嫣然一笑："你想知道？我偏不告诉你。"

我气呼呼甩了甩绣布，抱怨道："你什么都不告诉我……"

"知道得越多，越是危险。"

这句话，华容添也对我说过。他是为我好，沈云珞大概也是罢。我心底生出些许暖意，傻傻笑了。

那些借来的书画已经用不着了，我该一件件还回去，抬头望望天色，晴空万里，还真是一件苦差事。

秦朗坤见着我自是十分高兴，因为我又能给他带去沈云珞的消息。他关怀她的一切，如孩童般向我打听她的消息。被一个人这样惦念着是一种幸福，我何时才能得到这样的幸福呢？

他递给我一杯花茶："解解暑。"

我垂目望着他纤细白皙的手指，生出前所未有的贪婪和大胆，于是在接茶时故意碰到他的手，是暖的，心口暖洋洋的。我低头窃笑："多谢公子。"

"于归，劝劝她，绣花不用太辛苦，闲时绣绣就行。若一直这样下去怎好？"

"公子放心，于归会劝着小姐。小姐只是急于想得到皇后相助。"

"可是皇上已经喜欢她了，不会因为皇后或太后的一句话而放弃的。"秦朗坤神色忧郁，叹息道，"这样只是拖延，并不能避免。对皇上来说，越得不到的越是有吸引力，我只希望她过得好……"

我随意翻着案上的书籍，阳光透过窗棂洒在纸墨上，散发出缕缕书香。看了几行，方知此乃本朝史书，我随口问："公子看史书？"

他收回深思，答："校对。"

"校对？"我脑中灵光一现，低声问，"史书中可会记载后妃？"

"除去皇后、太后，其他一概不记。"秦朗坤狐疑看着我，反问，"你想问什么？"

"公子知道一个叫宁静姝的女人么？"

他侧头看了看屋外，压低声说："你从哪儿听来的？"

我信口胡说："宫里的闲言碎语……"

"此女为罪臣之女，宁家满门抄斩，独留了尚在襁褓中的她。那件案子盘根错杂，后查证属冤案，先皇愧疚，便将她抱入宫中收养，十年前嫁与太子做了太子妃，太子即当今的皇上。哪知她其实满怀怨恨，趁先皇染风寒时在汤药里下毒，先皇咽气之后，随即服毒自尽。"

我听得愣了，不敢相信那女子、那笑容甜美的女子……弑君？

“于归，我不知道你们在宫里遇见了什么事，但凡提及此事的，一定要避开，此乃大忌。”

我懵懵点头，这样的事，方才何必要问，还不如不知道。

又闲聊了一刻，秦朗坤替我仔细核查了一遍包袱里的书画，确认无误方交给我：“包袱里都是相国寺的没错。”

“多谢公子了，我总是没记性！”我笑眯眯拎着包袱想要同他告别，却被他叫住，“你不认路，我还是陪你走一遭罢。等我换上便服。”

我微笑点头，不知自己脸上的笑容是否有沈云珞那般柔媚，但我已经竭尽全力了。秦朗坤喜欢温柔的女子，因此我必须学会温柔。

与他一同漫步在京城的繁华热闹中，欣喜而惬意。街边的人们摇着大蒲扇，阵阵热风滚烫了我的脸颊。藏在墙根树上的鸣虫窃窃私语，嘲弄我青涩的美丽。宫装衣料轻薄，披帛垂坠在身侧，随着步子一颤一颤，动如流泉。

“看宫里的姑娘多好看。”

“那少年郎更是俊俏，比寻常女子都胜几分！”

“真是一对璧人……”

在人们艳羡的目光中，我佯装淡定，从容跟在秦朗坤身边，甘愿做他的附属。然而我更愿意听到夸赞我们相配的美言，我们原来是这样相配，连路人都看出来了。止不住笑了，我猜自己一定笑得眉眼生动，灿若桃花。

62

相国寺门庭若市，我在一行小摊前流连，那些形态各异的泥菩萨被人们捏得憨态可掬，菩萨真是这样的？为何罗净却总是板着脸，对人冷漠疏离。

“姑娘，要买什么？什么样的都有，买一个吧！”捏泥人的老者一直冲我笑，我被他瞧得不好意思了，便问：“真的什么都有？”

“即便没有，姑娘要什么，老朽替你捏就是了！”

我掩口而笑，狡黠问：“那……白娘子有么？”

“白娘子？白蛇？有！”

我惊诧不已，还真有？这不是捏菩萨的么，怎么连白娘子都有。老者十指满是泥土，从旁边的小木箱中取出一对泥人："姑娘，你看，这不是白娘子和许仙么？"

我双手接过，这对泥人捏的神态逼真，可是那太过幸福的笑容是假的，我摇摇头，还给他："我不要许仙，只要白娘子。"

"姑娘，人家一对夫妻，当然是成双成对的。"

"才不是呢……"我撅起嘴跟他辩道，"许仙是个负心人，应该被唾弃！"

"啊？"老者瞪大眼睛，眼角的笑纹都平淡了。不一会，他又笑起来，"那我给姑娘捏个白娘子成么？"

我垂目看着他破旧的衣裳，修补了无数次的布鞋，于是掏出仅有的一点碎银子："老人家，我也没多少钱，你看够么？"

"嘿嘿，够了够了……"他双手哆嗦接下，笑得皱纹更深。

"那我先去拜佛，回头来取。"

"姑娘放心，老朽一定给你捏个最漂亮的白娘子！"

秦朗坤似乎很熟悉这里，领我从偏门进去了，穿过西厢，径直到了禅房。这条路幽静许多，方才的热闹眨眼不见。他时不时侧头看我，终于开口说："那是你上月的俸银吧？"

"嗯。"

"那泥人，最多值三文钱。"

"可是白娘子值很多钱。"

秦朗坤大概听不明白这句话，我朝他笑笑，盯着他袖口的补丁问："公子，你现在是翰林学士，俸银虽然不多，但也不会很少，为何不置办几件体面的衣裳？"

"举家搬来京城，已是散尽家财，为衣冠这种身外之物，倒不如给娘亲多补补身子。"

我恍然想起他还有位母亲："夫人身子可好？"

"时好时坏，我四岁时父亲离世，娘一介妇人撑着秦府，操劳了十几年……"说着，他眼眶通红，"也不知我还能尽多久孝道。"

"公子……"我鼻子发酸，凝噎无语。今日我是施舍了银子给那位老人，可天底下有多少需要施舍的人。我调了调气息，强笑说："你是状元郎，是文曲星，一定可以为家宅带去福运。"

秦朗坤目光忧伤看着我："是吗？真是这样就好了。"

"真的！"即便不是真的，我也会帮你的。

寻到罗净的禅房，院门前有个小沙弥拦住了我们："二位施主请止步，罗净大师有贵客在。"

秦朗坤将包袱递上："我们是来还字画的，既然如此，小师傅代罗净大师收下罢。"

小沙弥仔细瞧了瞧包袱里的东西，问："你们是宫里的人？"

"正是，字画乃翰林院藏书阁向相国寺所借。"

"稍等片刻，待小僧去问问师傅。"

我好奇问："咦？罗净年纪尚轻，为何在寺中地位如此高？"

"罗净大师自小出家，年纪虽轻，修行却高。我们初遇之时，大师便救了我一次，再遇，更是救了我的性命。说来怕你不信，我们结伴而行穿过一座山谷，竟然遇到了妖怪，多亏罗净大师解难。"

"我信啊！公子说的我都信！"对秦朗坤绽放完笑颜，我暗自撇撇嘴，臭和尚，抢了我的功劳。

小沙弥不一会便出来了，请我们进去。这禅院真是风雅，雕栏玉砌，亭台错落，池塘里白莲幽幽绽放，池边竹林婆娑，疑似仙境。我轻轻迈着步子，生怕惊扰了佛祖。

不远处竹亭内，月白僧衣对坐银灰锦袍。不料那贵客竟是华容添，我调头想溜，被嗅觉灵敏的罗净察觉了，他高声说："二位也是贵客，请一并入座。"那眉毛一挑，细宅的眼里露出戏谑之色，那分明是在说：有妖气！

我耷拉着脑袋跟在秦朗坤身后，迈入竹亭之前，先朝华容添福身："奴婢给王爷请安。"

"既都是大师的贵客，就不必拘礼了。"

抬头，见华容添举着扇子朝我微笑点头，我面上一热，忙垂目。迈上木梯，在桌前坐下，我仍不敢直视他，也不知我们之间有什么令人害怕的东西。

竹亭悬高一丈，因此凉风袭人，桌凳皆为木桩所修，一架古筝斜斜横在栏边，面对莲塘。

罗净抬手替我倒凉茶，头却向着秦朗坤和华容添说："自苏州一别，我们三人头一回相聚。"

我握住茶杯瞪着罗净，还有我呢，应当是我们四人。

他瞥了我一眼，意思是说：你是妖，不是人。

63

华容添一张俊颜含笑说：“我们之间颇有缘份。更没想到大师还是我王兄的食客。”他总是这样风度翩翩，看似亲切可人，实则谁也看不穿他眼底的神色。

“长庆王行事荒唐，性情凶残，料想众人会不解贫僧此举为何。其实，这样的人，不是更需要佛法来点化么？”

秦朗坤突然说道：“盐司近日抓了不少人，其中有我一位乡亲。听说是长庆王的命令，不知所为何事？”

“是为盐船的事罢。”华容添抿了口茶，慢条斯理说，“有艘渔船卡在桥洞进退不得，堵住了那段水路，后来强行拉纤将船拉出来，只是桅杆折断，砸在后面紧挨的盐船上，将船身砸裂了，一多半的盐都化进了河水。所以，盐司抓了相干的所有人。”

“抓人无非是赔银子，为何关入大狱迟迟不放人？”

“虽然是官家的船，那盐却是私盐。已经知道真相的人，如何能放出来。”

“官船运私盐？”秦朗坤拍案而起，脸色涨红，“这些贪官污吏！”

“朝中官员分为三派，分别以长庆王、蔺丞相、国丈为首。结党营私，不足为奇。”

秦朗坤紧紧蹙眉，忿忿不平道：“王爷既然洞悉一切，为何不禀明圣上？”

“本王，乐在逍遥。”华容添继续喝茶，一副事不关已的神情。

罗净默然起身，一袭月白僧袍衬得身姿颀长。尖削的手指在古筝上拨了几下，温温道：“秦施主，悲天悯人，不如静心听一曲《月儿高》。”

出家人，怎么会说出这样世俗的话来？秦朗坤悲天悯人有何不对？我心有不满搁下茶杯，侧身而坐。

罗净撩起袍尾，在古筝前坐下，背对着我们。

手臂缓动，身形轻摇，曲音密密铮铮淌出一行，接着一行，滑音婉转、琶音浪荡，高音纤纤飘跃，低音深幽沉谧。他的颈还是那样优雅，像一只白鹭，手下乐律由慢渐快，宛若一轮皓月之上，琼楼玉宇之中，嫦娥旖旎而舞。天河炯炯，亦不过是美人手中一条丝绢罢了。

青天白日，生生被他变成了柔静月夜，我才晓得这位高僧有多高。一曲终了，心旷神怡。我真的要仰慕他了，甚至白娘子也不曾给我这样的感觉。

华容添抚掌赞道："出神入化！大师真令我大开眼界了！"

秦朗坤眉头舒展，默默饮茶。

罗净一路送我们出了寺，华容添的侍从将马车牵来了，恰好可以送我们回宫去。

"喂！姑娘，你的白娘子！"我应声扭头张望，路边林荫下，老者正挑着担子，一手举着那泥人。我兴冲冲跑去接下，虽然和白娘子差了许多，但他也没见过，不怪他。

华容添好奇地问："这是什么菩萨？"

我乐颠颠拿着小泥人在他眼前晃了晃："不告诉你！"转身见罗净一脸鄙夷之色睨着我，我抚掌大笑，"有了有了！老人家，你再替我捏个泥人，就捏这位大师！"

罗净脸色一沉，目光清冷。

老者放下担子，探着头打量罗净："老朽每日在相国寺前捏泥菩萨，对罗净大师熟得很，不难捏，姑娘稍等片刻。"

碍于旁边有人，罗净没说什么，倒是华容添饶有兴致问："于归，你要大师的像做什么？"

"哎呀，就像供菩萨一样供着啊！"我比手划脚说得眉飞色舞，"我们都见识过了，大师是世上罕见的高僧，将来必定有更高的修为！我现在就把大师供着，每日给他烧三炷香，以大师的修为和胸怀，一定会尽心尽力保佑我的！"眨眼又跳到罗净跟前，嬉皮笑脸问他："是不是呀？大师？"

罗净细长的眼中闪耀着怒意，却平静道："贫僧不敢当。"

捏泥人的老人家也跟着凑热闹："姑娘说得真好！都说罗净大师是相国寺镇寺之宝，京城里那些大户人家为了请大师做法事还要煞费苦心呢！姑娘你真是颇具慧眼，知道捏个大师供着，回头老朽自己也捏一个，求大师保佑我孩儿早日娶媳妇！"

一直沉默的秦朗坤也开口了："老人家，也替我捏一个，保佑家母身体安康。"

华容添笑呵呵打开折扇："那我也要一个。"

罗净眉头一收，斜斜睨着我，目露厌弃。我朝他吐吐舌头："谁让大师你是高僧呢！高僧，就要做高僧该做的事！”

罗净不予理会，自顾自转身回寺，抛下冷冷一句：“各位请便。”

我握住湿嗒嗒的泥人，看着月白的身影穿过一道一道寺门，渐渐隐匿，原本戏弄他的快慰不知怎么变得惆怅了。为何与他相处越久，越觉得似曾相识，但我是只妖，连前世都没有，又何来的“似曾”？

第八章　锁寒窗

64

弦月如银钩缀在树梢，酷暑残退，鸣虫无歇。

太医院按时送药来了，我小心翼翼端出来，搁在案上，从橱里将一包酸梅取出来，与药碗一并放进托盘呈给沈云珞。为绣花，她简直走火入魔了，不眠不休。

“娘娘，喝药了。”

她轻应了声，手下未停，直到那一条线都绣完了，端起药碗一饮而尽，拈了两颗梅子含着。她做什么都慢吞吞的，唯有喝药的时候特别豪气。我曾经好奇药是什么滋味，尝过一口，简直苦到心里去了，所以一直佩服沈云珞喝药的工夫，她连眉头都不皱一下。

将盘子撤下，我坐在她身边愁眉苦脸：“娘娘，别绣了，出去透透气。你整整两个月都没出过屋子。”

“要赶在入冬前绣完，不然，这个冬天不好过。”

“这么大一幅图，如何能绣得完？”

“于归，这里的冬天很冷，不如夏天好过。我带的银子快使完了，今后要拿什么去打点？”

我小声嘟喃：“原本有好日子过，可惜你不要。”

沈云珞手下一顿，抬眼瞪着我：“凭你的姿色，得获圣宠也并非难事。”

我不耐烦起身去拉她：“别闷在屋里了，就出去走走吧！夜里凉快，我们去太液池看看荷塘月色啊！”

“荷花还未谢么?”

“快了，开到末了。现在不看，今年就看不到了!”

在我的软磨硬泡之下，沈云珞终于肯出去。她穿着最喜爱的湖绿长裙，外罩轻纱开衫，臂上玉肌透显，一抹藕色肚兜隐隐绰绰。太液池月色静好，这样的美人行走在其中，宛若仙子。

风动荷香，四周静谧无人，我们在池边的玉阶坐下。阶下便是清水，身子稍稍倾下去便能够到，我贪凉，一手撩起宽袖，一手探入水下，轻轻搅动池水。

“娘娘，这里的水很好。”

“这是活水，宫里的池水河流都是从汴河引入的。”

我一面点着头，一面将鞋袜脱去，挽起裙摆，光洁的双足小心翼翼试了试水，有些凉，不过很舒服。

沈云珞蹙眉叹道：“于归……”

“娘娘，不要紧的，这里没人。”渐渐适应了池水的冰凉，两条腿便在水中乱晃，搅得附近的荷花也颤动不安。使劲踢了两下，水花飞溅，有些洒落在我们身上。

沈云珞一口气沉下去想要叱责我，却忽然扑上来捂住我的嘴。我不知所措瞪着她，她急促的气息扑面而来，我这才注意到有人走近，而且声音无比熟悉。我们俩屏住呼吸，紧紧贴着池壁。

“方才的甜品可合你胃口?”皇上沉凝的嗓音带着些许倦意。

“皇上赐的，哪儿有不合胃口的呢?”吴千雁的笑语还是一贯的利落，“就怕臣妾吃相难看，吓着皇上了！咯咯……”

“呵呵……卿素来落落大方，偏偏吃水果的时候狼吞虎咽，猴急的很呐!”

“臣妾也不知为何，看见水果，就嘴馋得要命!”

“朕就喜欢你这天真的样子，胸无城府。卿，这太液池荷花飘香，来吟一句应景的诗。”

“皇上又考臣妾呢？容臣妾想想……”半晌，吴千雁柔声念，“过雨荷花满院香，沉李浮瓜冰雪凉。”

“好句，卿可谓是冰雪聪明，出口成章。”

“皇上过奖!”两人越走越近，最终脚步停在离我们咫尺之地。

后背紧紧贴着石壁，不一会觉得浑身冰冷，我没来得及穿鞋袜，双足沾满了水，风一吹，令人忍不住发颤。

“皇上，请恕臣妾冒昧，虽然知道皇上不爱听，可是……沈美人整整两个月没出过殿门，臣妾去瞧过，她为了那幅观音像，憔悴不堪。臣妾与她情同姐妹，可是心疼了，她身子不好，更应该静养才对。”

我和沈云珞相视一眼，不解吴千雁何意。

皇上默默不作声，两人的脚步又渐渐行远。就在我们松了一口气的时候，皇上突然说：“朕去看看她。”

沈云珞的手紧紧抓住我，急切道：“怎么办？现在如何回去？”

“嘘……娘娘莫急，待他们走远了，我们再慢慢走回去，若皇上问起，便说去游园了。或许皇上等久了不耐烦，便会离去呢！”

沈云珞望着我，目光无助，缓缓点头：“也只能这样了。”

我陪着沈云珞特意又在御花园转了一圈，才慢慢回裕华宫去。亥时将过，院里空荡荡的，吴千雁那边也无人，顿时如释重负。我拍着手欢呼：“太好了！逃过一劫！”

沈云珞露出难得的笑意，手持团扇托起我下巴：“瞧你得意的，小点声。”

我捂住嘴，仍旧笑得欢。提起裙子轻快跑进殿里去点灯，火折子燃起微弱的光亮，我转身将落地烛台上几支蜡烛挨个点燃，再进内殿去点床边的灯。穿过拱门，挑开帘子，冷不丁见书案前一道黑影，面向窗外负手而立，那轮廓叫人想不认识都难。我惊叫一声，火折子啪地掉地上，渐渐熄灭。

“于归，怎么了？”沈云珞轻轻唤着我走进来，愣了一下，不慌不忙拖着我下跪，“臣妾不知皇上在此，一时贪玩便在御花园里逛了许久，望皇上恕罪。”

他慢慢转身，在黑暗中凝视我们，声音低沉：“于归，点灯。”

这是做什么，装鬼吓人？我颤颤巍巍拾起火折子，将寝殿的灯烛全部点燃。这殿里从未有过如此光明的夜晚，皇上的脸色却仍然阴暗。他慢慢踱步，在罗汉床坐下：“于归，你方才说逃过什么劫了？”

沈云珞面不改色，从容答：“方才我们遇见一只黑猫，怪吓人的。”

我忙附和：“对对，一路追着我们，娘娘都吓坏了。”说完，我垂在身侧的右手朝窗外悄悄一弹，一只黑猫跃然出现在窗台，双瞳幽绿望着屋内，发出一声凄厉的猫叫。

“啊！”沈云珞吓得花容失色，连连往后退，皇上猛地上前将她拉入怀，沉声道：“一只猫而已，有朕在此，何足畏惧？”

沈云珞惊魂未定抬头望着皇上，她削瘦的身子只消皇上一只手臂紧紧圈住便动弹不得。她垂下头去，皇上却并没有丝毫要放开的意思。他宽厚的大手抚上她的脸庞，用力捏住她的下巴，抬起：“朕方才看见你笑了……原来你会笑吗?”

沈云珞目光惊恐无措，也没有答话。

“彤史大人说，你们饭后便出去了，这么晚才归来。沈美人，你身子大好了?”他将她按在自己怀里，又狠狠加了一把力，二人紧紧贴在一起。我就站在不远处看着，觉得心跳狂烈，又是一种诡异的感觉弥漫周身。

沈云珞气喘急促，眼里湿润，声音发颤：“皇上，臣妾……还需调养。”说完，她猝然被推开，险些摔倒，我忙上前扶住。

“调养?”皇上目光如炬，步步逼近道，“好，朕会给你天底下最好的补品，朕会让你过上最舒服的日子！直到你调养好了为止!”说完，他拂袖而去，这就是皇帝，天底下没有他得不到的女人。

沈云珞瘫坐在地上，痛苦闭目。

65

只因皇上那一句话，次日，彤史带了一席人来将殿所装饰一新，几只大箱子被扛了进来放在厅里，都是过冬的衣物、木炭、熏炉，还有上等的食材、药材，令人目不暇接。我将每只箱子都翻了一遍，啧啧叹道：“娘娘，这样也挺好的，什么都齐了。”

沈云珞恹恹倚在榻上，气若游丝：“好……好过冬了。”

“你一直在喝药，却不懂得爱惜自己。现在好了，别没日没夜地绣花了，慢慢绣，不着急。”

“你可知这些要以什么为代价?”沈云珞忿恨道，“我究竟做错了什么？连自己都守不住……”

我垂目不语，将箱子里的东西全部归置好，恰逢太医院送药来，我接过一看，除了平日里那红木药碗，还多了一青花瓷盅。“咦，这是什么?”

小宫女答：“是药膳，非常滋补的汤。”

“娘娘的膳食不是裕华宫小厨房做来么?”

“这是皇上特别吩咐的，因此是御膳房做了送来，彤史大人说药和汤可以并用，不打紧。”

“哦，我知道了，多谢彤史大人。”我一路小心翼翼端着回殿里去，搁在桌上，轻轻揭开瓷盅盖闻了闻，那药膳的味道并不好，撇撇嘴，唤沈云珞来喝药。

日复一日，这样的汤药和药膳按时送来，皇上却没再来裕华宫，随着秋叶飘零，日寒霜落，吴千雁那也逐渐冷清了。抽空时常来与沈云珞闲聊，或者品茶、下棋。

彤史大人时不时会派人来询问可有什么缺的东西，我也就厚着脸皮要木炭，要香烛。虽然我这样的宫女不够享用炭火的资格，不过既然能手到擒来的东西，为何不要？于是我自己的小屋里生了三盆炭火，烧得火旺，从来不熄。凌湘便时常跑来与我挤一床睡了。

小橱柜上，俨然摆着一尊泥像，前面端放着一只精巧的香炉，我手持三炷香虔诚拜了几下，插在香炉里。

凌湘一面打着呵欠一面说：“你天天拜这个不知名的菩萨，还不如弄个观音来拜拜。”

“我告诉过你了，她叫白娘子，很灵验的！”

“还有你枕头下放一个泥人，不嫌脏吗？”

我笑眯眯在她身边躺下，摸出枕下的泥像：“这是个高僧，会保佑我的！”悠悠烛光下，罗净的面庞不再冷漠，我伸出中指在泥人头上揉搓，窃笑。大师啊大师，我不止摸到你的光头了，还每天摸呢……

吹熄了烛火，听得凌湘在耳边抱怨道：“皇上不知怎么了，好久没来看吴美人。”

“后宫这么多女人，吴美人这几个月也算享尽圣宠了。”

“只有短短两个月，自从立秋之后，再也没来。”

我叹了口气，侧身贴着凌湘暖和的身体：“别想了，反正也与我们无关。”

窗外的光秃枝桠印在花窗上，像张牙舞爪的鬼影，想起沈云珞脸上的指印、暗夜中皇上肃然的轮廓、还有白衣女子的如花笑靥……我一头迈进被窝里，紧紧抱住凌湘：“我想出宫，我要出宫去！”

“于归？”凌湘惊诧拽住我的手，“逍遥王不是喜欢你么？你跟他走就是了！”

我心慌意乱望着她晶亮而天真的眸子：“真的要做人妾么？”

“总比在宫里强。”

我一手伸入枕下，紧紧握住罗净的泥像，暗暗对自己说：我要受劫飞仙，即便再苦都要撑下去。

这日做了美梦，梦见我穿着大红嫁衣，坐在花轿上摇晃颠簸，一路吹吹打打进了秦府。激动之中，醒了过来，却觉得窗口透进来的白光耀眼刺目。我支起身子，轻轻推开窗，纷纷扬扬的雪花早已将一切覆成白色，宁静无声。

关上窗，下床去加了些炭火，穿上厚重的粉色深衣，去伺候沈云珞起床了。捧漱盂去，她漱完口，又含了一会花露，盥手毕，蘸水轻轻擦拭脸面。更衣梳妆妥当，她捧了小熏笼在绣架前坐下，又开始了一整日的穿针引线。

真不知她这样的日子何时才是头，见殿外不少宫女结伴而行在雪地里玩耍，我也揣了个熏笼在怀里，迫不及待跟沈云珞说了一声便出去了。冬天都穿得厚重了，连吴千雁那样窈窕的身量都显得臃肿，她看见我，粲然一笑，酒窝深深的。我踏着白雪走过去，回望，一串脚印子，很是可爱。

她亲切问："于归，怎么一个人？"

"沈美人畏寒。"

"这第一场雪应当要出来才好。"

我朝凌湘吐吐舌头，与她们走在一起："你们要去哪里？"

凌湘神气答："太液池结冻了，这会又下雪，很好看。每年这个时候，三宫六院都会去，皇后娘娘也会去。"

我笑道："你跟着吴美人不是常见到皇后娘娘么？还如此惦念？"

"那当然，皇后娘娘气质雍容，深明礼义，谁见了都会心生仰慕。"

我才不信，若真是深明礼义之人，便不会与淑妃斗成这样了。

66

太液池边果然华冠丽服、佳人云集。放眼望去，周遭围绕的树木也纷纷银装素裹，整个池面如冰镜一般。透过冰面，还能瞧见水中的红鲤成群地游来游去，只是白雪悠扬，依稀盖住了池下的这番风景。

只有少数女子打着伞，大多都不打，任由白雪落得浑身皆是，也算玩得尽兴了。冰天雪地里，难得这样热闹，我玩心顿起，凑过去与其他宫女一块堆雪人。忽然听得旁边几个小宫女叽叽喳喳叫唤："是皇上！真的是吗？"

"没错，不然，怎么侍卫全守在那不让人过去。"

"皇上呀？这么远，看不见呢！"

"不止皇上，还有逍遥王也在！"

此话一出，无数目光齐刷刷朝我看过来。我耸耸肩，逍遥王似乎已经成了我的主子，或者说，我已经成了他的附属品。

通常人们都说：她就是于归，逍遥王看中的那宫女。

为何不这样说：他就是华容添，看中于归的那王爷。

症结在于他是王爷而我是宫女，尊卑分明。我手下滚着雪球，瞥了周围一圈，"你们还堆不堆了？"话音刚落，一名内侍小跑至我跟前，笑道："于归姑娘，皇上和王爷有请。"

我抬眼一看，好像认识他，不就是逍遥王身边的人么？我挠挠头，纳闷嘀咕："这么远，他怎么可能看见我？"

"王爷说乍看身影有些像，便命奴才来瞧瞧，还真是姑娘！"

真怀疑华容添是不是也能闻见妖气，这么十几丈都能看见我。无奈，只好挂上淡定的微笑，乖乖跟着内侍走了。

在阶下蹭干净鞋上沾的雪，方进了亭台。一抬头，发现玉临王竟然也在，只是因为个头小，又披了洁白的狐裘，远远看去便与雪景浑然一体了。亭台虽四面临风，石桌上却燃着一座小炉子，除了暖手之用，顺便还煮了酒。沸沸的声音听起来很温暖，酒香四溢。我分别给他们三位请了安，对着华容添小声问："不知王爷传于归来有何吩咐？"

他脸上带着惯有的笑意，目光轻柔："谁说是本王传你来的？"

我一愣，听得玉临王清了清嗓子说："是本王有事找你。"

我马上换了个方向，朝玉临王俯首问："不知王爷有何吩咐？"

"那些芸香被冻坏了，本王实在不会侍弄，你何时得空，去我那园子里照料一下。"

"奴婢遵命。"答完话，各人都沉默着，我站在那形如木雕，气氛尴尬。

终于，皇上发话道："于归也来饮一杯酒罢，暖暖身子。"

我垂目接过宫女倒的热酒，毕恭毕敬道："多谢皇上赐酒。"

皇上咳了两声，语带埋怨："逍遥王何时也变得婆妈起来，放着这样的绝色女子在宫里迟迟不领回家？真是越来越不懂怜香惜玉了。"

华容添呷了口酒，叹道："唉……这女子固然美丽，可惜臣弟要不起啊！"

"什么？"皇上嗓音一沉，喝道，"小小宫女居然敢拒绝逍遥王？"

我将酒杯搁在石桌，急忙跪下了，隔着厚实衣物，大理石的冰凉还是侵入骨髓。

"真不愧是一对主仆！"皇上的怒气好似越来越盛，好怕他一个耳光过来，就像对沈云珞那样。

"臣弟不过在说玩笑话，皇兄何必动怒！"华容添连忙上前扶我，低低的话语念在我耳畔，"地上凉，傻丫头，你不会说句话么？"

我举眸望着他，委屈嘟喃："可这是事实，奴婢有罪。"

华容添转身，伟岸的身躯挡在我面前："皇兄，小小宫女怎敢拒绝我？哈哈……其实是我不要她了。"

皇上神色缓和："你不是喜欢她么？扭头又不要了。"

"喜欢归喜欢，可不适合我。"华容添回头露出一个叫我放心的微笑，"虽然美丽，却不解风情，尝鲜可以，相处久了难免觉得缺乏情趣。呵呵……想必换了皇兄也是看不上的。"

皇上威严的视线落在我身上，许久才说："原以为你找到了，却不过是图新鲜。"又沉沉叹了口气，"三弟，朕有多期盼你能找到自己的逍遥王妃。"

"臣弟府中不缺女人。"华容添笑得浪荡不羁，狐裘的茸茸黑边衬得面庞越发英气，一举首一投足都是风华绝世。我站在他身后，自惭形秽。

华容添复坐下，继续饮酒。皇上淡淡问我："你主子呢？"

"回皇上，沈美人在绣千手观音呢！"

"朕不是命她好好休养么？"

"沈美人想早日给太后交代。"

皇上脸色沉沉说了句："立春之前，她必须把身子给朕养好了！"

我俯首应着，可她身子好不好，完全无法预料，即便他是皇上。正寻思着如何退下，忽闻身后一片惊呼，众人纷纷起身望去，不一会，一名宫女自雪地里踉跄奔来相告："皇上，吴美人晕倒了！"

皇上朝旁边的内侍吩咐："胡总管，你去看看。"

我惊异于皇上的神色如常、气定神闲，究竟他也宠了吴千雁几个月，连看都懒得再看一眼么？内侍总管张罗着将吴千雁送回宫，一面派人去请太医。我向他们告退了，跟着吴千雁一起回了裕华宫。

67

我和凌湘将她安置好，过了不多久太医便赶到。吴千雁平日里能吃能睡，性情开朗，如何会晕倒？凌湘紧紧抓住我的手，指甲都快要掐到我皮肉里去。尽管她担忧吴千雁，也不要如此对我吧。

“别怕凌湘，太医都是医术高超的。”

太医只稍作把脉，便喜逐颜开道：“胡总管，要祝贺皇上大喜了！”

我还在纳闷什么大喜，胡总管喜出望外问：“是有喜了？”

“是喜脉没错。”

凌湘惊叫：“真的？娘娘有喜了?！有喜了！”她拉着我又叫又跳，我凑到她耳边问：“究竟什么喜？”

凌湘又恢复规矩正经的样子，微笑对我说：“娘娘怀上龙胎了！”

我恍然大悟，就像小狐狸要产崽，桃树要结桃子一样！我羡慕不已，感慨：“真好，吴美人真有福气。不知道沈美人何时也能怀上。”

凌湘眼神古怪扫了我几眼，上前问太医：“娘娘既是有喜，为何晕倒？”

“只是有些气血不足，无妨。”

胡总管与太医商量片刻，决定一同去回禀皇上，交代凌湘拿方子随医女去领一剂药，我先在此看着吴美人。

外面的雪越下越大，我将熏炉内的炭火烧旺了些，坐在床头不断打量熟睡中的吴千雁。怀了孩子的人看上去也没什么不一样，不过我更好奇怎样才能怀上孩子。

不久，皇上匆匆赶来，神色与方才大不相同，甚至有些容光焕发。他不顾众人，直接扑到床边唤：“卿，你真是大功臣！快快醒来，朕要重重赏赐你！”

鸾凤帐下，吴千雁半睁开眼，微微蹙眉：“臣妾让皇上担忧了。”

凌湘呈了汤药上来，皇上亲自将吴千雁搂在怀里，一点点喂她，小心翼翼、关怀备至。既然凌湘回来了，我便告退。

殿前的皑皑白雪已经被众多脚印点缀得斑驳凌乱，而另一边，却没有丝毫痕迹，连我出来时的脚印都完全不见了。我慢慢迈着步子，听布鞋踩在雪地里吱嘎的声响，抬头间，冷不丁见沈云珞正倚窗远眺，神情落寞。

我进了殿，她甚至没有发现，就像被冻住的冰雕。雪花落在她单薄的肩上，渐渐化开。

“娘娘，吴美人有喜了。”

她猛地缩回身子，手顺势带了一下支架，花窗“啪”地一声合上了，将寒天雪地关在了外面。一双含情美目幽幽望着我：“这样……我该准备点贺礼去道喜才是。”

“娘娘，你……怎么了？”她那样的神情，仿佛夹杂着些嫉妒，令我以为自己看花了眼。

“我？没什么？”她慢慢走到绣架前坐下，“吴美人既然有了身孕，离晋封也不远了。”

“是么？那她要迁走？吴美人带着凌湘走了，我们这岂不是更冷清了？”我不禁搓搓手，方才玩雪冻得通红，到现在还未消。

沈云珞笑了笑：“你呀……不就是想有人暖被窝么？”

我坐在熏炉边朝双手呵气，嘟喃着：“凌湘的身子就是比我暖嘛……”

“于归，明日领俸银，你顺便请人帮忙捎封家信回苏州。”

“哦？”自从进了宫，沈云珞从未提过家里的事，大概是记恨她父亲，怎么忽然要送信了？我也没有多问，她行事一向古怪。“知道了，娘娘明日将信交给我就是。”

雪已经停了，可是天气阴沉。寒风肆虐，卷起阵阵飞雪，树木、屋顶全被白雪覆盖，天地都是白茫茫的一片。我弓着背迎风前行，袖里揣着刚领的些许俸银。自从进宫了，我才渐渐明白银子的重要，原以为宫里的人都有皇上养着，没想到打点来通融去，原先带的钱都花光了。做人真难，做女人更难，做宫女是难上加难。

从内苑一条道抄近路，夏日的林荫小道如今被冷冽的风充灌着，脸上如刀子割一般疼，我见四下无人，便施轻功朝前飞跃，最好是一路上都没人，就可以直接飞回去了。可惜一辆翠幄马车自远处迎面而来，我忙收住功力，踩着雪深一步浅一步地走。

路两旁的树枝依稀有雪团被风吹落，有时簌簌落下如白花一般，我仰头望了望，淡淡的阳光洒下来被白雪映成惨白的光线，刺目。刚眯了眼，忽然听见马匹发出一声剧烈的嘶鸣，我心中一惊，定睛一看，被雪压断的树枝恰好砸在马背上！马儿受了惊，迎面疾驰而来，踏在雪地里的“嘚嘚”蹄声，还伴随着一名女子的惊悚尖叫。车夫也是乱了分寸，拼命大喝、拉扯缰绳，却丝毫拉不住受了惊的马匹。

我虽然不懂御马之术，但想着迷声术对付动物都是一样的，便用法术吹了一声长长的哨音。马儿顿时减速，慢慢在我跟前停下。

车夫傻愣愣没缓过神来，我疑心车上是哪位嫔妃，可她不出来，我也不好去问。不一会，车里的女子挑开帘子，惊魂未定瞪着我：“你……你是……”

68

我俯首答：“奴婢是裕华宫宫女。”

车夫惊叹道：“还多亏这位宫女了！”

看装扮，她并非后妃，车夫如此说话更加不是宫中内侍。我微笑答：“你们没事就好。”

车夫下了车，与我介绍：“我家夫人是逍遥王府的昕妃娘娘。”

只觉得这微笑在这腊月天被冻在了脸上，僵硬得无以复加，我却仍然要维持：“奴婢给昕妃娘娘请安。”

“不必拘礼，我要谢谢你才是！看不出来你一名宫女竟然会以哨声御马。”她比我年长几岁，身穿朱红夹袄，发髻绾得精致，笑容甜美，“你今日救了我，随我去王爷那领赏罢。”

我听了不禁浑身一抖，连忙婉拒：“奴婢不敢，能帮到娘娘是奴婢的荣幸！况且，奴婢尚有要事在身。”

“裕华宫么？能有什么要事？来吧，你救了我，理当要赏！”她竟笑眯眯朝我伸手来，我一怔，赏赐，就是有银子了，恰好我和沈云珞目前处境尴尬，有的赏还是收下罢。我搭上她的手，蹬上马车。

原想与华容添见上一面，领了赏便回宫去，我总是不放心沈云珞一个人的。可没想到，一进了浮华宫，便出来不得了。今日也不知怎的，皇上和淑妃都在，所以特地将昕妃召进宫来。

大紫檀雕螭案上呈着各种精致美食，他们一家人和和美美吃顿饭，我杵在这算什么？不是给自己找难堪么。

听了昕妃的话之后，华容添只是盯着我笑，吩咐人给我打赏。皇上就在前头，我赶紧接了赏赐，眼皮都不敢抬一下。淑妃坐在侧席，隐约只瞥见一袭华服珠光。

“没想到，你还懂得御马之术？你是如何吹哨使马匹停下来的？”皇上穿着褐色常服，素日威严的语气现时有些倦意，我稍稍放松了，答：“也只是会吹口哨而已，奴婢并不会骑马。”

“一声口哨如此神奇？改日还得表演给朕看看才好。”

“上回匆匆一瞥，看的不清楚，今日细看之下，才知这女子长得这般水灵。”这陌生的女声就是蔺淑妃，说话不紧不慢，嗓音柔和，听起来似乎很是贤淑。我忍不住抬头望了她一眼，正对她水盈盈的双眸，见她一袭紫锦深衣，非常娴静，不似传言中那样盛气凌人的模样。

皇上诧异问：“哦？卿何时见过于归？”

“于归？”昕妃轻呼一声，狐疑盯着我，又转头看华容添，“她就是于归？”

殿里门窗紧闭，炉火烧得滚烫，我竟觉手心出汗了，身子也在发热。我不知所措，慌乱看向华容添。他轻轻颔首，含笑看着昕妃：“我以为你知道了。昕儿，别听瑰瑰那胡言乱语，于归是个好姑娘。”

淑妃掩口而笑，黛眉一挑打趣道：“逍遥王爷真是狡猾，讨了人家又不赶紧带回家去！害得府里一干女子都吃飞醋！”

心里忽然涌起一阵酸涩，我是听了这句话难过吗？还是因为他对别人的亲昵？或许我应该愤怒的，女子不是玩物，不是想要谁都可以的。不过，他们不明白。抑或真正不明白的人是我，这便是人间了。

淑妃又唤我：“对了，于归，你转告吴美人，明日我同皇后都会去探望她。”

“奴婢知道了。”

“嗯，她可得好好养着，若诞下皇子了就真是大功臣！”淑妃说得兴高采烈，与宫中无数娇柔女子相比，那笑容竟不像是假的。妖精的感觉不会错，她是真的高兴。

从浮华殿告退出来，恰好遇见玉临王，一袭白狐裘将他上下包得严实，露出一张冻得通红的稚嫩脸蛋。一见我，他就面带不悦说：“本王命你来看看芸香，竟然隔了好几日才来。”

我心虚得不敢抬头，华容添时常住在这里，他对着我总是那样暧昧，若没有人传召，我哪里敢来？没想到玉临王一把拉住我的手，催道："快随我去看看！还能不能救活！"

我随他一起跑到后院中，见棚架下几株好不容易存活的芸香奄奄一息。虽然暂时能用法术护住它们，可终不是长久之计。

"于归，你看，是不是冻坏了？"

我点点头，惋惜道："这样下去不行的。"

"那该如何？"

想了想，笑着说："王爷信得过奴婢么？"

"当然！"他笃定点头。

"那不如由奴婢将这几株芸香移走，栽在裕华宫，我也好照料。"

"你一定能救活么？"

"当然！"我也笃定点头。

他脸上绽放一个可爱的笑容："太好了！"

"那么这里交给奴婢，王爷快进去罢，让皇上等久了不好。"

他放心地舒了口气，然后匆匆离去。我确认园子里没人了，用法术将几株芸香同时连根拔起，稍稍抖了抖泥土，用衣裙托着。幸好这个时候宫人们都吃饭去了，要不然又要盯着我打量一阵。

揣着芸香回到殿里，没来得及放下，沈云珞迎头便问："你上哪儿去了？"

我腾出一只手，将俸银和赏银都交给她，只说："路上偶遇逍遥王府的昕妃，帮了她一把，于是她领我去王爷那讨银子了。"

"逍遥王的妃子？"沈云珞的表情有些幸灾乐祸，"她倒是大方，还带你去王爷那给你打赏。"

我横了她一眼："什么意思嘛？我帮了她，王爷赏我是应该的。"

"是么？那你脸红做什么？"

我吃惊摸着自己的脸，不知何时变得滚烫滚烫的，支支吾吾说："谁……谁脸红了？我去……我去弄芸香了！"

69

医女按时送药来，两只提盒，各自挂着名牌，她将沈云珞那只交给我，嘱咐："药方有所变动，先喝小碗的，饭后再喝大碗的。"

"嗯，知道了。多谢姐姐！"我瞥见吴千雁的名字，好奇问，"吴美人身子还没好么？”

“身子是好了，这是安胎药。”

我似懂非懂点点头，先将小碗端出来，呈给沈云珞，顺便问她：“这些日子皇上来的勤了，难道怀了龙胎就不一样了么？”

“当然不一样了。”沈云珞又是一口气将苦药喝完，含了颗蜜饯，“如今只有两位公主，一位皇子，皇家当然是求子若渴。也不知为何，后宫鲜少有嫔妃能怀上，吴美人才进宫不久，便能有身孕，皇上还不欣喜若狂？吴美人若能诞下皇子，将来必定能晋封四妃之列。”

我歪着脑袋想了想：“听娘娘的意思，皇上喜欢的是她腹中孩儿，并不是吴美人本身？”

“爱屋及乌，母凭子贵。”沈云珞忽然笑了笑，“帝王的爱怎会纯粹？淑妃若不是丞相的女儿、若没有诞下皇子，哪里会有如今的地位？后宫自古以来便是如此。”

我顿时明白了沈云珞的执着从何而来，她需要的那种幸福就像我渴盼的爱情：和一个人相依相伴，白首同心。这是皇上永远也不能给的。就连华容添都曾这样说：“如果这是你要的，我给不了。”

仅仅皇家如此吗？不，大抵世间男子皆薄幸，因此，白娘子才成仙了吧……

忽然自怨自叹起来，是我要来人间应劫的，想被人辜负、被人抛弃，然后飞天成仙。可对于秦朗坤，我是纯粹地喜欢他这个人，还是喜欢他能成就我的劫，就连自己都看不清了。

天寒色青苍，北风叫枯桑。刚生了根的芸香受不住这样的冬天，我只好将它们移栽到花盆里，搁在殿内，用法术护住那点微薄的生机。只要熬过冬天便好了，沈云珞亦如是。她整个人懒洋洋的，丝毫提不起精神，时常披着锦被坐在熏炉旁看《牡丹亭》，偶尔唱上几句。

我近日里在学针线活，笨手笨脚绣着一个香囊。若不是沈云珞在一旁盯着，我哪里用受这份苦。这样简单的活，用法术便可以了。一不小心又戳到手指，我“咝”了一声，一口含住指尖。

“你们秦府的丫鬟都似你这般么？”

我撅起嘴，岔开话题说：“太后邀娘娘去吃腊八粥的事，你可想通了？我昨夜去打听了，凌湘说，只有皇后、淑妃、德妃、吴美人应邀了。吴美人是因有孕在身为太后器重，娘娘您呢？难道是因为观音图？”

沈云珞淡淡扫我一眼："你是存心想让我不自在。"

我幸灾乐祸道："谁让你找我茬？好好想想太后此举意欲何为！我去传晚膳啦！"

在小厨房遇见几名宫女，闲聊了几句，便提了食盒匆匆赶回去，一路上我用法术护住自己周身，避免寒风侵肌。迈入庭院，听得沈云珞正在唱曲，唱得娇婉动人，在冰天雪地里听起来更显妩媚。

我放慢了步子，准备等她唱完了才进去。候在廊边，见远处宫灯依稀点亮，我也该去挂起灯笼了。忽而身后传来两声"喀嚓"的响声，我一惊，回头见皇上已然走近了。正要请安，皇上摆摆手，一指竖在唇边："嘘……"

他披了一方大氅，侧耳倾听，面容温和，没想到皇上竟有如此闲雅的时刻，我便安安静静待在一旁。殿内灯火摇曳，沈云珞的倩影落在花窗之上，袅袅娉婷，柔若春柳。

皇上命侍从留在门外，缓缓朝前迈步，我跟在他身后，沈云珞的唱音萦绕在院内，愈渐缠绵。

"……不提防沉鱼落雁鸟惊喧，则怕的羞花闭月花愁颤。画廊金粉半零星。池馆苍苔一片青……"

皇上迈入殿的一刹那，我及时通传："皇上驾到！"

歌声乍歇，皇上冷冷扭头瞥了我一眼。我垂头，继续通传："请娘娘速出来恭迎圣上！"

皇上并不理会，甩开我径自朝内殿走去。我放下食盒，匆匆跟了过去，寝殿内空无一人，徒留熏炉烧得红旺。沈云珞的声音从床前那阙屏风后传来："臣妾仪容不整，太过失礼，望皇上稍候片刻，臣妾梳妆妥当立即出迎。"

皇上置若罔闻，大步冲进屏风后。之后便是久久的沉默。

我不便再跟过去，也不知该怎么办，心急如焚。

忽闻一声嘤咛，红漆雕花床"吱嘎"作响，接着是激烈的惊呼："不……皇上、皇上！不要……"

我倒吸了口冷气，紧紧捂住嘴，明知道该退下，双腿却似灌了铅一般迈不开。

沈云珞带着哭腔哀求："皇上，龙体为重，请先用膳！"

静默了片刻，皇上沉声吩咐："于归，出去和胡公公说一声，今日记档，沈云珞。”

我咽喉发涩，应道：“奴婢遵命。”几乎是逃出来的，浑身竟然止不住发颤。我在害怕什么、害怕什么？用力咬住自己的手指，疼痛令神志清醒了几分，连忙出去告诉了胡总管，然后亲手挂上一对红纱灯笼，又眼睁睁看着被他们取下。

胡总管笑脸相迎：“代我恭喜沈美人！因事出突然，明日皇上便会送赏来。”

我微笑着领他们送晚膳进殿，这一次无论如何是逃不掉了。顾不得什么冰天什么雪地，我心里已是冰凉彻骨。

70

晚膳上齐了，皇上却命所有人退下，只留了我伺候。连胡公公都有一瞬的失神，大概这是前所未有的罢。待殿里恢复了冷清，皇上指了几样菜：“这些送到里面来。”

我死死控制住发抖的双手，将菜置入托盘，送进内殿去。沈云珞正坐在榻上，青丝半绾半垂，眼带泪光。我将菜一盘一盘端出来，搁在榻中央的茶几上，想要开口说什么，却又什么也不敢说。

皇上就站在一丈开外，大氅已经解下，只穿了玄色衣袍，神情不似素日里威严。他紧紧盯着沈云珞，一直沉默，殿里便是一如既往的安静。

我将饭菜都放置妥当，欲退下，沈云珞忽然打破沉默说：“于归，去把皇上先前赐的桃七酿拿来。”

她直直望着皇上，眸中晶莹。皇上负手朝她走去，在榻前止步：“不哭了？”

我惊觉诧异，皇上的语气竟然如此柔和。

沈云珞眉头微蹙，欲言又止，幽幽朝我看过来：“于归，怎么还不去？你不知道酒在哪里么？”

我随机应变道：“当时是娘娘收起来的，奴婢不知娘娘放哪儿了。”

“我领你去拿，顺便再拿点茶来。”说着，她便下了榻，俯首对皇上说，“皇上请稍候片刻，臣妾去去就来。”

她的声音纤细，削瘦的身子即使被厚实的衣物裹着也还是弱不禁风的模样。皇上伸手扶了扶她的手臂，轻言道：“快去，快回。”

我随沈云珞出了内殿，才长长吁了口气，为何皇上如此反常？不过他再温和，我也是怕他的。趁拿酒的时候，沈云珞悄声在我耳边道："有没有办法灌醉他？"

我愕然瞪大双眼，她想这样蒙混过去？可皇上说了今夜记档，是不容更改的，今夜逃过了，下一次又要如何化险为夷？我望着她，无奈摇头。

沈云珞面露惧色，声音有些发颤："若被他察觉了，便是欺君之罪。于归，你要帮帮我。"

我不明白这话何意："娘娘需要我做什么？"

她托起我的右手，目光凄楚："我只能尽力灌酒，至于他醉至几分，我没有把握。之后你将殿里的灯都熄了，留一盏便好。如今先要借你的血了。"她将裙袍掀起，扯出白绸衬裙，然后照着我中指一口咬下去！我毫无准备，疼得想要尖叫，张大了嘴生生忍住了没叫出声。鲜红的血珠子冒出来，指头被她揪住，将血一点点蹭在衬裙上，触目惊心。我撇过头，眼泪淌了下来，第一次知道受皮外伤竟然这么痛！

"疼么？"她摸着我的脸，轻声道，"于归，伤口千万别被任何人发现。"

我哆哆嗦嗦握住自己的手，龇牙咧嘴点点头："娘娘快回罢，我洗洗手去。"

待她走远了，我便用法术令伤口愈合，早知她要血，我给她就是，也犯不着这样咬我。抹了抹眼角的泪，恨自己越来越没出息了，这点小伤竟然会哭。深深吸口气，将皇上分别赐给我和沈云珞的两壶桃七酿都呈了上去。

沈云珞平静而淡定，温婉地吃菜、饮酒、答话。

皇上微露笑颜，渐渐愉悦，一杯接一杯的桃七酿下肚。我驻足在不远处，给他们添酒，听他们的零星话语。沈云珞轻轻讲着苏州的风光，一些习俗趣事，她这样健谈的一面，确是我从未见过的。

既然沈云珞想叫他醉，我便暗暗施法，令他愈渐醉醺。

"原来如此，难怪你绣工精湛！竟是祖业承袭。"

"沈家的绣庄在江南一带颇有名气，臣妾自小随祖母学习苏绣，出的绣品也算镇庄之宝。"

皇上半醉半醒，笑容备显俊朗："卿……既然为太后绣一幅观音，可想过要为朕绣什么？”

沈云珞趁机又敬了他一杯酒：“皇上想要什么，尽可吩咐臣妾。”

“可朕想要的……未必是你想给的。”

“皇上说笑了，臣妾的一切都是属于皇上的。”

“是么？你终于明白了？”他笑得有几分得意，醉眼微眯，“云珞、云珞，朕……”忽然他的容颜恢复冷静和严肃，下榻走到她身边坐下，轻轻揽住她，低声道：“上次，是朕不对，朕要向你道歉……”

沈云珞脸色惊变，忙起身下跪：“臣妾万不敢当！”

我也一同跪下，好奇瞟了两眼，皇上真醉了么？与平日里判若两人。他猛地将沈云珞一把打横抱起，稳稳朝屏风后的大床走去。

71

我将灯盏依次吹灭，只留了离床最近的一盏，殿内的一切都昏黄不清。

屏风后传来沈云珞的低呼，珠翠摔落在地，与大理石相击，清脆回响。我屏息退下，侯在垂花拱门边，越走越远，内里的动静反而越来越清晰。忽然懊恼自己为何要有这般灵敏的听觉，那些模糊不清的缠绵缱绻、粗喘娇咛，扰得我心乱如麻。沈云珞的哭喊渐渐溢出，似是痛苦、似是央求。皇上的嗓音低沉如故，一声声唤着：“云珞、云珞……”愈唤愈急促。

我吓得连连往后退，太阳穴突突地跳着，喉咙抽紧，嘴唇发干，浑身上下被一股热气笼罩，几乎要发狂。转身冲出了殿所，闯入冰天雪地。仰面望着深沉的夜色，寒星闪烁，它们静静地俯瞰人间，它们是否也能察觉到那些不为人知的隐秘？

凛冽的风刮在脸上如刀割一般，我想要清醒、想要平静，于是闭目伫立在这样的冬夜里，口中飞快地念经。念经，该平静了吧？可脑里反而更加迷乱，最初的那一曲山桃红、春夜里他们的私会、池塘落水戏弄罗净、花丛中华容添在我耳畔留下的湿吻、蔺水蓝抚摸秦朗坤的薄唇……纷杂的画面在脑中依稀闪过，一些莫名其妙的细微感觉弥漫全身，手心、额上、背脊渐渐涔出热汗。臆想已经变得疯狂，亲吻、拥抱、等等，我再也受不住了，气沉丹田，将全身法力逼向掌心，朝侧旁出了两掌，一棵树轰然倒地，一口血呛上嗓子。

我惊醒了，低头盯着自己的双手愣是不明白方才是怎么回事。

外面的侍从听见动静，纷纷跑来查看。我一个翻跃上了屋顶，吐了口血，趴在檐边一动不敢动。他们议论了许久，理不清头绪。我悄然从另一边跳下来，溜回自己的屋子。

给炉子添了木炭，和衣半倚在榻上，虚弱极了。忽然迷茫到很无助。不知道是否做错了什么？不知道人生的路为何有这样的烦恼。我渴望的是飞仙，是超然出世；我也渴望秦朗坤，想要他来成全我……可方才我都想了些什么？埋首抱膝，有种欲哭无泪的压抑。

屋门忽然被推开，又迅速关上。我警觉抬头，就着炉火微弱的光，看见曲线优雅的颈项轮廓。恍然觉得身上有些冷，嘴角还有湿凉的血迹。自黑暗中与他相望，眼泪夺眶而出。

“小桃花，你受伤了?”罗净缓缓朝我走来，目露关切之色。

我用力擦拭嘴角，泪眼朦胧：“我好像着魔了，大师……好可怕，我控制不住自己……”

他在榻边坐下，朝我伸手：“把手给我。”

我将手递了出去，他一手握住我的手腕，一手把脉。

他的双目低垂，睫毛扑闪，修长的眉在这样的微光下更显风情。耳畔又响起那些声音，温暖而暧昧、激烈而动人。我的呼吸又变得急促起来，瞪大双眼慌张无措看着他。

罗净伸出两指在我额上点住，轻念了几声梵语，朝我体内输了一道灵力。我双眉紧蹙，身子一软，跌入他怀里。檀香的味道沁入肺腑，安神宁息。他的怀抱很暖和，我恨不得全身都缩进去，汲取他的体温。

罗净将我抱上床，用棉被盖好，声音带了几分沙哑：“你走火入魔了。”

我从未觉得如此寒冷，在昏暗模糊中伸手抓住他的僧衣，喃喃道：“大师，我好冷。”

恍惚中，身体又被抱住了，暖洋洋的叫人依恋，于是就这样沉沉睡去。

天边泛着鱼肚白，院内积雪深厚。我已经起晚了，一脚深一脚浅踏在雪里，匆匆赶去通知在裕华宫主殿歇息的胡总管。夏青教的规矩我还记得，后妃承恩后翌日清晨，皇上与娘娘都要沐浴。只是我暂时没想明白，他们谁先？

城西相国寺的钟声传来，僧人们该做早课了。腊八将至，相国寺这几日来了些僧人留守在宫中煮腊八粥。想起昨夜里走火入魔，幸亏罗净也在宫里，及时赶来，只是不知他何时走的，徒留了一席檀香气味。

待我找到胡公公，他已然安排小厨房准备好了热水，内侍们也打点妥当，只等着皇上醒来。胡公公令我们先去殿内候着，若皇上醒了，便出来通知。

我和两名内侍一道回去，刚出了正殿，又下起雪来，鹅毛一般干干净净，悠然飘落。我们转入廊下行走，避雪。转身时瞥见对面廊下的宫女提着食盒，应该是给吴千雁送早膳的罢。不由为吴千雁感到心酸，她刚怀了龙胎，皇上却在宠幸沈云珞。

我出神地望着那边，忽然听见一声呻吟，定睛一看，那宫女俯首蹲了下去，食盒搁在地上。我脚下一滞，转身，指着对面说："两位公公，我过去瞧瞧她！你们先进去吧！"

他们也朝对面看去，颔首："恩，那你快去快回，千万别耽搁了。"

踩着白皑皑的雪地匆匆赶过去扶起她，关切问："你怎么了？没事吧？"

宫女抬头，面容有几分熟悉，好像是淑妃身边的人。

她双手捂住腹部，带着哭腔道："肚子好疼……于归，我想去方便一下。"

"那我带你去。"

"这倒不必麻烦了，只是这食盒是送给吴美人的，这样冷的天容易凉掉，姐姐帮我送去好吗？"

我担忧问："你自己可以吗？这食盒是淑妃娘娘送来的罢？你叫什么，我好回报吴美人。"

"我叫碧兰。"她点点头，蹙着眉，脸色发白，"麻烦妹妹了。"

"不用客气，姐姐去吧。"我拎起食盒，目送她走远，转身朝吴千雁殿所去。

缕缕热气从食盒里溢出，我用力吸了吸鼻子，真香。蹑手蹑脚走进去殿所，从雕花门边探头看，凌湘正好在伺候吴千雁洗漱。吴千雁一眼瞥见我，脸色突变，惊呼："于归，你怎么来了？"

72

“是淑妃娘娘遣人给你送补品。那送食盒的小宫女腹痛得厉害，我便替她送来了。”

吴千雁镇定笑笑：“淑妃娘娘又送汤来了。”

我将食盒搁在案几上，打趣道：“娘娘是不是快要晋封了？连淑妃都这样殷勤地送补品来。”

“宫里头都是这样，皇上膝下子嗣少，如今便拿我的肚子当宝了。淑妃、德妃，皇后、太后，日日给我送吃的来，我哪里吃得下这么多？”

凌湘将食盒打开，尝试了一口汤：“娘娘现在喝吗？”

“嗯……正好我有些饿。”吴千雁舔了舔嘴唇，似乎很馋的样子。

我笑眯眯望着她：“娘娘慢慢喝，于归先回去了。”

“于归！”吴千雁刚喝了一口，忽然叫住我，“皇上还在沈美人那么？”

“在呢，奴婢正要去伺候他们起床沐浴。”我注意到吴千雁低眉垂目中含有一丝幽怨，心底也替她难过起来，安慰道，“娘娘如今怀有龙胎，皇上一定会更加宠爱娘娘。”

她勉强笑了笑：“只盼着肚子里是个小皇子，才能令皇上龙颜大悦。对了，昨日凌湘去了浣衣局，顺便将沈美人的衣物取回来了。”她扭头吩咐凌湘去偏殿书房的橱子里拿衣服，我急着要回去，却又不好拒绝她的好意，便随凌湘一起去找。可找了好一阵，却没有找见，我只好回来问吴千雁。

那浓汤是上乘补品，又做得美味可口，吴千雁将舀出来那一碗喝得底朝天。

“娘娘，凌湘说明明放在橱子里，可是找不到。”

吴千雁嗔了几句，自行过去找。我从窗户探头看对面，内侍还未出来通报，暂且放宽了心。

不一会，凌湘端着衣物回来了，吴千雁在后面慢悠悠走着。凌湘朝我撇嘴，一副不情愿的样子，“你自己偷懒不去浣衣局，若不是我们娘娘吩咐，我才不会帮你拿回来。”

“好凌湘，下次给你瓜子吃！”

"你已经欠了我很多瓜子了!"她气呼呼瞪着我。

我咋舌，耸耸肩："你不提醒我……"话说到一半，惊闻吴千雁痛苦低呼，我和凌湘同时扭头看去，吴千雁捂住腹部，面容苍白。急忙扔下衣服，和凌湘一同搀住她。

吴千雁只迈了几步，浑身抽搐，渐渐瘫下去。

凌湘焦急呼唤："娘娘，你怎么了?!"

"啊……"吴千雁的眉眼都扭成一团，半张着嘴却什么也说不出，两行热泪骤然淌下。

我吓得六神无主，愣在一旁。凌湘又气又急朝我叫唤："于归！你力气大些，你背娘娘上床去！我去叫医女!"

我慌慌张张将吴千雁背起来，身后的凌湘忽然尖叫："血！血啊——"

低头一看，一股鲜红的血沿着吴千雁的脚踝内侧流下，渐渐浸透了绣花鞋。她在我耳边微声说："我的……孩子……"

我僵住了，就那样背着她，一步也迈不开。凌湘疯了一般冲了出去，朝对面大声哭喊："皇上！皇上……快来看看吴美人！快来看看她呀！龙胎出事了、出事了!"

吴千雁在我耳边微弱抽泣，眼泪沾在我颈后，冰凉凉的。我忍不住哭了，背她走到床边，轻轻将她搬到床上，替她脱去鞋子，那白袜上一团团的殷红，令人心惊胆战。

她猛地揪住我的衣袖，惊恐瞪大双目，哭喊一声："不要!"然后面如死灰，昏了过去。

"吴姐姐!"我控制不住汹涌肆意的泪水，拉住她的手哭喊："你别怕，我救你！我会救你的!"泪眼模糊，我尽全力朝她施法，心中却无丝毫的把握。治愈伤口我会，为人续命我也会，可要让一个胎儿死而复活，该如何做啊?"白娘子，白娘子你教教我……要如何做……"

纷杂的脚步由远及近，一行人带着冰雪之气冲进殿里。我忍住啜泣退至一旁，望着脸色焦虑的皇上。他尚未梳洗，头发凌散披落，二话不说，撩起吴千雁的下裙匆匆一瞥，语气阴森骇人："怎么回事?"

凌湘跪在床前，哭哭啼啼："奴婢不知……娘娘刚起来没多久……"

"可用过早膳?"

凌湘一怔，惊慌道："用了，是淑妃娘娘送来的补品!"

"淑妃娘娘亲自送来的?"

"不、不是……是淑妃娘娘的宫女碧兰，每日都是她来送……"凌湘突然扭头看我，喃喃道，"可今日，是于归送来的。"

皇上猛地盯住我，那目光如寒铁锻造的利刃。我跪下了，泪止不住地落，哽咽道："碧兰腹痛难忍，奴婢恰好路过，便帮她送来了。"

皇上双手负在身后，渐渐俯首下来逼近我。第一次将皇上看得这样清晰，他的面庞如斧凿刀刻般，与逍遥王何来半点相似？他盯着我，沉声道："太医，速速给朕一个交代!"

除了太医，其他人尽数退出来，我和凌湘跪在一处，冰寒从地上侵入膝盖，渐渐漫上全身。不多久，便有结果了。太医低声回禀："皇上，吴美人食用的补品中，含有大量的三七粉，此乃活血化瘀的药物，亦是孕妇大忌！吴美人的龙胎已经保不住了。"

"淑妃绝不会做出这等事，碧兰更是跟随淑妃多年。"皇上猝然伸手捏住我的脸，声音轻却狠，"果然是……人心隔肚皮!"

我辩驳道："皇上，奴婢确不知情!"

他看似轻易推了我一把，我便跌倒在地，后背吃痛。

"来人，搜沈美人的寝宫!"

我脑子里一片空白，只是静静望着他，那高高在上的九五之尊。他刚与沈云珞温存一夜，转眼便能翻脸不认人。

我被侍从押回去，沈云珞素面朝天站在殿中央，迷茫望着我。我摇摇头，眼泪不自觉夺眶而出。她走过来，轻轻抚摸我的肩，安慰道："于归，别怕，我们没做亏心事。"

皇上站在离我们一丈开外的地方，面无表情。

殿内被翻得一片狼藉，沈云珞始终淡定驻足在原地。

一名内侍战战兢兢递上一团小纸包给皇上身边的胡公公："奴才在首饰盒里搜到了这个。"

胡公公三两下打开，用指头蘸了点粉末尝了尝，低声回禀："皇上，正是三七粉。"

我一心急，跟皇上大声辩驳："三七粉又不是稀罕之物，况且这三七粉是我早前跟彤史大人要的!"

"既然如此，为何藏在沈美人的首饰盒内?"

几月前皇上一巴掌将沈云珞的脸打肿了，她自己对镜施药，随手搁在首饰盒内，一直未动。可这样的话，我如何能说出口!? 又气又急，就差跳起来跺脚。沈云珞只是幽幽望着皇上，一声不吭。

皇上凝神思索半晌，平静道：“先将她们二人交给太后审问。”

我还想说什么，胳膊被沈云珞拉了一把。

就这样被冤枉？一切都尚未查证就抓人，这样的皇上未免太糊涂！我气急了，破口大骂：“昏君!”接着响亮的一耳光掴上我的脸，好疼……我又落泪了，缓缓扭头看沈云珞，她气得浑身发抖朝我吼道：“你太放肆了!”

从没见过她这样子，我极度不解，她甘心吗？前一刻还对她宠爱有加的男人，顷刻便这样冤枉她！我们双双被押下，在与皇上擦身而过的一刹那，我愤然对上他幽暗的双眸，出人意料的是，我从他眼底看到了辛酸……

第九章　一剪梅

73

白雪纷飞，美得如三月柳絮，我却只能趴在窗边透过缝隙偷偷欣赏。

我们被关在太后的佛堂后院里一间简陋的屋子，一连好几日，得不到外面的消息。

陋室里只有一张床，宫里是尊卑分明的地方，主子睡床，奴婢只能睡地了。好在沈云珞总算还有怜惜之心，要我跟她挤挤一起睡。她身子再弱，也是比我暖的，触到我冰冷的身体，她诧异道："往日只以为你手凉，不想身子也这样凉。于归，你应该找大夫看看。"

我虽有肉身，却没有热血，我的血都是凉的。"大夫可有办法让我变得暖起来？"

"不知呢，或许有罢。"

我嘻嘻笑了几声："凌湘说，最好的办法，是找一个暖被窝的人。"

沈云珞转身对着我问："你想嫁人了？"

"想……"我睁眼望着屋梁，微微笑着，我想嫁人，受劫，成仙。

"嫁给逍遥王？"

"哼，嫁给他？他去暖别人的被窝，我怎么办？"

"那你想嫁给谁？"

"我……不告诉你……"

"那我也知道。可是你别妄想了，他不会娶你。"

我哼哼了几声，转身背对着她睡觉。

连日大雪，京城的严冬果然难熬。

院子里时常有僧人走动，他们在佛堂内替皇宫熬腊八粥，我想看见罗净，或许他能掐算出究竟是谁害了吴千雁。可惜只等来了送饭的宫女。

门外的锁子“咔哒”一声，门敞开，寒风肆虐而入。我接过篮子，小心问：“这位姐姐，不知太后娘娘何时审问我们呐？”

“我哪里知道？你们等着吧，太后慈悲，天天好饭好菜给你们送来，急什么？”

太后慈悲？那恶毒的老太婆，我违心对她笑着道谢，听见门又锁上，撇撇嘴说：“是叫我们等死吧？”一边嘟喃，一边将饭菜端出来，放在案几上。

沈云珞抱腿坐在床沿，盯着眼前那盆炭火：“这事情严重，太后不会随便提审我们，一定要查过之后才有把握。”

“只是……皇后乃后宫之主，为何由太后审我们？这太奇怪！”

“有何奇怪？太后在宫中几十年，皇上十分敬重她，皇后年纪尚轻，如何能取代她的地位？反而还要拼命讨好。”

我微微点头，这些盘根错节的复杂关系，听也听不懂。伸手将筷子递给她：“娘娘，吃饭。”

沈云珞忽然一把抓住我的右手，瞪大双眼问：“你的手这么快好了？伤口愈合了？”

我一怔，紧张得结结巴巴：“啊……没有、伤口……”情急之下，用法术在左手中指上变了个伤疤，赶紧伸过去给她看，“在这里啊！”

她狐疑盯着我：“我记得咬的是右手。”

“你稀里糊涂的，记错了！明明在左手，你看呀！”

她摇摇头，喃喃：“不会错……是右手才对。”

“娘娘，你怎么这样固执？快吃饭吧！”

我催了她好几遍，心虚得端起碗拼命扒饭。沈云珞蹙眉，小口小口吃着饭，或许是百思不得其解罢。

今日腊八，原本来送饭的宫女一整日没有出现，宫里应当在举行祭奠仪式，或许谁也顾不上我们。一直捱到夜幕降临，若还没有吃的送来，我便要翻窗户出去。好在终于有人来了，我听见极远的脚步飞快走近，早早候在门边，一个劲咽口水。

沈云珞有些莫名其妙看着我："于归，你做什么？"

不一会门开了，甚至没听见锁子的声音。

罗净一手托着一个大钵出现在门口，僧衣单薄，两道修长的眉毛上结了碎冰，白闪闪的。钵子里腾着热气，是腊八粥，我夺过一个来，欢呼："有吃的了！"

他将另一个也递给我，神情平淡道："皇上亥时才开始赐粥，轮到你们就太晚了，先充充饥罢。"

我把两个大钵都搁在案几上，笑眯眯侧头对罗净说："多谢大师，还专程来送粥。"

沈云珞瞧了瞧，努努嘴："没勺，如何吃？"

我端起来呼噜呼噜喝了两大口，滚烫的粥弄得我浑身一战栗，擦擦嘴说："就这样吃。"

沈云珞摇摇头，表情有些厌弃。

"于归，你就随我去拿个勺罢。"

我没听错吧？好奇瞪着他："我能出去么？"

"无妨，有我看着你。"

我点点头，转身低声埋怨沈云珞："人家送粥来，你还嫌这嫌那，真是大小姐做派……"

她不理会我，依然坐在床沿垂目望着火盆。她总是这样我行我素，我也习惯了。

跟罗净出了屋子，外面天寒地冻，罗净的袈裟被风吹起，拂过我身子。夜色清冷，白雪借着月光将四周映得白煞煞。他忽然止住脚步，扭头看我，那双细窄的眼中闪烁着怜悯。

我仰面望着他，笑问："大师怎么了？"

他朝我伸出手："我替你把脉。"

我毫不犹豫将手腕搁了上去，视线落在他优雅的颈上，那段肌肤裸露在雪色和月光中，渐渐朝下看，锁骨被僧衣半掩、轮廓冰冷。"大师，你不冷么？"

他瞥了我一眼："冷什么？出家人，六根清净，四大皆空。"

"那一夜，是你救了我，于归早想多谢大师，可一直没有机会。"

"你元气尚未恢复，勿要再滥用法术。"

想起那日走火入魔，我心有余悸："也不知怎么回事，我也不想的，都是一时控制不住。”

罗净抿唇而笑，结了冰的白眉一挑：“小桃花，你需要参详的事情太多，不能因一时迷惘就误入歧途。”

我快跑几步追上他，拉住他胳膊问：“我误入什么歧途啦？”

“走火入魔，严重时可要了你的性命。”罗净在性命这两个字上加重了口气，瞪着我甩开胳膊：“凡人都有七情六欲，可你是妖，涉世之初不懂也罢，日后若还遇上此等事，要懂得自行化解。”

我继续问：“此等事是何等事啊？”

“你的心为之迷惘纠结的事。”

“大师，有一件事我很迷惘！”

“何事？”他认真看着我，我也认真看着他，神秘兮兮说：“就是那晚……你来救我，然后何时离去的？”

他显然有些失措，避开我的目光，自顾自朝前走，一面冷冷地说：“这不值得迷惘。”

“可我就是想知道啊！”我一蹦一跳跟在他身边，得意洋洋，“被窝里有你的俗气，我闻见了，你是不是上了我的床？”

罗净猛地收住脚步，眉头也随之一收：“休要胡说！”

我撅起嘴，甚不喜欢他这凌厉之色，拉着脸说：“你就是上了我的床，不然棉被怎会有檀香味？”

“你……”他一时语塞，狭长的双目瞪着我，好一会才吐出一句解释，“我在你床上打坐。”

“那就是上了床嘛！为何不承认？”

他又动怒了，喝道：“你怎能这样口无遮拦？若外人听了还不误会？身为女子，连名节都不要了？”

“误会？怕什么误会？清者自清这样的道理你不懂？哼！”我气呼呼扭头就走，走了几步又返回去。他冷冷睨着我，“走啊！还回来做什么？”

我嗫嗫说：“勺子还没拿。”

他也不知从哪儿变出来一只小木勺，往我手里一塞，负气走了。我可恼火了，什么高僧？动不动就生气！人家又不是真的女子，是妖嘛！

沈云珞只吃了几口，便皱起眉头，将粥推开了。我料想她是吃不惯的，腊八粥也确实不好吃，粗粝难咽。我本来对食物不挑剔，可在宫中住了大半年，嘴也给养刁了，越吃越觉得受罪。不过仍然将一大钵粥吃完了，总算没辜负罗净一片善心吧。

在这屋子里，连把梳子都没有，更别妄想要热水洗洗脸，待久了，整个人精神恍惚，话都不愿说。沈云珞刚好起来的身子，一下子又垮了下去，眼见着她的肌肤一天天黯淡，神情恹恹。我是真的担心她，也同样担心吴千雁，不知这事情究竟是谁要害谁。

腊月过了半，太后终于要提审我们二人。听得这消息，我竟松了口气，应了凡人说的那一句：早死早超生。

我们被押进一间暗室，四周都没有一扇窗，中央燃着熊熊炉火，太后端坐在侧旁一张禅椅上，手里拈着佛珠串子，闭目念着什么。火光映着她的脸，格外慈祥。我只期盼她能一直这样维持表面的慈祥。

四周站了几名内侍，我们双双在她面前跪下，此处比那间屋子要暖和的多，身子渐渐暖了不少，而太后一言不发更使得我紧张得浑身冒汗。半响，太后睁眼，眸中的精明只是一闪，便换成了严苛，启口问："于归，那日发生的所有事情，原原本本讲一遍。"

"是，太后娘娘。那日清晨，奴婢去找胡公公，看一切是否准备妥当，好伺候皇上和娘娘起床。胡公公都打点好了，让奴婢回去候着，奴婢便与两位公公一道回去，路上看见对面的回廊里一名宫女好像很痛苦，蹲在地上，便过去看看。问了两句才知道是淑妃娘娘的宫女碧兰，她腹痛难忍需要去方便一下，又怕送给吴美人的补品凉掉，因此请我帮忙，将食盒送给吴美人。"

太后打断我问："是碧兰提出让你送，还是你自己想送的?"

"是碧兰恳求奴婢去送的。"

"从你接下食盒，到吴美人的殿所，途中谁看见你了?"

"没有人。"

"继续说。"

"奴婢与吴美人相熟，进去的时候没有通传，直接去了内殿将食盒交给凌湘。吴美人恰好饿了，凌湘便替她舀了一碗出来。奴婢本要告退，吴美人忽然叫住我，说沈美人的衣服由凌湘从浣衣局顺带捎回来了，奴婢便随凌湘去拿衣服。找了一圈却没找见，奴婢回来询问的时候，吴美人已经将碗里的浓汤全部喝完，听我说找不到，便亲自去找了，这时奴婢没有跟去，只是在原地等候，待吴美人回来，面色煞白，已经在流血了。奴婢将吴美人背上床，凌湘出去叫皇上了。”一口气说完，有些喘，还因为紧张有些口干舌燥。

太后不紧不慢问：“你是否觉得有可疑之处？”

我忙伏在地上答：“回太后娘娘，奴婢愚笨，想了这么多天，也想不明白是谁要害吴美人。”

“沈美人，你呢？”

沈云珞也俯身伏在地上，平静答：“臣妾一直在自己寝殿，不知外面发生何事，直到凌湘闯进来哭喊，才得知吴美人出事了。吴美人待所有人都和和气气，臣妾想不出有谁会害她。”

太后深吸了口气，叹道：“这下可难办了……”

我悄悄侧目与沈云珞相视一眼，太后的意思，好像并不认为三七粉是我下的。

“沈美人，你进宫时日尚浅，不过也应当明白这其中的利害关系。皇上膝下子嗣稀少，宫中后妃极少有孕，因此，吴美人滑胎一案皇上必会深究。不过，哀家还是喜欢家和万事兴，即便是表面上和，内里再怎样波涛汹涌都可以。沈美人，你可明白？”

沈云珞直起身子，神情微怔：“臣妾……明白。”

太后满意点点头，看向我，语气轻柔：“于归，你好好想想，是不是拿过三七粉，自己忘了？”

我迷茫望着她摇头：“没有，我没拿过。”

沈云珞忽然拽住我的胳膊，急切对太后说：“于归手指受伤了，因此敷了些三七粉！”

“哦？”太后猛地起身，上前两步。

沈云珞顾不得我不情愿，用力揪住我的左手举起来：“于归帮臣妾搬绣架的时候，不小心夹破了手指，臣妾便叫她用了三七粉，或许是于归拿食盒去的时候，不小心洒了些在汤里！但我们绝对是无心的！更想不到一时大意会害了吴美人！求太后娘娘恕罪！”

我大声辩驳道：“不会！那汤盅是有盖的！”

“于归！你快承认罢！是你无意中害了吴美人、是你一时大意，害了龙胎！罪该万死、我们罪该万死！”沈云珞伤心掩面啜泣。

见她一时变得这样悔恨万分，我惊魂未定，不知她想做什么！太后托住我的手，就着炉火的光仔细看了看，笑得高深莫测：“原来如此！既是无心之失，哀家断不会为难你们。”

沈云珞闻言，感激涕零，拖着我一并磕头谢恩：“多谢太后恩典！多谢太后恩典！”

太后长长舒了口气，慢条斯理说：“哀家会遣你们去相国寺陪伴送子观音，为皇上、为社稷祈福，求菩萨多赐子嗣给我朝江山。”

我一愣，遣出宫去？这么好的事？原以为有性命之忧，怎么仅仅是去相国寺祈福？

74

被侍从带会裕华宫，毫发无伤。我仍旧是一头雾水，看不清形势，只是默默跟着沈云珞拾掇东西。去寺庙静修，清简为好，沈云珞只带了些朴素的常服和未绣好的千手观音像，而我带上了最初罗净施舍给我的僧袍袈裟、和华容添送我的那套衣物，对了，还有两尊泥像。

冬日的薄凉暮色下，我们被马车送出了宫，就这样给吴千雁滑胎一事做了个了断。

沈云珞挑起车帘，看外面的街道房屋，忽而嘴角上扬：“出宫了，也好。”

我满腹疑虑问：“娘娘，这究竟怎么回事？为何你要诬赖我？”

“太后不过是想找个顶罪的，将此事大事化小。”

“她明知不是我，为何不去查究竟是谁干的？”

“她必定是查了的，而且查过之后方知此事牵连甚广，为了不打草惊蛇，先找人替罪稳住局势，以后再慢慢顺藤摸瓜。”

“这么麻烦，若一直查不出来，我们岂不是要在庙里待一辈子？”

“青灯古佛，好过宫中虚华。”沈云珞含笑望着我，双眸不曾有过这样的清明。躲在寺庙里，天高皇帝远，或许对她来说是值得高兴的事。

相国寺的方丈大师看过太后手谕，便命人领我们去了后山坡的一座小院。

此处离相国寺不远，但因隔了座山头，几乎是与世隔绝了。周遭都是树林子，满地枯草枯枝，散发着干燥的味道。我倒是喜欢这里，碍不着相国寺那么多菩萨的眼。

篱笆栅栏都已破旧，竹屋雅致，里里外外分了五间房，可四面透风，叫人怎么捱过寒冬？

侍从将我们交给几名持棍武僧，便离去了。

我和沈云珞面面相觑，这几个人，不会日日看守我们吧？

其中一位年长的僧人语气平淡说：“这里曾经也住过几名宫里的妃子，屋里有些她们留下的东西，二位施主看着收拾收拾，不要的扔了便是。屋外的院子里有水井、有菜园，不过现属寒冬，此处没有贮粮，稍后会有一些粮食送来，二位请自行打点。太后手谕，你们不可随意走出后山，只有等寺院于酉时闭门之后，方能出来走动。每日亥时在送子观音像前诵经祈福一个时辰。”

我听得有些晕，挠挠头问：“那有没有人看守我们？”

“没有。”

既然没有，我们出去了他们又怎么会知道？我放轻松笑笑，这样也好，虽然日子清苦，种种菜念念经，总比在宫里有意思。得空时说不定能溜出去找罗净，他虽然知道我是妖，却对我很是宽容，而且……长得好看。

满布蛛丝的竹屋里确实有许多女人留下来的东西，宫中物品，清理一下还是可以用的。不过沈云珞嫌晦气，坚决不肯要，我恋恋不舍将那些衣被都烧了，首饰珠宝我却悄悄藏起来，值钱的东西不能扔，管它是活人还是死人的。

一直清理到半夜，屋子才算能住人了，连灯烛也没有多少，为了节省，我摸黑出去拾了柴火来烧。我们两个累坏了，盖着薄薄的被褥，东倒西歪躺在偌大的竹床上睡过去。

清晨被一阵阵雄浑的钟声惊醒，我皱着眉嘟喃：“吵死了……”扭头看旁边的沈云珞，她好像早就醒了，眼睛一眨一眨望着屋顶。

“娘娘，醒了？”

她叹了一声：“眼看到年关了，难不成要在这里守岁？就我们俩冷冷清清地过新年？想起从前在家里，这一阵是最热闹的，一家人聚在一起，糊灯笼、写对联，喝酒玩乐……没想到，我也有今日。”

“娘娘，你不是很盼望出宫么？既然最大的心愿达成了，其他的就不必计较！冷清是冷清了点儿……不过你总算可以放下心事了，不用再惧怕皇上找你！”

沈云珞阖眼道：“我不怕了，什么都不怕了。”

冬日难得见晴阳，屋子也被烘得暖暖的。我将所有的头发绾起，随手抓一根筷子固定发髻，在厨房里忙活。

如今光我一个人伺候沈云珞起居，不得已要学烧菜，这是一件很辛苦的活，在相国寺的地界里我不敢勤用法术，常常顾得了锅里的菜顾不了灶下的火。火小了，菜难熟；火烧太旺，菜又糊了。为了折腾一顿饭出来，我总是满头大汗、蓬头垢面。

沈云珞每回都是皱着眉吃的，其实我也知道难以下咽，可没别的办法。

正打算施法点灶火，似乎听见外面有人声，探身出去一看，竟是华容添！他披了一方大氅，精神奕奕站在枯黄的院中，风度如旧，身后两名随从抬着一方红木箱子。而他身边，梳着羊角髻的小丫鬟，那不是翘儿么?!

我几乎是一路欢呼冲到她面前："翘儿翘儿！你怎么来了？我可想念你!"

"于归!"她见了我也是欣喜万分，紧紧抓住我的双手不放，"小姐呢？小姐还好吗?"

我的灿烂笑容马上收了回来，原来她心里只有沈云珞，和秦朗坤一样。我指指屋子，"就在里间绣花，你进去罢。"

翘儿扔下我的手飞奔而去，我心里不免有些失落，本来认识的人就不多，一个个还都心心念念想着沈云珞。

华容添伸手在我眼前晃了两下："于归?"

"啊?"我回过神来，转身看着他，"王爷怎么来了?"

他上下打量了我一会，指了指身后的大木箱子："给你们送些御寒的东西。"

我点点头，继续看着他。他无奈摇头，睨着我笑道："还请姑娘指示这些东西该置放何处。"

"喔!"我反应过来，忙请他们将箱子抬进一间空屋。

华容添也随了进来，伸手推开窗，望了望荒芜的四周，轻叹："皇上还真舍得……"

我凑上前好奇问："王爷何意?"

他似笑非笑瞥了我一眼，对旁边的随从说："你们先出去院子里候着。"

“是，王爷！”

小屋里空了下来，我们二人倚着窗，不约而同看向那只箱子。我琢磨着他刚才说的那句话，恍然大悟道：“原来这是皇上送来的么?!”

华容添一手托着下巴，一副不可置否的神情。

我着急向他打听：“吴美人现在怎样了?”

“很好，日日进补，恢复得很快。”

“那么……”我既迫切又有点胆怯问，“王爷可知道是谁害了她?”

他上前一步逼近我，笑意更甚：“你认为我会知道?”

我不由自主朝后一躲：“王爷总归比我聪明多了！反正我没想明白，太后为何要将我们赶出宫来?”

他冲我宠溺一笑，像是把我当孩子一样：“傻丫头，这是在保护你们。”

我转身，双手抓住窗沿，望着外面苍凉的景色抱怨道：“把我们弄到这来过苦日子，这也叫保护……”

“不然，你想被送去大理寺逼供、受刑?”

我怯怯摇头，虽然不懂那些什么大理寺逼供，听起来都已经非常可怕了。

“于归，其实皇上心里清楚，这事与你们无关。可事发的时候，只有你和凌湘在场，以淑妃如今的地位，根本不用担心吴美人会危及她。很明显，这本是要嫁祸给淑妃的，却被你误打误撞搅了局。表面看起来，只有你有机会下药，皇上只能顺水推舟，将错就错。这样也好，你们恰好避避风头。”

我蹙紧了眉，忿忿砸了几下窗台，直嚷嚷：“若是查不出，我岂不是要老死在此?”

“不会，你要相信沈美人的魅力。”他侧目睨着我：“她一定会再回宫去，你呢?”

“我怎么?”

“你也要回去?”

“不然我还有选择么?”

他垂目笑了笑：“有，只是你不愿意选……”

华容添总是这样自信，他也确实优秀得能令所有女子倾心，可惜，连我自己都看不清我的心。

“于归……”他抬目对上我的视线，神情透着一股迷惘，“你这双桃花眼，为何会惑人心志？今后不要随便盯着别人看，会令人误会的。”

我“噗哧”一声笑了，双手捂住眼睛，歪着脑袋说：“这样吗？以后我和你说话就这样吗？”

他爽朗的笑声在小屋内响起，悦耳动听。手被他捉了下来，俊逸而鲜活的笑容又呈现在眼前，他是一个爱笑的人，只是有时真有时假。

我也随着他笑，双肩止不住地抖动，他忽然按住我的肩，认真说：“等沈云珞回了宫，你随我回王府。放心，我不会勉强你，只是不想你被牵扯在后宫无休止的争斗之中。”

我睁大眼睛打量了他一番，眼珠子转了几圈，笃定说：“那我要当你的书童。”

“书童？”他又呵呵笑了起来，眼睛都眯成一条缝：“你连字都不会写，如何做书童？”

“哼……就是因为不会写，才要当书童的嘛！”而且书童不用干重活，轻松又自在，最重要的是，秦朗坤喜欢富有才情的女子，而我连字也不会写。

华容添点头允了，捏捏我的脸蛋：“那可要好好练字，不能在外给本王丢人。”

我龇牙咧嘴冲他笑，忽然一跺脚，惊道：“可是娘娘怎么办？谁伺候？”

“你刚才不是看见了？到时，我会安排翘儿进宫去服侍沈美人。”

“噢！”我脑子就是不灵光，迟钝极了，又忙问他，“她怎么来的？”

“听说是沈员外派人来送银子给沈美人，顺便看看能否使点银子把翘儿弄进宫去照应。皇宫一向是开春了才遣换宫女，翘儿一时也进不去，在外头干着急，还闯了禁门，若不是我恰好遇见，恐怕少不得一顿打。”

我若有所思道：“所以，你是专程把她带来给沈美人的。”

“不，我是专程来看你，顺便送东西，再顺便把人给带来。”他笑得玩世不恭，我嗔了一句：“就会说……”走去打开箱子，一面嘀咕：“这都是什么东西？皇上赐给沈美人的吗？”

“皇上也有自己的不便，所以由本王送来。”华容添掀开一块绸布，雕花木盘中赫然陈列着一排花簪，原来是皇上先前赐的，我们落在裕华宫的殿所了。“这可是贵重之物，凡得此簪者皆列三品之上。”说完，他忽然抽掉了我头上的筷子，“也只有你会将竹筷当发簪。”

青丝披散而下，我用手稍微一拢，撇撇嘴说："筷子很方便。"

他随手取了支玛瑙桃花簪，横在齿间，将我的身子扳过去，双手熟稔地拢起我的发，尽数绾成一个髻，发簪灵活地穿插几次，固定住了。我缓缓侧过身睨着他，摸摸后脑："这是妇人的发髻吧？"

"这样，就没人会打你主意了。"他悄悄在我耳边留下这一句话，狡黠一笑，带着一阵龙涎香翩翩离去。

箱子里有上好的蚕丝被褥、锦袍、夹袄。我和翘儿稍加收拾，那张冷硬的竹床看上去暖和多了。为了御寒，我们也只能挤在一床睡，好在这床铺够大。有了翘儿，一切都变得简单多了，我只消在旁帮她的忙。

除夕夜里，我们三人聚在火盆边吃了一顿香喷喷的斋饭，一面吃，她们兴致勃勃闲聊着过去在沈府中的日子。她们主仆在一起十几年了，我是个外人，只有听的分。从来不知道除夕是怎么过的，听起来很有意思，我两手拖着腮帮子，听翘儿叽叽喳喳、沈云珞絮絮叨叨，听着柴火噼里啪啦燃烧的声响，渐渐地有些犯困了。

翘儿拍醒我："于归于归！不能睡，要守岁的！"

使劲揉揉眼，呵欠连天道："可是我好困……"眼前的景象都模糊了，甩甩头，"我出去吹吹冷风，这样就不会瞌睡了。"

"可千万别吹久了，会生病的。"

"知道！"冲翘儿甜甜一笑，我拖着疲惫的双腿迈出屋子，夜里寒风料峭，一个激灵便醒了瞌睡。静谧的林子里偶尔传来一两声鸟叫，更显凄冷。关了竹屋的门，火光亦被关在了屋内，眼前顿时暗了下来，我摸着扶栏，渐渐适应了夜色。

不知不觉走出了小院，透过层叠光秃的枝桠仰望夜空，没有月亮，星子疏散，懒懒泛着微光。前边隐约有团火光幽幽飘近，我悄悄躲在一棵树后，那步履如飞却毫无声响，好厉害的轻功。不用闻，我也知道是谁了。本想跳出去吓他一吓，不料他猛地窜到树后，灯笼霎时照亮了我们二人的面庞。

罗净眼中有跳跃的火光，冷冷看着我没吱声。我一肩靠着树干，手里玩弄着衣带，笑嘻嘻问："大师，你怎么能肯定是我？说不定是别的妖怪呢？"

"你跟别的妖怪不一样。"

"怎么不一样？"

“不一样就是不一样。”他不苟言笑，目光淡漠瞟了我几眼，“在这做什么?”

“醒醒瞌睡，我太困了。”我也学他的样子，瞟了他几眼，“你又在这做什么?”

罗净一抬手，我才注意到他拎了一提食盒。什么东西？还隐隐冒着热气。

“给你们送点饺子。”

“饺子?”我忙凑上去闻了闻，饺子是什么？闻起来很香！刚要夺过来，他却收了回去，嘴角含了一丝嘲讽的笑意，“原本草木，却这样贪吃！小桃花，这是御赐的饺子，给沈美人的，你不可在路上偷吃。”

“御赐？从宫里送饺子出来？那早就凉透了!”

“自然有让它不凉的方法。”罗净郑重交给我：“你快拿回去罢。”

我欣喜抱着暖烘烘的食盒，纳闷盯着他问：“咦？这等小事，怎么劳烦大师亲自前来?”

他一怔，扭头避开我的目光：“既是小事，也无需劳烦他人。”

他大概出来得匆忙，连袈裟都没有披。我忍不住伸手摸了摸他的肩，那肩骨透着一种清冷的寂寞。他猛地一抖，警觉挡开我的手，目光凌厉盯着我。

我吐吐舌头，深怕他又冲我发怒。笑了笑，边转身边说：“多穿点衣服。”说完之后，心中竟涌起一种温暖的感觉。

75

近日的天气一直不错，我和翘儿整日都在山上拾柴，囤积了许多在厨房里，以防哪天下起雪来不够用的。这样闲云野鹤般的日子着实比在宫里舒服多了，累了便席地而坐，看看树、看看云。

翘儿虽是丫鬟，却是大户人家的丫鬟，没干过这样的体力活，总是变着法子偷懒。

“哎哟……于归，我走不动了。”

大清早刚起来，就喊走不动，我摸摸她的头：“那你在这歇会，等着我。”可巴不得甩开她，自己一个人躲起来用法术拾柴捆柴，多方便。

越爬越高，越走越远，四周弥漫着浓浓的大雾，隐约听见附近人声鼎沸。继续往前走，翻过小山坡，马道上一条长龙般的队伍令人吃惊不已。有的赶马车、有的赶驴车，还有挑担子的，都是做买卖的吧？我这才意识到自己已经走出了相国寺的后山。

松手将干柴都扔了，跑上前去，找一名面善的妇人问：“大姐，你们这是去哪里？”

“姑娘是外地人么？今日是相国寺的庙会呀！又恰逢上元灯节，可要热闹死咯！”

庙会，还有那个灯节，听起来很好玩。我拔腿就跑，一路飞奔回去，拉着翘儿兴奋叫唤：“翘儿！你可知道庙会？还有什么灯节？”

“今日是上元灯节，晚上我们要吃汤圆子。至于相国寺的庙会在哪天……我就不知了。”

“我看见好多好多人往东边赶，人家说那庙会可热闹了！我们去看看吧？”

翘儿连连摇头：“那可不行，我们不能随便出去的。”

我顿时蔫了，沮丧道：“那也是的，我们不能随便走动……”

日上三竿，将近午时了，林子里晨雾散尽，我挑了两大捆柴，和翘儿一前一后下了山。心里还惦记着外面的热闹，一抬眼，远远见院子外面停着一辆翠幄马车，我和翘儿都加快了脚步，赶上去一问，竟是逍遥王府的人。

华容添又来送好东西？我高兴极了，冲进院里把柴扔下就往屋里跑。

他正在和沈云珞说话，看见我，笑容可掬打量我一番：“于归，瞧你野的！”

我这才低头看了看身上的衣服，脏兮兮……摸摸脑袋，头发也没梳好，一跑都凌乱了。不好意思赔着笑说：“王爷，这不能怨我。反正也见不到外人，打扮那么好给谁看？”说着，眼睛朝旁边的小木箱里瞟。

华容添招呼翘儿过去，给了她一张纸：“这是药方，箱子里的药材都分类放在小格中，每一格都写了药名，还有把小秤，你可得按时按量地煎药给沈美人，都是为了给她补身子。这些药够两个月，先用着，日后本王再会送来。”

沈云珞福身：“有劳了，还请王爷替云珞多谢皇上恩典。”

看这架势，莫非沈云珞还要在此住上很长一段时日？我岂不是也要在此住上很长一段时日？唉……冷不丁被华容添捏起了下巴，他略微诧异问："你这是怎么了？"

此时我哭丧着脸，方才的喜悦一扫而光。扭开头，自怜叹道："难道要一直这样蹉跎年华……"

华容添目光狡黠，朝旁边的包袱努努嘴："这是给你的。"

我狐疑看了他几眼，一面将包袱打开，几身云锦衣裳，上面摞着一叠银票。

"皇上口谕，你可以随意进出相国寺，银票给你用来置办沈美人日常所需。"

"啊？"我喜出望外，"我可以出去？"

沈云珞扯了扯我的衣袖，使眼色道："还不叩谢皇恩？"

我当即反应过来，朝华容添跪拜："于归多谢皇上恩典！"

他一手搀我起来，笑眯眯说："若不是本王，皇上岂能恩准你进出自由？"

"那就再叩谢王爷！"我心情极好，觉得他今日特别的英姿勃发。

"那倒不用。你去换身男装，随我出去一趟。"

我看向沈云珞，询问她的意思。她气色很好，温柔道："去吧，今日上元灯节，又是庙会，多买点好玩意回来也好。"

朝华容添一阵挤眉弄眼，我捧着衣服满心欢喜回自己屋了。

穿衣，束发，敛去嬉笑之色，我也成了一名翩翩佳公子。若是在春夏之季，手执一把折扇，好不风流！华容添目露赞许，伸手扶我上车："贤弟，请吧！"

我朝他抱拳，粗着嗓子道："华兄，你也请！"

他面色一怔："你倒是装得很像……"

我得意笑笑，变声而已，很简单的法术！

只乘车到相国寺门口，外面熙熙攘攘，马车是寸步难行，我们便弃了车。相国寺门前的大道两旁满满全是小摊，听说一直延续到东大街，再从东大街至宫门前的御道，便是灯会了。

"我们沿着街一边走一边玩，到东大街差不多黄昏时分，恰好赶上灯会。"

我踮着脚四处张望，心不在焉应道："嗯，好。"

"人太多，你别乱跑。"

我朝旁边花枝招展的姑娘努努嘴，低声问："为何叫我换男装？看人家姑娘都出来玩了！”

华容添一手挡住嘴，在我耳边道：“你看有多少人盯着她瞧？这庙会加灯会，可是撮合了不少良缘，本王不想你也被撮合了去。”

我噗嗤一声笑了，旁边的姑娘应声朝我看来，我便随意朝她瞥了一眼。怎料她粉唇微抿，朝我频频暗送秋波。我避之不及，忙抬头望天，这时原本拥挤的街道因一辆马车行过变得纷乱起来，也不知怎么，那女子被人撞了一下，刚好跌进我怀里。

我一怔，情急之下圈住她的两只手抱也不是，松也不是，女子举眸柔柔看着我。那目光真令人头皮发麻，我两眼一闭使劲推开她，逃之夭夭。

华容添紧紧跟在我身后，走远了，他才放声大笑起来。我急了，跺脚嚷道：“还笑！早知道将那女子推给你！”

“没问题，下回可要记得推给我，本王不嫌女人多。”

我没好气说：“女人有什么好的，我才不喜欢！”

他笑得更厉害了：“你当然不喜欢女人！”

我想了想，也对，我喜欢男人的。

华容添笑够了，拉住我的手：“人太多，真怕你走丢了，又不识路。”

“哎哟……老朽这辈子总算长见识了，竟然亲眼见到断袖了！”这突如其来的声音从底下传来，我们低头一看侧边，小摊前坐着一个卖泥人的小老头，满脸稀奇盯着我们俩。华容添脸色一变，尴尬松开我的手。

我张口想问断袖是什么，忽然注意到他卖的泥人，不是罗净的像么？

“咦？这不是罗净大师么？”我蹲了下去，兴致盎然打量这些形态各异的罗净，有打坐的，有站立的，有撞钟的，还有敲木鱼的。

“小少爷，买一个不？罗净大师可灵验了！”

华容添俯身对我说：“自从上次你捏了个罗净大师，这相国寺外面全卖起了罗净大师的像，比什么菩萨的都好卖。”

“是么？那我可做了件善事！”

“怎么说？”

“他们的生意好了，赚的钱更多了不是么？”我回头笑着对卖泥像的老头说，“我每样都要一个。”

揣着七八个罗净，我乐滋滋地幻想着回去该怎么摆放，摆成一排呢还是摆成一群？要不叠罗汉似的摆成一堆？

华容添紧紧贴在我身旁，时不时用臂膀为我挡一挡行人马车。“于归，你真善良，而且心思简单。”

我抬头狡黠瞥了他一眼，我才不简单，我可是活了几千年的妖精。路边小摊上传来阵阵肉香，寻着味儿不由自主过去了，就好像被牵着鼻子走，丝毫由不得自己。华容添轻笑问：“是羊肉汤，想吃吗？”

见桌边的人们吃得可香，我垂涎三尺，连连点头，迫不及待找了个位置坐下。

华容添在我身后站着：“少吃点，一会王府里还有美味佳肴等着你去享用。”

“王府？你要带我去王府？”我扭头问。

他颔首：“迟早是我王府的人，随我回去吃顿团圆饭怎么了？”

我斩钉截铁道：“我不去。”

“为何？”

“不去就是不去。”我一脸不高兴盯着眼前热气腾腾的羊汤，忽然没胃口了，蹭地站起来：“我不想吃了！”

扭身走了几步，华容添赶过来拉住我：“你又跟我使性子，于归！你害怕什么？我的家人又不是猛虎野兽。”

我深深吸口气，不屑说：“谁害怕了？我不是不敢去，是不想去！我不想见到你那些什么妻妾。”

他无奈笑笑：“你到底是吃醋了……要我拿你怎么办才好……”

吃醋？哪里有醋？使劲嗅了嗅，我身上没醋味啊。正纳闷，前方人头攒动中，一张清秀的面庞跃然出现在眼前，他总是这样令人赏心悦目。我拽了拽华容添的袍袖，兴奋指着前面：“是秦大人，看！”

待秦朗坤走近了些，我们才看清他身旁还有一名小少年，不是玉临王么？我回头朝华容添笑笑：“你们两兄弟不在一起过节，反而各自邀了伴。”

秦朗坤和玉临王也看见了我们，径直走来。玉临王一袭白狐裘，衬得面若粉琢，有板有眼向华容添作揖问好，然后疑惑看看我：“这位是……”

我眯眼一笑：“我是于归啊！”

玉临王瞪大眼睛打量我许久：“你怎么能出来？”

“那还多亏了你的王兄！”我嬉笑的时候，女声毕露，转头对秦朗坤微微俯首，轻声唤：“秦公子。”

他目光复杂，似有千言万语，薄唇微微抽动，终是没出声。倒是玉临王先说：“秦大人如今做了本王的侍读学士，王兄许久没回翰林院了，大概不知道罢。”

“哦？”华容添的语气十分意外，“秦大人还是决定跟随玉临王了？”

“下官不胜荣幸。”

我打破他们几个的官场套话：“小王爷，你们要去哪里？”

“去秦府走一趟，上元灯节，给秦夫人问个好，顺道蹭一碗汤圆子吃，呵呵……”

我小心翼翼环视一圈，怯怯问：“我也可以去么？”

华容添嘴角挂着浅浅的笑意看看秦朗坤，又瞥了我一眼：“去吧。跟着玉临王，别乱跑，晚上我去找你。”

我和秦朗坤一左一右走在玉临王身边，俨然三名俊美少年结伴同行。面对四处投来的惊羡目光，他们二人无动于衷，我总是报之一笑。渐渐走出了繁华热闹，才知道原来秦府很偏僻，不过也应该是清幽之地，相信是秦朗坤专为他娘选的好地方。

直到秦朗坤停下脚步说：“到了。”我吃了一惊，这宅院哪里有府第的模样，就是普通民宅，匾额上写的也不是秦府，而是“浮云居”。恐怕他爱的是当中这个云字罢。

玉临王不知情，带着几分孩子气说：“本王住的是浮华殿，秦大人住的浮云居，也算有缘。”

他是跟华容添学的吧？动不动就说有缘。

石砌的围墙有好几处修葺的痕迹，院内的砖石地像是新铺的，两旁花圃中空空如也，连枯败的草叶都没有。

秦朗坤将沿路买的一些吃食交给一个叫秀秀的丫头，领我们进了客堂。屋子不大，刚好摆下八张官帽椅，看样子都是旧物，大约是从苏州秦府搬来的。秦朗坤请玉临王坐下，将手中一提锦盒搁在桌案上，便进内堂去了。

我还捧着一包罗净像呢，不知该不该放下。看样子，这里上上下下也没几个伺候的人。

不一会，秦朗坤搀扶着一名中年美妇缓缓从通廊走出。那妇人弱不禁风的模样倒是与秦朗坤像极了。一袭深紫罗裙，素花夹袄上绣的白梅，颈边茸茸兔毛衬得容颜柔美，只一双眼睛略显晦暗；脑后以银钗饰云髻，面施脂粉，看来是悉心装扮了的。

玉临王起身朝她作揖："秦夫人，本王来叨扰了。"

"哪里的话，王爷驾临寒舍，真是蓬荜生辉。"秦夫人说话声音低弱，仿佛气力不济一般。

玉临王将手搭在锦盒之上："这些补品是本王的一点小心意，还望秦夫人多多保重身体。"

"王爷太客气了！"秦夫人笑了，却掩不住憔悴的神色。

我心中暗叫不妙，玉临王都送了见面礼，我怎能空手来？她可是我未来翁姑！秦夫人已经朝这边看过了，来不及细想，我忍痛割爱，将怀里的布包递了出去："这是于归的一点心意，希望罗净大师保佑秦夫人身体安康！"

秦夫人疑惑看着我："这位公子是……"

我当机立断答："我叫于归！我不是公子，是女子！"说完，忽然觉得自己唐突了，傻傻看了看秦朗坤，又说，"我、我是秦公子的……朋友。"

"呵呵……我说这公子长的不一般，原来是位姑娘。来的都是客，我已经命厨房下汤圆了，做几个家常菜。玉临王爷，于姑娘，今日可就怠慢了。"

"秦夫人客气了，本王就是喜欢民间的朴素。"

我忙不迭答："我也喜欢！"末了又加上一句，"夫人若不见外，叫我于归就是了。"

她看着我点头微笑，那笑容明净，和秦朗坤的如出一辙，我像尝到蜜了，心头甜滋滋的。为了这笑容，送什么都值了，不过回头我得把那些罗净全部再买个遍。

76

四盏落地烛台款款照着斑驳的八仙桌，桌下生了一盆火。

我们如一家人围桌而坐，慢饮闲聊。街坊邻里笙箫弦歌渐起，远处的锣鼓戏乐声也愈加欢庆。从窗户朝东头看去，天边都是红彤彤的。

汤圆子入口即化，带着桂花的浓香，甜腻腻的。我一口气吃了许多，直到肚子胀鼓鼓再也吃不下了。

秦夫人对我忍俊不禁："于姑娘不拘小节是好事，可这糯米做的圆子吃多了难受。"

"可是太好吃了，我忍不住……嘴馋。这么好吃的东西，一年才能吃上一回，多可惜。"

"原来于姑娘爱吃汤圆，也并不是上元灯节才能吃得到，平日里若想吃了，来这吃。我命人做就是。"

"真的吗?"我笑得合不拢嘴，还装模作样稍稍推辞，"可……夫人喜静，我这性子不是打扰夫人了么?"

"于归，你时常来看看，也可以给我娘解解闷。"秦朗坤微笑看着我，面颊因烛光而泛红，楚楚动人。我痴痴看着他，猛点头。

"是啊，我平日里一个人，也不知要做什么。刚来京城不久，认识的人也不多。"说着，秦夫人替我夹了一块藕合，"多吃点。"

"多谢夫人。"我垂头，抿唇笑了。

玉临王将筷子搁下，依然是一本正经的神色："本王今日有口福了，这样清爽可口的饭菜，着实是宫里吃不到的。"

秦夫人掩口笑了笑："玉临王哪里的话，这样的粗茶淡饭怎可媲美宫中美食。"

"虽然是粗茶淡饭，却是花了心思做的，便是秦夫人的爱子之心。宫里的膳食再美味，都比不过这其中的情意。"这番话在如此的夜晚听来备显沧桑，玉临王自六岁封王、地位显赫，身世却也可怜，恐怕他连父母的样子都丝毫想不起来。

我悄悄朝秦朗坤使了个眼色，他会意，劝慰道："皇上和逍遥王对您玉临王的情意，也是寻常人盼不来的。"

"皇上倒是邀了我共进晚膳，可是我总不喜欢那些莺莺燕燕的场面。早听闻灯会热闹，有秦大人作保，皇上才肯放我出宫呢!"他脸上流露出几分难得的稚气。

我趁他兴致好，接着说："我也是第一回看灯会！是有逍遥王作保，皇上才肯让我自由进出!"

玉临王颔首道："皇上默许了你是逍遥王的人，才不会管你。倒是沈美人，毕竟是后妃，皇上不得已要拘禁她……其实，皇兄许久没如此在意过谁了。"

我撇撇嘴说："在意她？还如此对她……"

秦朗坤直直盯着我，明明眼神慌乱，却语气淡定问："于归，你出来玩了，沈美人今日不用伺候么?"

秦夫人胳膊一抖，不悦瞥了对面的秦朗坤一眼，被我尽收眼底。

"噢……"我眼珠子转了几圈，打量了会秦夫人和玉临王各自的神色，才放心大胆说，"逍遥王今日来送些细软，顺便带了名丫鬟给她，叫翘儿，也是苏州沈府来的，从前和我一起伺候小姐。"

秦朗坤顿时笑了，还想说什么，却发现秦夫人抬眼看着他、满脸不悦，他也就不吱声了。我不由自嘲笑笑，对于秦朗坤来说，我的价值在于可以用来捕获沈云珞的消息，仅此而已。

秦夫人大概很少说这么多话，看起来劳累极了，便由丫鬟扶着歇下。临了还告诉我，她喜欢我送的礼物。一想起这话，我就得意忘形。

从秦家出来已过了酉时，华容添一直未出现，我们便沿着街道往东走，期望能遇见他。

无数盏花灯高高低低悬挂在街道两旁的树枝上，如一条川流不息的星河，一直绵延到夜的尽头。汴河桥边搭起了几个戏台子，人声鼎沸，都掩去了唱戏的声音，不过凑热闹的人反而越来越多。台上各人穿着华丽的衣裳，浓妆艳抹，演的是普普通通的啼笑怒骂，偶尔也会荒腔走板，可台下喝彩的人们丝毫不吝啬。

原想挤进去，可秦朗坤使劲将我揪出来，振振有词说："今日可是陪玉临王出来的，我们要寸步不离跟随他!"

我瞪眼狡辩道："那是你，我是跟逍遥王出来的!"

"真拿你没办法。"他无奈摇摇头，"你若是走丢了，到时逍遥王不得找我要人么?"

我趁机一把抓住他的手，那清瘦而温暖的手，拿着它，我便心跳脸红。就容我无赖一回，嬉皮笑脸对他说："那你牵着我，我就不会丢了。"

他只是看着我，半晌说了句："你的手很凉。"

玉临王转身看着我们，目光狐疑，最终盯着我们袍袖掩盖下的两只手。我 理直气壮地说："秦大人生怕我走丢了，没法向王爷交代!"

玉临王点点头："本王也实在怕你丢了。走罢，我们去看灯谜会。"

他这小人儿真无趣极了，我撇撇嘴，只管乖乖跟着秦朗坤。街上人群熙攘，远近的欢笑呼喝声不绝于耳，我悄悄拽了拽秦朗坤的手："公子，皇上已经宠幸了小姐。”

他手掌猛地一发力，我吃痛闷哼了声。玉临王兴致盎然，丝毫没注意到后面，秦朗坤贴近我，琥珀般的瞳仁仿佛荡漾出泪光：“是因为这个，她才被送到相国寺?”

“不！不是的!”我凑到他耳边说，“是因为吴美人的案子，皇上怕打草惊蛇，先找了我们顶罪，再暗中调查。”

“那……皇上没发现?”秦朗坤眉头一蹙，似有万分疑虑，迷茫看着我。发现……什么？他和沈云珞的私情么？我缓缓摇头，迷迷糊糊答：“好像没有……”

秦朗坤整个人又陷入了忧郁，抓住我的手又是一紧，喃喃道：“她在朝中无人，所以才任人欺负。于归，我们要帮她，成为她的靠山，再也不让她受委屈。从今往后，我什么也不怕，只要能变得强大……”

我恍然侧目盯着他，他接近玉临王竟是藏有这样的动机。果然，人心难测。

灯谜会在一处清幽的园林，比起方才的热闹，淡泊了几分，也诗意了几分。黑夜中的花灯摇曳闪烁，宛如星子，来回穿梭的人们衣袂飘飘，好似仙人。

此处大都是少年男女，花灯上的诗迷为女子多出，男子便捏着诗笺，一面寻思谜底，一面在顾盼流彩中探求蠢蠢欲动的少女春心。三三两两待字闺中的小姐聚在一起，窃窃私语，或低眉耳语。整个园子都沉浸在一种静谧却随时可能要沸热的气氛中，全然没有了冬夜的清冷。

玉临王饶有兴致浏览着花灯上的谜语，真令人怀疑他今日来这的目的。我狐疑观察了他许久，虽然岁数不大，可皇家的人，或许就是与寻常人不一样罢。朝秦朗坤低声问了句：“玉临王是否快成亲了?”

“成亲？他才十四岁!”秦朗坤的语气听来很是意外。

“那他来这作甚么？你瞧，这四下里全是眉目传情的男女。”说着，长廊中有人迎面而来，我往旁一闪躲，恰好贴进秦朗坤怀中，耳根一热，忽觉我们二人不也像那些寻觅爱情的男女么？可我是男装，岂不叫人误会？我撇开头，偷笑。

湖心的凉亭中甚为热闹，玉临王抬脚便朝那走，大概是小孩儿心性，爱往热闹的地方凑去。水面上的回廊曲曲折折通向湖心，亭内是一帮官宦子弟，吟诗作对，把酒言欢。玉临王大概认得几个，问秦朗坤：

"你随我一同进去么？你好像不待见蔺家人。"

"当然跟随王爷，臣可是向皇上保证了寸步不离的。"

我停下脚步，小声嘟喃："我不想去。"

玉临王问："为何？"

"那……那里都是男子……"前面都是男人，许多许多男人，不知何故，我脸上好一阵发烫，怎么好端端的，会害怕？"你们去罢，我在湖边等。"

玉临王看看亭子，又回头看看我，斟酌再三道："你便在方才那廊里等，还能挡风，不许乱走。我们一会就出来。"

"知道了。"我乖顺应了，真是有些心虚，这样装男子混在男人堆里，若不小心被人瞧出来，还不知他人要怎样笑话我呢。渐渐走回湖边，看着那些女子的花衣珠翠、俏颜红妆，心里好生羡慕。从没试过脂粉是何滋味，也不知道我要为谁而容。

不知不觉沿着长廊走到了尽头，拐角处几名少女望着我娇羞窃笑，我回之一笑，似华容添那般不羁，佯装风流。回眸间，忽见一轮皓月当中掠过一个黑影，速度极快，我却捕捉到了一个熟悉的轮廓，那样优雅的颈项只属于罗净的。

上元灯节，他一个僧人跑出来做什么？还飞的那么快……不及细想，我一头扎进林子跃上树梢，朝他追了过去。可我法术不济，怎么也追不上他，落在一棵巨松上气喘吁吁歇了会，再用尽法力掐指一算，知道他的大概位置了。

站在高高的屋脊上，俯瞰这一座错落有致的深宅大院，还有那躲在屋檐下披了一身月华的孤清身影。方才进来的时候特地去瞄了两下，匾额上金光闪闪的两个字是唐府。再闻院中酒香四溢，后院里整整齐齐晾了几排大缸，这样财势雄厚的唐家，大概只有桃七酿这一家。

厅堂内欢笑满堂，乐声飘飘，还夹杂着嬉笑怒骂声，其乐融融，乍一听，觉得十分悦耳动听。有两个孩童追逐打闹着从屋里跑了出来，罗净纵身一跃，上了屋顶，这才瞥见了我。他僵在那儿，与我遥遥相望。

屋里的人依稀走了出来，老老少少足有二十几人，互相搀扶，前后照应着。几个孩童兴奋嚷嚷着："去放烟花咯！去看花灯咯！"直到他们说说笑笑出了大院，罗净从对面飞掠而来，落在我身边，冷冷问："你怎会在此？"

我俏皮一笑："大师总是能闻见方圆几里内的妖气，可今日怎么了？心思在别处罢？"

他朝院外看了看渐渐走远的人们，想追上去，我忙不迭拉住他："哎！带我去啊！"

"你去做什么？"

"看烟花咯！我从未见过，烟花是什么花？"

罗净凝眉，粗鲁揽住我的腰，飞快冲了出去，翩翩然落在一片屋顶，又借力而起，朝旁边的枝头飞去。我们俩就这样在京城的上空时起时落，寒风擦过脸颊，我不自禁埋首在他怀中，寻求庇护。青丝扬起，纷纷乱抽打在肩膀，或许有些也抽在了他身上。

忽然一只手按住我的后脑，听得罗净低念了声："好好的扮成男子做什么？"

我才发觉已经落下了，探头张望，正站在一家临街的酒楼屋顶上。他松开怀抱，我便觉得冷，缩了缩脖子，答："逍遥王让我扮男装的。"

他盘膝坐下，我也坐下。他一言不发，我也不敢问什么。

河面上映出的花灯无数，随着水波晃动，虹形石桥上人来人往。这红尘很热闹，我们俩却像世外之人，清冷极了。方才唐府那一大家子正慢悠悠往这走来，进了我们脚下的茶楼。我惊奇问："你怎么知道他们会来这？"

"你既是来看烟花的，其他的别问。"

我撅起嘴嘟喃："你不会又是来捉妖的吧？"

罗净好像恍然想起什么，侧目对我说："有些妖孽擅幻化成女子，专在青楼教坊祸害人。上次在苏州凝香阁遇上的那妖精很厉害，被我驱走了，不料来了京城。我暗中打算了许久，一直不敢打草惊蛇，看你扮男装倒有七分像，可愿做我的帮手，助我除妖？"

"当然！"我爽快答应，笑嘻嘻说，"大师，我帮了你，你也要帮我！"

"那便算了！"他横了我一眼，目视前方面无表情。

"喂……你还没听我要你帮什么忙，就这样拒绝我？"

"你认为我看不出你的心思么？"

我一愣，他的法术远在我之上，连我都可以偶尔窥探别人的心思，他或许不用动一下手指头也能看出来。我蔫蔫耷拉着脑袋："你是高僧嘛……会读心术而已，什么了不起……"

他似是有几分狂傲，眉毛一扬："没有了不起，只是所有人在我面前都原形毕露。"

"好啦，你高僧嘛！"我哼哼了几声，撇头不理他，真是狂僧。

77

汴河上的风迎面吹来，夹带了那些路边摊上各种小吃的香气。我想起下午那碗动也没动的羊肉汤，咽了咽口水，拉拉罗净的衣袖："大师，我好想吃东西。"

他冷笑了两声："没见过你这么馋的妖精。"

我瘪嘴，可怜巴巴窝在他身旁，时不时蹭他几下："你没出家的时候吃过肉么？"

"那羊肉汤真是香啊……"

"大师，你好闷哦。"

"大师，哪里有烟花？"

"等会。"他终于回答了我一句话。

"那看完烟花我带你去吃羊汤好么？"此话一出口，他凌厉的目光扫过来，恨不得要将我推下去一样。罢了，今日他心情不好，我还是少惹为妙。

河岸边一行光秃秃的大树上，几个人影窜来窜去、爬上爬下，那些赏灯的行人也渐渐围了过来，个个兴高采烈，脸上无不洋溢着欢庆的笑容。

我一时好奇，便侧耳听，听见人群中有人说："唐家要放烟花啦！快点快点！"

原来就是方才那府里的人来此放烟花，我屈膝坐着，双臂抱腿，瞪大眼睛盯着那树上的动静。人群喧闹了许久，烟花迟迟未放，有些人等得不耐烦，便大肆吆喝起来，甚至冷嘲热讽。

罗净听了一皱眉，低斥道："市井无赖！"

"哇……"我略略吃惊，瞥了他几眼，慢吞吞说，"大师，众生平等啊……"

他几乎将出家人的淡然都抛到九霄云外了，狠狠瞪着我："看烟花！"

我被他这气势震住了，忙扭头直直望着漆黑的前方，看就看，凶什么……

树上的人全都撤了下来，退到人群中去。

火星子从树干的某个位置闪闪烁烁向上攀沿，渐渐的，四周的喧哗声淡了下去，不一会竟鸦雀无声，所有人都屏息盯着那微弱的火花。它一直往上攀爬，沿着树干、枝桠，一直到顶端，忽然发出一声爆裂的巨响，“嘭！——”

“啊！”我被吓得惊呼出声，紧张抓住罗净的胳膊。那树顶刹那间迸发出一团亮白的光球，无数金灿灿的小火星从光球中分崩离析，红的、紫的、金的、银的……在黑暗中坠落、湮灭，接着又有源源不断的五彩火花从树顶“嗞嗞”冒出来，如泉水、如瀑布。我看得目不转睛，傻兮兮笑着说：“烟花，太美了！大师，我喜欢……”

不一会，旁边的树上又是一声巨响，刺目的亮白光球转瞬即逝，却几乎照亮了整个夜空。一响接一响，汴河两岸的人们都停下了脚步，欢呼大笑。这样的火树银花，瞬间的灿烂与瞬间的消亡相互交织，却是我见过最惊艳的景色了。

不经意间，侧目瞥见罗净，他微笑着，在那些美丽绚烂的烟花映照下，脸庞被蒙上一层姹紫嫣红的光辉，眼里洋溢着一种割舍不下的情愫。那闪耀的光华，对他来说意味着什么？趁他看得入神，我掐指一算，不料还未发功，手被他扭住了：“哎哟！”

“在我面前玩花样。”他欺身上前，带着几分戏谑道，“小桃花，好好的烟花不看，看我作甚么？”

我被他扭住的手好痛，龇牙咧嘴冲他凶巴巴嚷道：“什么小桃花?! 人家有名字的，我叫于归！”

“名字算什么，天底下同名的人那么多，难道就是一样的人么？”他眼里流露出对我的不屑一顾。

好像他说的不无道理，可名字不就是让人叫的么？我想不明白了，谁让我悟性低，甩了甩手，用力挣几下，大喊道：“你放开我……”

他猛地一松手，我正在往后拉拽没有防备，于是一面惊呼一面从铺着光溜溜的琉璃瓦的斜屋顶滑了下去。好在他还有些良知，及时飞身扑来捞了我一把，抱着我轻盈落地。

烟火燃到了尽头，人群散去。我闭目停留在他怀抱，舍不得离去，紧紧攀着他的臂膀，任他催了三四遍，我也置若罔闻。这有什么不对呢？一个人尝过了温暖之后，就再也不愿受冻。

猝然间被他一把推开，我怔怔看着他，意识混沌不清，直到听见一声遥远的呼唤，渐渐清晰响在耳畔：“于归、于归！”

我应声扭头，对上华容添柔情的双眸，瞠目结舌：“王、王爷……啊，你……你在这里！”

华容添眼角含笑，狐疑看向罗净，问我：“你们怎会在一起？玉临王呢？秦大人呢？”

“啊！”我惨叫一声，糟了，他们不会还在湖边找我吧！

“我们是方才碰见了，于归迷了路。”罗净不慌不忙答道。我鄙夷瞥了他一眼，出家人不打诳语，这话是骗人的！

“是么？”华容添轻笑两声，“你自己走丢了？幸好是遇上了大师。”

“那么她就交给王爷了，贫僧得回寺去，告辞。”罗净就这样溜之大吉，把我扔给了华容添。

我赔着笑小声说：“王爷，恐怕玉临王和秦大人还在灯谜会那寻我……”

“走罢，我带你去。”说着，华容添回身牵过一名女子，笑着说：“这是瑰瑰，你们在相国寺见过了。”

那妆容俏丽的女子，笑得如春花烂漫，眼里的不友善我却看得一清二楚。觉得她很是古怪，虽然说不出究竟哪里不妥，但能感觉到她身上隐隐散发的气息不同寻常，连名字也奇怪的很，瑰瑰……

忽然，那女子身后钻出两个虎头虎脑的小孩，五六岁的年纪，眼睛一眨不眨盯着我看。

华容添伸手牵出两个孩子，笑容宠溺道：“这是京墨，这是紫葳。”

我不禁有些目瞪口呆，原来他是带着妻儿出来玩耍，那还要我在秦家等他做什么？

华容添将两个孩子推到我面前：“叫……就叫于姨吧！”

我干笑两声，他还真会给我取名字。孩子却不怎么合作，扯着嗓子异口同声叫：“于姐姐！”

“哎！”我笑嘻嘻应道，冲华容添吐舌头。

他耸耸肩，蹲下去悉心教导：“不能叫姐姐，叫于姨。”

叫紫葳的小女孩几乎是怒视我，不依不饶说：“就是姐姐、就是姐姐！”

小男孩也跟着起哄：“姐姐、姐姐，于姐姐！”

华容添没辙了，摸摸他们的头："唉……那随便，你们爱怎么叫都行。"

"爹，我好累……"紫葳瘪着小嘴，巴巴望着华容添："我想回家。"

京墨扯着华容添的衣袖："爹，我也想回家，我想娘……"

华容添面带难色看着瑰瑰："要么，你先带他们回去？"

瑰瑰温柔笑道："好啊！"

"不好！"两个孩子又异口同声喊道，"要爹跟我们一起回去！"

华容添笑容一滞，语气有些不悦："你们……"话语忽然又顿住了，无奈叹气。

我不想让他为难，笑道："王爷，时候也不早了，您还是回府罢！罗净大师没走远，我追上去就是，跟着他便可以回寺院了。"

他探头张望了一圈："他在哪儿？"

"就在前面，我瞧见了！"我装模作样指着前面熙熙攘攘的人群，"反正回寺的路就一条，即便没有大师我也不会走丢的！"

华容添眉头一收，低头看着孩子，最终朝我歉意一笑，仍带了几分玩世不恭："于归，今日我失信于你，你不会记恨我、报复我吧？"

"那可说不定的！"我笑眯眯冲他挥挥手，"王爷快回去吧，大师都走远了，我去追！"我撒腿就跑，赶紧跑吧，不然那俩孩子的眼神足以让我做一夜噩梦。

今日耗费了太多法力，什么也推算不出，于是谁也不找了，自己沿着长街一边赏灯一边玩乐，路上瞧见好吃好玩的东西，便买上一些，也好带回去给她们尝尝鲜。等我往西走回相国寺，才发现庙会早就散了，相国寺门前那些卖泥人的小摊也收了。我懊恼万分，跺了几下脚，最喜欢的东西竟然没买到，不知下次能不能再买齐那么多的罗净。不过想起来，那一包罗净像倒是帮我贿赂了秦夫人，高僧就是高僧，神通广大。

我提溜着一大包东西大摇大摆进了相国寺，谁知看守院门的一名武僧将我拦下，非要检查包袱。都是女孩家玩的东西，有什么好检查的。我板着脸将东西摊开摆在他面前："今后我要经常出入相国寺，是不是每次都要检查搜身啊？"

"施主，只是今夜太晚了，以后请于日落之前回来。"这武僧长得粗犷，鼻子嗅来嗅去，忽然脸色一变，眼睛瞪得如铜铃一般，指着一纸包，"这是什么？"

我抓起来使劲闻闻，乐颠颠说："包子啊！"

"什么包？"他横眉竖眼喝道。

我心中大骇，什么包、当然是肉包！赶紧暗暗施法，一面笑呵呵说："豆沙包……"

"请给我看看！"他的双手朝我伸出来，目不转睛盯着我。为何这样盯着我，好像我是贼一样。将纸包搁在他手里，横了他一眼，"就是豆沙包……"

武僧打开了仔细闻了闻，狐疑道："方才明明闻见肉味。"

"大师，你可以掰开一个看看呀！"我笑得一脸挑衅，那武僧只是颇为迷惑，不得已将我的东西还给我，还是一脸茫然的样子。我的法术可不能维持太久，赶紧连跑带跳一路冲了回去。

回到小竹屋，我兴奋拉着沈云珞和翘儿躲在最小的那间暗屋里，支起一张小案板，将纸包打开，香喷喷的肉包还热气腾腾。我们几个在这过清苦日子，多久没沾肉腥了，翘儿惊喜张大了嘴："于归！你真行！"

我少不了几分得意洋洋，催道："快点吃，我偷偷带进来的！"

沈云珞迟疑道："这合适吗？我可是在为皇上祈福。"

"哎呀，什么祈福啊？明明是在受欺负……"我推了她两下，"快吃吧，你身子不好，光靠那些药怎么能行？你身子这样弱，偶尔吃一顿荤腥，菩萨不会怪罪的！"

翘儿舔了舔嘴唇，先拿了包子递给沈云珞："小姐，吃罢！于归一定很辛苦才带进来的。"

沈云珞思前想后，左右为难，终是接下了，抿唇一笑，捏了捏我的手："那我们一起吃。"

"我就不吃了，我在外面吃过了，这是特地带给你们的！"我见她俩高兴，自己也笑得合不拢嘴，"你们吃着，我出去把风！免得哪个多事的和尚来打扰！"

沈云珞看看我、又看看翘儿，噗嗤一声笑了："其实这样的日子也挺不错，在山里听风听雨、看花看鸟，偶尔偷腥……咯咯……"

翘儿也跟着笑得前俯后仰："小姐，你才偷腥呢！"

"死丫头！"

"哎唷……"

她们俩在里间嬉笑打闹了起来，我倚在门边，望着外室一地银灰的月光，微微眯起眼，这样的上元灯节，有热闹、有惬意、有欢欣，定是一年当中最美丽的日子了。

正是乍暖还寒时候，寺里的梅花开到了极致，暗香袭人。

沈云珞的千手观音绣得有模有样了，看了她的，我再瞅瞅自己手中皱巴巴的荷包，哭丧着脸，翘儿则捂着嘴在一旁笑不停。我随手抓了把线团朝她扔过去："人家第一次绣，娘娘说已经绣得很好了！"

"我也没说不好呀！"翘儿凑上来指着荷包上的图案问，"你绣的是花？是什么花呀？"

"桃花！"

"啊？"翘儿抓着翻来覆去看，最后碍于我凶狠的眼神，打哈哈说，"真像真像！"

"那当然！"我将荷包好好收起来，神气说，"这是我绣的第一个荷包，要留着送人。"

翘儿撇撇嘴，小声嘀咕："谁会要啊……"

我鼻子里哼哼了两声，等本小妖哪天成了仙，这可就是仙物了呀！那小丫头懂什么，她想要我还不给呢……

"于归！"翘儿忽然拍了我两下，朝窗外努努嘴，"好像有人来了。"

扭头张望，院外两名女子一前一后走近了，前面的女子穿了一袭云锦宫装，看那端的架子和姿态，虽然许久未见但也认得出来，是夏青。

78

我捋了捋头发，整了整衣服方迎出去，朝夏青行过宫礼，恭敬问："夏大人有事？"

夏青一如既往地不苟言笑，双手叠合握于身前："是逍遥王命我来接一名叫翘儿的丫头进宫。"

"喔！"我恍然大悟，定是开春了，宫里招侍女。回头唤翘儿出来，拖着她的手交给夏青，"就是她了，名叫翘儿。"

夏青微微颔首，边打量她边问："姓什么？哪里人？为何进宫？"

翘儿看了看我，小心翼翼答："我是孤儿，很小就进了沈府，进宫是为了伺候小姐。"

夏青不冷不热说："进宫了可不能这样说，你是奴籍，怎可再卖身进宫？日后我会教你，在宫里别乱说话。你去收拾细软，马上随我走。”

翘儿一把握紧了我的手，无助地望着我。看她脸上稚气犹存，我心中泛酸，轻声安慰：“别怕、翘儿，你先进宫去，这里有我照顾。”

“于归……”她低低唤了我一声，难过地瞟了瞟夏青，垂头进屋了。

夏青略略仰头望了望四周，平平道：“果真荒芜，沈美人熬得住么？”

我满不在乎道：“现时荒芜，待再过两个月，且看这里的景色有多美！”

夏青睨着我笑了两声：“于归，难道你不想沈美人回宫？”

“有什么想不想的，反正日子都一样过。”我迟疑了会，凑上去低声问，“吴美人怎么样了？那事情查出结果来了吗？”

“查出来了你们也不会在这了。吴美人不是美人了，现在该叫吴婕妤，虽然胎儿没了，荣宠却更胜从前。”

晋封了，她一定很高兴，想起吴千雁笑起来甜甜的酒窝，我羡慕不已：“那凌湘呢？”

“凌湘？”夏青忽然盯着我，若有所思，“她自然是跟着吴婕妤，做了领头宫女，从五品。”

凌湘步步高升的愿望还真的在实现，我不禁拍手欢笑：“那她的俸银又多了！她真走运，当初跟了吴美人！”

“你不怨她么？”

“怨她做什么？”我纳闷问。

“她指证汤是你送去的，而且没有为你辩白半分。”

“她做得没错呀……汤确实是我送去的，况且当时只有我们俩在，她怀疑我也不足为奇。”

夏青微微眯眼望着远方，出神地说：“凌湘虽然机灵，可毫无心机，绝不适合放在身边做心腹的。若换了别人，定会好好检查汤里是否有问题，凌湘入宫有几年了，却不懂这些利害……可惜了一个未出世的孩子。”

“那夏大人当初为何将凌湘派给吴……婕妤？”

“是吴婕妤跟我要了她。我当时就很疑惑，我手下的三人，唯独凌湘天真，可吴婕妤偏偏挑了她。”

夏青说这话时神态很古怪，我琢磨不透，她的意思是怀疑吴千雁么？还是怀疑凌湘？

“夏大人。”沈云珞温柔的唤声从身后传来，我回身，见她素面朝天，青丝半挽，一袭素衣。

夏青点头含笑道：“沈美人，多日不见！住在这相国寺，气色像是好多了。”

那是自然，心不烦了，气色便好多了。大概她都宁愿在此度过余生。沈云珞殷殷望着夏青，恳切道：“翘儿跟随我十几年，秉性纯良，她不懂宫中规矩，还望大人多多照应。”

“只要交到我手上，便没有不照应的道理。沈美人放心，逍遥王对此事可是千叮万嘱，我们做下人的，就算无心也必须尽力。”

沈云珞侧目朝我使眼色，我会意，赶忙问：“夏大人，为何现在让翘儿进宫去，是不是我们娘娘也快回宫了呀？”

“这……”夏青垂目思量了会：“圣上的心思，我们怎能随意揣测，回宫只是迟早的事，哪儿能在这待一辈子。”

沈云珞急切问：“可谋害龙胎原本是死罪啊！皇上怎可再将我接回去？”

夏青微露笑意：“其实大家心里都清楚，这与你无关。耐心等待罢……”

沈云珞有些站不稳，一手扶住我，痛苦蹙眉。直到翘儿随夏青走远了，她哀怨闭目：“为何到了这地步，我还是逃不掉……”

我想劝，可又不知如何劝。罗净早说过她是富贵命，或许将来会得到无上荣宠，艳压后宫。可她想要的，不过是简单的唯一，是帝王无法给的唯一。

春寒料峭，我却早早换上了春装。我只有那么一身便服，还是华容添送的，桃红色的外衫、洁白的衬裙，没有任何繁复的花纹，简单而清新，却赛过了那一干怒放的梅花。

我兴冲冲往寺外跑，遇见来人了又收住脚步故作矜持。梅花在风中微微抖动，偶尔被吹落几片花瓣，飘飘扬扬互相缱绻，好似极不情愿沾地一般。梅花香自苦寒来，为了我将来成仙的那一天，这点苦寒也算不得什么。

一个人按照牢牢记下的路线寻到了秦家，那处被他称作浮云居的院子。踮起脚尖朝围墙里头瞧了半天，空荡荡的。推开陈旧的院门，跨过门槛迈进院去，唤了几声：“秦夫人！秦夫人可在？”

没一会，上回那清瘦的丫头跑了出来，有气无力问："你是谁？我家夫人在屋里。"

"喔！你是秀秀吧？我叫于归，上元灯节那日来过的。"

秀秀瞪着眼打量我许久："于姑娘？我真没认出来，稍等，我进去问问夫人。"

不一会，秀秀引我进去，一面说："夫人年轻时操劳过度，落下一身毛病，你进去和她说说话，可别说久了，她会累坏的。"

"知道了，可是这样好的天气，不应该窝在屋子里，出来晒晒太阳多好。"

"谁说不是呢！可我劝不动，公子又是早出晚归的……于姑娘，我觉得夫人很喜欢你，你去试试？"

"好啊。"我笑眯眯应了，随她进了后堂，拐入一间昏暗的屋子。这屋里本也不暗，可正面一扇高大的屏风将门窗挡得结实。这白玉屏风乃稀罕之物，看底下雕刻的字样，竟是御赐。屋里的各式家具虽然简朴，倒也是官家气派。

秦夫人正睡在一张竹制的躺椅上，身下铺着厚厚的褥子，怀里抱了只熏笼。她披散着头发，面色暗黄。旁边的花窗紧闭，阳光被花窗上糊的棉纸挡了回去。她浑身被蒙上一层光晕，淡淡的，看上去很温暖。

秦夫人笑眯眯招呼我："于归，过来坐。"

我搬了张圆凳在她身旁坐下，俏皮道："夫人还认得我呀？我还以为能吓吓你呢！"

她声音低弱，带着疲惫："你那双眼睛，水汪汪的，很好认。"

"夫人，我没有打扰你休息吧？"

"没有，我不是也闲着无所事事么？"

"那我们出去？"

她蹙眉："去哪？"

"院子里晒晒太阳，看看蓝天白云。"我拖着她一只胳膊，撒欢道，"去嘛！晒晒太阳整个人都会精神了！"

"唉……我老了，哪里还经得起折腾……"说着，她拈起一缕头发，对着光喃喃自语说："头发都要白了，一生也到头了。"

我捉下她的手，责怪道："夫人美貌，哪里老？头发乌黑，哪里白？秦公子刚有所小成，你的好日子也刚刚开始呢！"

她用力挣了几下，支起身子，笑道："于姑娘，我知道你的心思，从你看阿坤的眼神里，我就能看出来……”

“啊?”我大吃一惊，羞惭垂目，“能看出来么?”

“听他说，你是沈小姐的丫鬟。”她轻轻拉着我的手，话语徐徐。

“嗯。”

“他和沈小姐当真是没有缘分，那头都进宫了，他还惦记什么呢……这孩子真是想不开。我看人一向很准的，于姑娘心思单纯、心地善良，原想着丫鬟是配不上我家阿坤的，后来又觉得，你这样的人儿，胜过多少千金小姐，至少，比那沈云珞强多了……”

“啊?”我意外极了，惊讶反问，“我比她强么？可是公子心里只有她。”

“爱情是盲目的，他暂时看不到你的好，即便看到了，也认定了天下没人比得过他心里的沈云珞。”秦夫人微微喘气，歇了会，接着说，“于姑娘，耐心等待。他总不可能一辈子都不成亲，阿坤是最孝顺的孩子，不孝有三，无后为大！过上一两年，即便他不想娶，我也会给你们安排亲事。”

我喜出望外，简直不敢相信这天大的好消息，紧紧捉住秦夫人的手欢笑：“真的么？夫人真的如此喜欢我?”

她望着我微笑，任我在一旁又跳又叫的。我高兴够了，拉着她起来：“走，我们去院子里晒太阳!”

“我这样子怎么出去？让人见了笑话……”

“夫人，这哪儿有外人呀?”我抚了抚她披散在肩后的发，“我们去院子里坐坐，在暖洋洋的日光下，我给夫人梳头，好不好?”

她迟疑地看着我，微微颔首。

我小心搀起秦夫人，秀秀唤了一名家丁进来将躺椅抬到院里去。

初春的风还是有些寒意，秀秀又进屋去抱了条薄衾，给秦夫人盖上。她仰面躺着，青丝从椅背顶端悉数落下，精致容颜在阳光下尽显往日风华，我细细看着她，看她的细腻肌肤、玉一般的骨骼。

秦夫人嘴角含笑：“你在看什么?”

“夫人真好看，难怪公子也那么好看。”我咬着嘴唇好一阵笑，在她身后坐下，慢慢拢起她的发。那漆黑的秀发确是褪了光泽，夹杂了偶尔的几根银丝。

“好看什么，都是半老徐娘了……”

我不以为然道：“只是夫人不爱惜自己的身体，若好好调理，假以时日，定能容光焕发、神采奕奕。”秀秀递给我梳子，是一把雕花的黄杨木梳，很精巧、看上去使了多年。我悉心替她梳发，贴着发根一梳梳到尾。偶尔遇到纠结的发，怕弄疼她，便暗自施法将头发理顺了，方梳下去。

“真奇了，你替我梳得一点都不痛。”秦夫人安详阖眼，眉间的郁气渐渐消散，“于姑娘，若见了白头发，就替我拔了。”

“夫人，就叫我于归吧。”

她的眼睫扑闪了几下，轻叹：“于归，不知阿坤可有这福气……”

我捏住她冰凉的发丝，阳光一大片一大片洒下来，映得发丝油亮刺眼。我微微眯起双目，暗暗道：当然有，他是我的恩人，是我命定的劫。

“夫人，这院里空荡荡，怎么不种些花草？”

“谁会种呢？谁来打理呢？”

“我会啊！”侧头打量那花圃周围翻出来的新土，应当是秦朗坤弄的，他一直想栽花却没空。“夫人，我什么花都会种，改日我就去买些花种子来，现在正是播种的时节，明年花儿就都长出来了！”

“你还会种花？”

“嗯，夫人喜欢什么花？”

她微微侧头，神情迷惘：“大概是……梅花？”

我顺着她的目光看去，见隔壁院子里一株红梅将枝桠伸了过来，那颜色接近桃花，浓烈。因开到末期了，花儿谢了小半，微微抽了绿芽。“夫人，你喜欢吗？我替你摘了它！”

“不！”她微呼，“摘了它，它便活不久了，留着不是能天天看、年年看么？虽是花草，却也是生灵，于归，今后莫要折花。”

我一怔，心底涌起一股久违的感觉，鼻子酸酸的。秦夫人懂花、爱花、惜花，可秦朗坤呢？为何不似他娘亲这般善解花意。我重新执起木梳为她梳发，解释道：“夫人，于归从不折花，见夫人难得喜欢，便想讨夫人欢心了。是于归错了。”

“知错能改，真是好孩子……”顿了顿，她又说，“红梅的颜色太过热烈，我倒是喜欢白梅，以前秦府里种了一棵，好多年了，还是他爹在我生下阿坤那时种下的，十八年了……可惜了。”说着，我发现她睫毛沾湿了，鼻尖略略泛红。

风吹过，梅香隐隐传来，含蓄、幽微、清澄，秦夫人缓缓阖眼，倦意渐沉。

十八年的树而已，我一定会将它拔根而起、移栽到这里来。

第十章　归去来

79

亥时，照例于佛堂诵经。

我用香烛点燃灯笼，正欲和沈云路离去，罗净冷不丁从佛像旁冒了出来，命我留下。我只好将灯笼交给沈云路，目送她渐渐走远了，方回到佛堂里，问一直板着脸的罗净："何事啊？"

他远远看着我说："随我去戒律院。"

"戒律院？去那做什么？"我往后退了几步，夜风忽然涌进来，灯火摇曳。

罗净的脸一直在暗处，有些骇人。"你自知犯了什么错，随我去受罚。"

我连连摇头摆手："我不知啊！"

"大胆妖孽，竟敢在佛门净地偷食荤腥，蔑视佛祖！"他一个飞身跃上前来，手中持一根棍杖，眼看要直直劈下来，我不敢在此使妖法，躲闪亦来不及，于是两眼一闭。棍子在空中挥舞了几下，声响就停在我耳畔。

半晌，没任何动静，我睁开眼，愣愣看着目含怒气的罗净，喃喃辩解："我没吃……我只是带给她们吃，你知道沈云路身子不好，仅仅靠药材如何补身子？而且，我们也并非佛门弟子……"

他收回棍杖，冷冷蹙眉："你乃白娘子座下弟子，修行时日也不短了，你可知道这样做会连累白娘子？"

带着些许歉意，我垂头道："大师，我下次不敢了……"

“知错能改，善莫大焉。随我去戒律院受罚。”

“啊？我都认错了还要受罚？”

“这样你才能记得！”

我害怕得想要逃走，一面往后退一面语无伦次道：“可……我每天住在这提心吊胆，深怕菩萨哪天看我这妖怪不顺眼来治治我，经常睡不安稳，我已经很难过了……为什么还要罚我？还以为宫里才罚人，你们寺里不是慈悲为怀么？”

他面露厌烦，用力拽着我往佛堂后面走。单凭女子的气力，我哪里挣脱得了。出了佛堂、经堂，愈是往前走，我反而镇定了，打几下而已，凭法术护体，还是可以捱过。我摆出一副狂傲的姿态，冷冷道：“放开我，我自己会走！”

罗净立马松了手，侧目瞥了我一眼，仍旧疾步如飞。

戒律院空无一人，他刚迈进去，一挥手，灯盏刹那都亮了起来，甚至很辉煌。主持座后方的墙上，刻着密密麻麻的戒条。

“跪下。”

我昂头挺胸朝主持座跪下，不屑道：“戒律院的主持才可以罚人，你算什么？”

“我替白娘子管教徒弟！”他话音刚落，结结实实的一棍子打在我背上。我尖叫一声，不可置信扭头盯着他，还真打？他可下得去手！我运气施法，却发现半点使不出来。

“这是戒律院，无人可以在此用法术抵过。”

听着他不可一世的语气，我气得头脑发晕，嚷道：“打吧打吧！有什么了不起?!”

棍子又落了下来，一下一下，闷声响在体内，似乎能听见骨肉在哭泣。他没有手软，更没有心软，这出家人，心竟然硬得如顽石。我强忍住未出一声，只觉得头越来越沉，没几下便支撑不住，我意识模糊，趴倒在地上。

一阵檀香气味侵入肺腑，罗净动作轻柔将我背起来，有一句没一句念着：“不能再任性妄为……人非草木，是有思想有智慧的……做任何事之前要好好估量，这件事是否值得去做？为了给凡人解馋，欺骗佛门、有辱佛祖。若这次我不好好惩处你，佛祖将你的行为上禀天庭，恐怕你那救人的三百年道行就此付诸流水。小桃花，值得吗？”

我浑浑噩噩听着，鼻子一酸，嘤嘤哭起来，即便是为我好，也不该下手这样的重。我的背现在疼得动也不敢动。

“你可知道，劫无处不在。”

我闭着眼，带着沉沉的鼻音虚弱答：“如果一件事情要估量之后才能去做，那还是出于自己的喜好么？如果非要值得的事情才去做，当初我何必要救下你们三人，为自己添麻烦……”

我趴在他背上，泪湿了他的肩。静默许久，我几乎要睡过去的时候又疼醒了，轻哼两声。罗净正将我从后背卸下，动作滞了滞：“你先在禅房歇着，白娘子一会就来了。”

“白娘子……”我喃喃念了几声，再也没气力了。

整个后背好似在焚烧，火辣辣地疼。我晕晕沉沉趴在薄薄的褥子上，不知身在何处。

“于归，你好些了吗？”

微微睁开眼，看见窗前一袭纯白，夜风拂动，银丝飘扬。哀恸唤了声：“白娘子。”

“我只能替你疗内伤，外伤是你必须承受的，否则我为你讨不来那三百年道行。”说着，她信手拈了个兰花指，朝我施法。体内被一股强大的灵力充斥，觉得精神振奋了许多，只是疼痛未减去半分。

“我刚为你讨回道行，你这便犯了事。若不是罗净及时应对，先罚了你……”白娘子轻叹道：“或许是注定的，要补给你这三百年道行来防身。勿要再胡作非为，下次本座也保不了你。”

“白娘子……”待我唤出声，她已腾云驾雾翩然飞远。

“小桃花，这本不是你待的地方。”罗净的声音冷不丁从另一方传来，我扭头看，他正在打坐，黑暗中看不清是睁着眼还是闭着眼。

谁愿意待在这鬼地方？我心里还有气，不予理会，头朝侧一旁枕好。

“我送你走。”

心里咯噔一下，他要送我去哪儿？眼睛滴溜溜转了几圈，还是没问出口，继续沉默。

“逍遥王是值得托付的人，从此你便安心跟了他。”

我一骨碌爬了起来，背上的伤口疼得我龇牙咧嘴，一面强横道：“我不去！”

“为何不去？”

"你是出家人，管得着那么多么?!"我两手支着身子，忍痛道，"你又不是不知道，我要嫁给秦朗坤的，我要成仙!"

"一年前我曾经问过你，你就这么想成仙么？为什么?"

"做妖精也寂寞，做神仙也寂寞，地位却是天壤之别。"

"做人呢？放下你的执念，好好做人，这样不好?"

"那我也要嫁给秦朗坤!"

罗净忽然起身下地，一步步走来，目若寒星盯着我："如果……如果我告诉你，他不是你的劫，你还会想要嫁给他吗?"

我呼吸一窒，半张着嘴，愣了许久才说："当然。"

"你方才还说，若一件事需要估量之后才去做，那还是出于自己的喜好么？你想了这么久才回答出的两个字，是真是假，你心里清楚。"他就站在不远的地方，一字一句对我说，"其实你想嫁给他，仅仅是为了你要成仙的欲念。"

我抬起双手捂住耳朵："反正他是我的恩人，是我的劫难，我就是要嫁给他!"

罗净慢慢摇头，轻语："他不是你的……"他的话吐了一半，夜空深处传来一道白煞刺目的闪电，伴随轰隆的雷声巨响。我一惊，仰头望着窗外晴朗的星空，这春雷来得毫无预兆，颇有些诡异。

罗净面朝西窗，若有所思。终了给我留下一句话："你必须走，不能再留。"

宫里给沈云珞派了另一名宫女伺候。

华容添接我出相国寺的时候，罗净就在一旁、双手合什。

我伤势未愈，他便迫不及待驱我出寺，这出家人也不知安的什么心。我没看他一眼，板着脸一头钻进轿子。隔着轻薄的窗帘，透过那些经纬线条织就的空隙，罗净被春日暖阳的光辉笼罩着，满头金光。把我扔给华容添，他究竟安的什么心？伸手摸到了包袱里的罗净像，气哼哼掏出来想要摔破它，举了几次，却狠不下心肠。我到底是太善良了吧。

逍遥王府我不是第一次来，加上之前那些纷纷扬扬的传闻，连那门前的侍卫都认得我、眼含笑意，管家对着我更是殷勤。只是华容添一反常态，有些心不在焉。

我用胳膊肘轻轻撞了他两下："王爷，于归是否该去拜见各位夫人?"

“呃……见见就行，拜就不必了。”

“那怎么行？我是来做奴婢的。”

“你不是书童么？”华容添嘴角勾起一抹戏谑的笑，“就算是奴婢，也是本王一人的。除了我，你谁也不用伺候。”

我摇摇头，担忧道：“怎么说都是下人，于归怎敢越礼？”

“傻丫头，给你身份你不要，却要做下人……放心吧，我府里没有女主人，下人都归管家管理。”华容添从腰间抽出他的金边折扇，潇洒如故，指着前面一条清幽的小路，“我的书房在单独的院里，书房后面有间小屋，我偶尔在那小憩。你便住在那，院里再没有其他人了。”

“啊？我一个人住？”

“怎么？”

我赔着笑，小声说：“独自住一个院子，好寂寞……”

“原来你怕寂寞？”华容添有些恍惚看着我。

心底一股孤清感油然而生，我寂寞了千年，早已习惯，还怕什么呢？

“也只是晚上一个人，白天，你大可在府里随意走动，或者出去玩，我都不管你。”

“真的？”我半信半疑反问。

“当然，更多的时候，你应该跟随我。”他抿唇一笑，负手上前领路，伟岸身姿在一片嫩绿的林子里愈发显得英气。

这房间收拾得很整洁，屋里的摆设件件都是精品，我好容易找了个不起眼的小角落，把白娘子摆上，点三炷香。

“这是什么？”华容添盯着打量许久。

“上次在相国寺门口，一位老人家给我捏的白娘子啊！”

“呃……你喜欢看白蛇传么？”华容添随意往榻上一靠，悠哉游哉喝起茶来。

“不喜欢，那是骗人的。”

他猛地呛了一口，咳嗽得厉害。我忙过去替他拍了拍后背，他一面咳嗽一面问：“不喜欢……你还拜那个……白娘子？”

“白蛇传是骗人的，可白娘子是真的！”我一本正经告诉他，“白蛇传都是凡人杜撰的，其实许仙就是个负心人！”

华容添忍俊不禁：“说得挺像那么回事。”

“你不信我。”我朝他一瞪眼，扭头不理他，自顾自收拾东西。铺整被褥时，瞥见那张床榻，觉得很是奇怪，床身无异，只是外面多出一张低低矮矮的床板，二者连为一体。帐幔放下时，刚好垂在矮床上。我好奇问：“这是什么床？还有高低两截。”

他歪着头瞧了一眼：“你在宫里没见过么？矮床是给守夜婢女睡的。”

“沈美人没有这样的床，我都睡在自己屋里。”

“大概到昭仪那品级才有的罢。我府里也只有侧妃能用……”他忽然收住了话语，走上前来看看我的神色，好似试探我说，“于归，若你夜里害怕，我陪你歇在此如何？”

“啊？”我万分不解，迷茫看着他。

“你看……”他指了指床，“不是有两张床么？放下帐幔，如隔了一道墙，彼此都看不见。”

隔了一道墙？这层帐幔能算墙么，若除去，岂不是同睡一张床？忙道：“我不怕、不怕！”

他牵强一笑：“看来你更怕我。”

我垂目收拾自己的东西，不敢抬头看他。华容添身上的龙涎香就是一种诱惑，目光更是，每每他那样看着我，令我心跳莫名。也不知从何时开始，我忽然明白了他对我的兴趣，就像皇上对沈云珞，得不到便一直心心念念惦记着。愈发怨恨罗净将我推了进来，虽然好过深宫，却也要提心吊胆。

是夜，与其他婢女一同吃完饭，我独自一人回到书房里无所事事，便在书架前转悠，忽然一阵怪风袭来，吹开了窗户。我回身看了看，抬步走去关窗，冷不丁瞧见外面一个人影伫立在树荫下。

云层厚重，星月不见，这氛围有些悚然。我却是在山谷里多少年了，素来见惯了漆黑黑的影子，大声喊了句：“谁在那儿？”

人影慢慢走近了，俏丽容颜上挂着若有若无的笑意，我记得她，打过两次照面了。

“你不怕么？”她走到窗前，与我对视，眸光幽幽。

“是你，王爷叫你瑰瑰？”

她点点头，柔声说：“你应该叫我容妃。第一日进府便躲躲藏藏，甚至不去给大姐请安，你可将我们放在眼里？”

华容添以自己的名字为她封号，可见是极宠她的。我置之一笑："于归不过是小小书童，粗鄙不堪，恐怕污了众位夫人的眼。"

80

"于归……"她看着我，神情凄迷，怆然道，"我们都要输给你了。"

"容妃娘娘何意？"

她忽然又笑了，诡异得很："连昕妃姐姐都偏袒你，真奇怪，你胜在何处啊？如此讨人喜欢？"

我反问一句："娘娘是在害怕么？"

"怕？"她侧头望着院门，"别以为我不知道你是打哪儿来的，应该是你怕才对。"

我昏然一怔，她这话玄乎极了，难不成她知道我是妖？我不知要如何答话，她却忽然抬脚离开，瑰丽的长裙拖地，在暗夜中缓缓逶迤而去。

"于姑娘！"一声呼唤将我拉回神来，定睛一看，一名女子端了托盘在院中站着，装扮不像是普通婢女，笑得很恬静，"王爷命我来替你上药。"

我从窗边离开，赶紧开门，迎她进来："真是劳烦姐姐了，姐姐如何称呼。"

"我叫雪姣。"她的相貌虽不及昕妃和容妃，却透着一股清雅之气，仿若空谷幽兰。她将托盘搁下，笑道，"方才瞧见容妃娘娘离去，她已经来找过你了？"

"嗯，说了一堆稀奇古怪的话。"

"她就是这样的，别放心上。于姑娘，先上榻罢，我替你敷药。"

我揣测了半天，觉得她应该是华容添的侍妾，小心翼翼答："叫我于归好了，嗯……我该叫你夫人么？"

"可以。"她脸上始终挂着笑意，将周围的灯盏都点上了，"我住在东苑，离这不远。紫葳你见过吧？是我的女儿。"

"哇，姐姐的女儿都好几岁了！"

"是呢，紫葳是王爷的长女，被宠坏了。若惹了你不快，你尽管跟我说。"

"哪里的话，王爷的两个孩子都可爱着呢！"我三两下除去上衣，仅留了条桃色肚兜，转身趴在榻上。

雪姣刚将药瓶拿过来，惊呼："你的伤如何来的？都这样了，你不疼么？"

大概是因为白娘子带给我的三百年道行，倒也没觉得很疼了，不过还是作势嗞了几声："怎么能不疼，都怪我犯了寺规……"一想起罗净那不留情面的棍杖，我气堵得慌，罢了，岔开话题问，"听说王府里有六位夫人呢？"

她蘸了药粉替我轻轻拍在背上，一面说："昕妃和容妃你都见过，和王爷住在正殿里。我和其他三位夫人都住在东苑。王爷膝下一双儿女，紫葳五岁了。京墨小一些，是昕妃所出，刚满了四岁。"

"同样生了孩子，夫人为何不能当妃？"

她的手一抖，撞到我伤口，疼得我叫出声。她又连连道歉，我忙支起身子来制止她，说："是于归该道歉才是！我不会说话，夫人请勿见怪。"

雪姣眼中尽是无奈，方才恬静微笑的面庞变得愁容不展，垂下头："能跟了王爷，便是我最大的福气了。"这是极其认命的一句话，却并不是发自她内心。谁不渴盼能和所爱之人长相厮守？谁愿意与旁人分享一份爱情？嫁入皇家的女子，最不能动情，否则，便痛不欲生。像吴千雁，就不会有此等的忧愁罢。

我握住她的手："夫人，你爱他吗？"

她仍旧垂着头，淡淡说："第一次见他的时候，我穿着粗麻布衣，赤着脚在陌间疯跑，手里抓着一大把五彩的野花。他在马上，目不转睛看着我，那时我傻愣愣地回看他，那样英俊的男子，我这一生恐怕再也见不到第二个。手里的花全散落在田地里，我浑然不知，只记得那暖暖的阳光下，他的声音动听极了，他问：你愿意随我走吗？"

"我想也没想便点了头，一个农家女，能进王府，不是天大的福气么？爹娘欢天喜地把我嫁出去，可他们都不知道，当我得知他的身份便胆怯了，因为我知道我不会幸福。王爷一直没有娶妻，我抱有一丝侥幸，希望他对我的宠爱与日俱增，希望我能成为他的唯一。不过日子长了，我才明白，他根本不会爱任何人。他将一个一个女人纳进府，无非是为了填补寂寞，殊不知他却越来越寂寞。"

"你若是见过所有的女人便能发现，其实我们有一个共同点，爱笑，而且都笑得甜美纯净。他就是这样，喜欢看女人笑而已。我已经好几年不会那样笑了，恐怕这府里也无人能像最初得宠时笑得那般嫣然。”顿了顿，她又苦笑，“除了容妃，王爷最喜爱她，她的笑容一成不变……我今天说得太多了！于归，你千万别往心里去!”

她脸色忽然变得很差，略有担忧看着我。

“夫人发发牢骚而已，于归很高兴夫人能待我如此真诚。”

“是啊，憋得太久了，都不知道这些话要与谁人说。不知怎么，一见你就说个没完。”

“日后有什么话，夫人来找我说便是!”我笑眯眯看着她，“还要劳烦夫人每日替我敷药呢!”

“呵呵……我也是太寂寞了。”她又拾起药瓶，双目垂了下去，抛去了眼中的强笑，面庞上的落寞清晰可见。我觉得心口堵得慌，重新趴下去，背上的伤隐隐疼了起来。华容添是坏人么？要了她却又不爱她，另觅新欢。用无数个旁人来抵消自己心中的唯一，相比之下，谁更加不快乐？

春暖树绿时，阳光明媚，我在廊下逗一只画眉，玩得熟了，画眉也欢喜得很，总是赖在我手心舍不得离开。院里几株杏树渐渐长出了星星点点的花苞，墙边的藤蔓也抽芽了。

华容添三天两头来一次书房，无非是写写奏章，而且不厌其烦。他大概向来懒得操心国事，所以自诩逍遥，皇上也纵容他，特地给了逍遥王的封号。

“于归!”他又在屋里唤我。

“来了!”我冲了进去，“又要磨墨?”

他将手中毛笔搁下，微微蹙眉说：“雌黄、把雌黄拿过来。”

我探头一看，那明黄的奏章上一滴漆黑的墨迹，咯咯笑起来：“王爷总是走神。”从随身的荷包里掏了一小块雌黄给他：“为了方便你用，我随身带着了。”

他抬头朝我一笑，拿着雌黄在墨迹上反复擦了擦，墨迹被盖住了，方无奈道：“我本来就不愿管这事。”

我将雌黄捡起来，又装回荷包里去。华容添忽然死死盯着我手中荷包：“你的荷包哪儿来的?”

我得意洋洋呈手里递到他面前：“我绣的，好看么?”

他忍住笑，从我手心拾了起来，问："这是绣的什么花？"

"桃花啊！这可是我绣的第一只荷包！"我笑嘻嘻要夺过来，他却收了回去，放声大笑起来，还一个劲道："有趣、有趣！"

"有什么趣？"

华容添啧啧道："我着实喜欢这东西，送给我罢。"说着便要往怀里揣。

"这里头还有我的银子呐，还给我！"我几步上前从他手里夺，边笑边喊，"堂堂王爷，可不能欺负我弱女子！"

他两只手在身前身后交替，荷包一会在他左手一会在他右手，我是怎么也抢不到。心生一计，纤指在他腰间挠了几下，他顿时受不住，笑得岔了气："不能这样……别闹、于归！"

我趁机夺下荷包，宝贝似的捧在心口，嘿嘿笑了几声。

华容添坐直了身子，笑声停歇了，玩味一般睨着我问："本王可没说要白拿你东西，这荷包我就是看上了，卖给我如何？"

"卖？"我想了想，"你出多少钱？"

"你要多少？"

我壮着胆子喊："一百两！"

"好。"他轻松应允，呷了口茶："荷包给我，银子我让管家给你。"

我乐颠颠将荷包里的东西全倒了出来，将空瘪的荷包扔给他。一百两！凌湘一直想攒一百两银子做嫁妆，没想到我轻而易举就赚到了！我又灵机一动，忙不迭问华容添："你还要么？我再去绣几个卖给你！"

"噗"地一声，他口中的茶都喷了出来，那好不容易修补的奏章看来已经废掉了。我挠挠头，见他脸色阴了下去，拔腿就跑。

在京城里转悠一圈，买了些花种和花苗，怀着兴奋不安的心情去了秦府。先前去了好几次，都没见到秦朗坤，这回我专门向秦夫人打听了，她估摸的时间应该不会错。我站在院外张望，门是开着的，远远看着厅堂里好像有人。

我试探性喊了声："秦夫人！我来了！"

屋里的人走了出来，阳光下看得那样清楚，是秦朗坤！我故作从容，脸上挂着淡淡的微笑走近他："秦公子。"

"于归，你来了。"

他的声音总是这样令人愉悦，我颔首，脉脉望着他："我是来种花的。”

“哦？都有什么花？”另一个兴致勃勃的声音打断了我的遐思，侧目一看，玉临王带着期许的目光殷殷注视着我。我蔫蔫答：“菊花、金银花、兰草、桂树。”

“正好，本王有兴趣看看。秦大人，不如我们迟点回去。”

“王爷难得出来一趟，迟点回去也无妨。”说着，秦朗坤看向我，“于归，你便在这先陪王爷，我进去看看我娘。”

“嗯，我栽好了花再去看望她。”忽然觉得，自己所有的美丽和风情，在他面前都如此薄弱。他的任何一件事，都比我重要。

碍于玉临王目不转睛盯着我手下的动作，根本没法用法术，我只能老老实实挖土、埋种子、填土，弄得双手满是淤泥。玉临王仿若欣赏一般怡然自得，哪里体会得到种花的过程。他时不时问我一些关于花的问题，我便随口答了。正聊着花，他冷不丁开口问了句：“你在逍遥王府住得可逍遥？”

“王爷何意？”

“那些夫人没为难你吧？”

“谁敢为难我？”我笑了笑，“而且我住在书房，平日里谁也见不到，除了雪姣、哦，是三夫人时常来看看我。”

“王兄是真的待你好。”他若有所思，目光低垂不知看着何处。我趁机问：“王爷都有儿女了，为何还不封一个王妃？”

玉临王又老成地叹了声气，一本正经说：“王兄心中的痛，不能对人言，所以也永远无法消除。他便自我放纵，游戏人间。”

“那女子真就那么重要？”

“你知道？”他诧异盯着我反问。

“我看过她的画像，是逍遥王告诉我的，她叫宁静姝，静女其姝。”

“你不明白，皇家的事……远没有表象那么简单。”

我努努嘴，不屑道：“那你又知道真相么？那时候，你应该才几岁吧？小孩子懂什么？”

他清了清嗓子，一派严肃的神情：“于归，你不得再打听这件事。”

我狡黠一笑，什么不打听，不打听，怎么能解了华容添的心结。一个人明明很渴望爱情，却被往事羁绊，想爱而不能，又苦了多少独守空闺的痴情女子。

秦朗坤随玉临王早早离去了，我留下陪秦夫人用了晚饭才走。春夜里的风带着丝丝寒气，侵入面肌，风拂过新生的嫩叶、摩挲出沙沙的声响，窃窃私语一般。从偏僻的地方往东走，遇见繁华夜市，风声渐渐被湮没，汴河两岸歌舞升平，到处都是欢声笑语。

那些楼阁飘红倚绿，灯火辉煌，那些风情万种的女子挥舞着手中绢帕，召唤来往的行人，不管他高矮胖瘦，她们都笑脸相迎。忽然闻见一阵馋人的香气，寻到一条巷子口的馄饨摊，迟疑半晌，四下看看，哪儿有年轻女子独自坐在小摊上吃东西的，况且我刚吃完晚饭，罢了，还是忍忍。

转身继续朝东走，冷不丁见巷子里走出一个人，像是富贵人家，玉冠锦袍，一手悠闲地摇着扇子，脚步却轻盈极了，这感觉真是熟悉。只是觉得蹊跷，我便鬼使神差地跟了过去。

他在一间青楼门外逗留许久，招呼客人的艳妆女子与他谈笑，他才抬脚迈上了阶梯，侧头朝那女子笑了笑。只一个侧面的轮廓，我便认出来了，不是罗净么?！可是不对啊，他短短时日怎么长出来的头发？我快跑了几步跟进去，却被人拦下，那人五大三粗推搡了我一把：“姑娘，卖身的走侧门！找相公的最好走远些，不然就要吃拳头！”

我气得直瞪眼，转念一想，往方才那巷子里去了。

81

那三百年道行可没白得，凝神静气掐指一算，倒真让我算出来了，正是罗净易容而来。他来做什么的？难道是为了上次他说的那害人的妖精？我算准他的位置，跳上屋顶，揭开两片屋瓦朝下面偷窥。

方方正正的小屋里灯火幽暗，一女子倚在榻上喝酒，娇笑着唤罗净：“公子，那么拘谨作甚？来罢，与我一同饮酒。”那语调暧昧极了，她纤手一抬，招了两下。

罗净朝她走去，手中折扇收起，一反常态，促狭笑道：“在下慕名前来，给老鸨那重金可不能白给，自然是要从姑娘身上讨回来的……”说着，伸手自她脸颊捏了一把，在榻边坐下。

我咋舌，这高僧风流起来还真像那么回事，且看他要风流到何种程度。

几杯酒下来，罗净好似有些醉意，懒懒倚在那女子怀中，眸中闪耀着一种令我陌生的迷离光芒。她的玉手在他胸前摩挲，然后渐渐俯首……我呼吸一窒，心里不知什么感觉，这是在除妖吗？哪里有这样除妖的?！气死人了，我一掌震碎屋顶，翩然落在他们二人面前，怒视罗净。

女子尖叫一声："啊……你是何人?！"

罗净的眼神只凌厉了一刹那，又恢复迷醉的光芒，搂住那女子，语露嫌弃："别理她，我家中的恶妻……迟早要休了她！"

"你说什么?！你胡说什么？"我朝他好一顿吼，使劲拽住他的衣襟往外拖，"跟我走！"

罗净狠狠一甩手，我没防备，被顺势撂倒在地，摸着摔疼的膝盖，委屈嚷道："你又打我、你又打我！从前的账我还没跟你算，哼……我再也不理你了！"一骨碌爬起来想要冲出去，又不甘心，回头咬牙切齿瞪着他，忽然之间，心里竟然冒出他熟悉的声音说："过来打我，闹得越乱越好。"

他怎么能将声音传到我心里的？我一愣，随即反应过来，冲过去朝他拳打脚踢。罗净则在女子身旁不停闪躲，惹得那女子晕头转向。

我嘴里不停嚷嚷道："才不能这么便宜你！你这负心人！跑到这里来风流快活，还骗我……以为你有什么正事要做，枉我为你担忧……你居然在这鬼混……"说着说着，鼻子一酸，眼眶竟然有些发热。不禁开始佩服自己的戏演得真好，恐怕容不得人不信了。

找准时机，罗净忽然变回真身，手中法杖金光一闪，朝那女子腹部重重击去！

"啊！"女子惨叫一声，朝后跌倒，吐了一口黑血，方才还柔情的双眼中密布阴毒的怨恨，凄厉叫道，"又是你！我居然没认出你来！出家人竟然用这种下三滥的招数！"她想要施法金蝉脱壳，无奈方才那一击丝毫没防住，受了重创，只得连连往后退，恶狠狠看向我："方才没看出来，原来你也是只妖精！怎能帮和尚来欺负我？你帮了他，他就记得你的好？傻瓜，和尚最无情！总有一天你要后悔的！"

我愣愣看着罗净答："和尚是好人，我也是好人。"

罗净冷冷扫了我一眼，步步逼近那妖精，右手法杖在左手金钵上一击，石火电光，妖精不停尖叫，朝后逃窜，一直逃到床边，再无退路！

罗净高举金钵，口中飞快念咒，数道金光散发开来，将整张床都笼罩在一团刺目的金色中。顿时风卷尘生，我撇过头用手遮住眼，连忙往后躲，忽然瞥见方才妖精吐出来的黑血中，反射出一道幽光。那是什么？我再熟悉不过，是妖精用来修炼的内丹啊！按捺住激动不安的内心，见罗净正专心收妖，反正我在他背后，便蹲了下去飞快收起那颗幽幽发着绿光的珠子。

内丹从血泊中出来，却洁净无比，呈现半透明的墨绿色，罗净那边散发的佛光渐渐侵蚀了珠子，幽光变亮，这内丹竟褪去了墨绿，金灿灿如仙丹一般。妖精凄惨的哀号越来越低弱，她的大限已到，看来是注定的罢……趁罗净收住法力的一刹那，我将内丹一口吞了下去。

尘埃落定，那妖精已被罗净收入金钵。我的胸腔被内丹巨大的灵力充斥，竟有些撑不住了，踉跄了几步。罗净猛地飞跃而来扶了我一把，我瞥见他金钵中一只奄奄一息的蝎子，浑身颤抖着问："大师，若你将我收了，这钵子能放下一棵树么？"

"今日多亏有你助我，你又做了件善事，修行定会更上一层。"

不止上一层，要上很多层，那妖精也不知多少年的道行，全被我一口吞了。心虚得不敢看他，垂着头说："我觉得很虚弱……大师，我该回去了。"

"我伤及你了吗？待我替你把脉……"

"啊？不用了！太晚了，我得马上回府！"说完，我一阵风似的逃走了，罗净那一声急急唤出口的"小桃花"隐约能听见，但为了不被他察觉，只好下回再找他算账了。

自此之后，我法力大增，小试了几次，竟能够瞬息千里、呼风唤雨、随意幻化。虽然激动不已，却也不敢太过得意，万一被罗净或者哪个高僧发现，收回内丹去，岂不是白忙活了。

书房外面的金银花开了，香气怡人，嫩白花瓣在微风中颤动，吐露花蕊。我原本打算连夜去一趟苏州把秦府里的梅花树弄过来，刚出房门，便遇上了华容添。他手中折扇"哗啦"一收，微微笑问："要去哪里？"

我信手指了指窗外的几丛金银花："看看花！"

华容添仰头望了望夜色："今夜月色真好。可惜我今日有公务缠身，不然定要陪你赏花赏月。"

他极少夜里来书房，看来事情紧急，我忙进去点上灯，华容添不解地问："你出来看花，还熄灯做什么？"

我心虚答："……借着月光更好看。"

他忽然用扇子托起我的下巴，笑道："你是想溜出去玩吧？最近频频往外跑，心都野了。"

我不置可否，嘟嘟嘴："王爷说我可以随意进出的……"

"白天还可以，晚上你自己跑出去，我如何能放心？"

"知道了，王爷。我去伺候你笔墨。"

花窗支起，缕缕香气飘进来，与他身上的龙涎香和我手下的墨香混在一起，令人沉醉。

借着案上灯烛看他的侧脸，那眉眼中散发的英气清晰可见，他明明是满腹豪情，却压抑自己的才华，佯装逍遥。嘴上说不问国事，实则牵肠挂肚。犹记得他第一次教我磨墨，穿着松垮的亵衣，黑发披肩，慵懒而惬意。或许远离朝廷的他才最真实吧。

我见他眉头微蹙，探问："王爷是否遇上难事了？"

"这些事，没有不难的。"华容添往椅背一靠，闭目道，"现时天下太平，风调雨顺，百姓安居乐业。可朝中大臣不懂得居安思危，整日想着如何互相排挤弹劾，此风愈行愈盛，实不可再放任下去。"

"弹劾不是好事么？这样皇上才能了解哪些官是好官，哪些官做了坏事。"

"人非圣贤，孰能无过？若一位正直清廉的好官，因小小的过错被罢黜，岂非朝廷的损失？"

我似懂非懂点点头："秦公子的父亲就是位好官，后来遭贬。"

"他本是先帝器重的大臣，可惜……过于刚正，触怒了圣颜……"

"先帝既然器重他，就应当明白他的性子，不能因为一时怒气而将他贬职吧？"

华容添犹豫一会，才说："不是先帝贬的，是当今皇上。"

我随口"哦"了声，继续磨墨。可华容添却陷入了沉思，忽然将奏章"啪"地合上了："蔺水蓝虽然偶尔仗势欺人，但也不至于为非作歹。相反，蔺家上下对皇上忠心耿耿……蔺家得势五十余载，难道要走到尽头了么？"

"蔺水蓝？不就是那个坏蛋么？"我忿忿不平道，"他欺负秦公子，还欺负我了！"

"弹劾蔺水蓝的，正是翰林院的人，秦朗坤的同僚。"华容添用一种怀疑的目光盯着我，"他如何欺负你了？"

“他有一日在路上截下我，在茶里下毒逼问我沈云珞和秦朗坤的关系。”

“当真?”华容添神情严肃起来，“那你如何应对?”

“那茶我没有喝下去，吐了他一脸，然后拔腿就跑……”说着，我有些心虚了，一介弱女子怎能跑过堂堂京兆尹？华容添倒是没在意，只笑我吐了他一脸的茶水，还帮蔺水蓝说话，“他若真是大坏蛋，怎会如此轻易放过你?”

“可他为何要对付秦公子？再说，秦公子和沈小姐的事，他为何要插手？还三番四次逼迫秦公子，真是大坏蛋!”

华容添神秘兮兮笑了笑，轻声说：“其实，蔺水蓝好男色……”

“啊?”我蓦然想起上回在茶楼里，他对秦朗坤的作为，额头不禁开始冒冷汗了，“堂堂七尺男儿，居然……”觉得有些恶心，哭丧着脸问华容添，“男人怎么会喜欢男人？不是说什么女为阴男为阳的么？阳和阳要怎么办?”

华容添一副忍俊不禁的表情，戏谑道：“你连阴和阳要怎么办都不知道，如何能理解阳和阳?”

我一愣一愣眨巴着眼睛，他说的好像有道理，我连自己是不是真的喜欢秦朗坤都不知道，怎么能理解蔺水蓝如何喜欢秦朗坤。一团乱麻，放下墨棒，双手托着腮帮子在华容添对面坐下，喃喃道：“感情的事，真的好复杂……”

“又能有多复杂，你情我愿便好。”他淡淡瞥了我一眼，奋笔疾书。

不知怎么趴在书案上睡着了，醒来时正对华容添略带疲惫的容颜。融融烛光中，景象朦胧，我揉了揉眼睛：“王爷，我不小心睡着了。”

“很晚了，应该早些叫你去睡的。”他伸手捋了捋我耳畔的发，“近子时了，我今日便不走了。”

我愣愣看着他，好一会才反应过来，结结巴巴说：“你……你要、住在这里?”

华容添颔首，调笑道：“这里是我的书房，我不能住么？乖乖去打水，伺候本王更衣就寝。”

极不情愿去厨房提热水，伙夫听说是给王爷的，看我的眼神也变得奇怪了，阴阳怪气说：“王爷许久没宿在书房了。”或许明日，王府里会传得沸沸扬扬。我只能置之不理，准备好盥洗的用具，匆匆赶回屋里。

王爷我虽然没伺候过，但想着和伺候沈云路差不多。

可惜我想错了，一转身，见他宽衣解带，顿时心跳到了嗓子眼。这可和伺候沈云路大不相同了，硬着头皮呈上盥洗盆，垂目不敢乱看，心中在想：他睡了床，我睡哪里？

“好了。”他赤脚踏上矮床，笑道，“去拿被褥来，不然你叫本王如何就寝？”

“王爷要睡矮床？”我惊讶抬头，当即愣住了，一袭淡黄的绸缎亵衣柔和贴着他健壮的身躯，衣襟松垮，胸膛敞露，那硬朗的线条竟如此动人。只觉得咽喉一紧，讲不出话，整个人晕乎乎的。想起他从前在我耳边留下的湿吻，双手一松，铜盆“哐啷”砸在地上，热水淌得到处都是，湿了鞋袜。

“于归？”他又走下来，扶住我摇摇欲坠的身子，关切问，“你不舒服么？”

“不要！”我摸着自己滚烫的面颊，慌张往后退了几步，“你别过来！”

他迷茫看着我，忽然又大笑起来：“我有那么可怕么？”

我低垂着头不敢看他，催道：“王爷快就寝罢！于归在矮床守着。”猝不及防，我被他打横抱了起来，惊呼了几声，最终对上他玩味的双眸，声音卡了在嗓子眼。

他将我放在床上，替我脱去打湿的鞋袜，一面说：“鉴于你的无礼，本王改变主意了，谁也别睡矮床。”

我腾地坐起来，心惊胆战：“王爷……我、我不睡了！”

他又将我按了下去，一本正经说：“今日我乏了，不想与你讨价还价，床这么大，你睡里边，我睡外边，再吵，就把你扔出去。”

我巴巴望着他说：“那还是把我扔出去吧……”

他凑到我面前，轻声细语：“本王就爱看你难为情的样子，你越窘迫，我越得意。”

在心里暗暗骂了他几遍，这样的话他也说得出口。他的发垂着我颈边，痒痒的，独特的男子气息盖过了龙涎香，我有些晕眩，扭身朝里睡，振振有词：“王爷曾经说过不会勉强于我，一言九鼎哦！”

他又粘了上来，炙热的胸膛烘烤我的后背，轻笑：“没有哪个女人是被我强迫来的，都是自愿的……”

我又往床里头挤了挤，躲开他的炙热，不屑道：“可是你的哪个女人得到幸福了？”话音刚落，我感到床板明显地一震，转头看，华容添僵直平躺着，神情麻木。

我好像是说错话了，心里有些愧疚，唤：“王爷，我不是故意的……”

“你真是了解我……总是轻而易举戳到我痛处。”他面露倦容，疲惫阖眼，“不知该说你什么好……”

“你身边这么多女子，就没有一个值得爱的么？”

“是我不值得她们爱。”

我看着他的脸色，小心翼翼说：“这府里的每个人，其实都很寂寞。或许相互依偎能获取一时的温暖，可心里却一直是冰凉的。”

华容添略略诧异侧目看我：“你也不是看上去那么懵懂。”

我悄然施法，伸手按住他的心窝，感受那颗突突跳着的心，曾经是如何凉下来的……我看见了，年轻的他意气风发、驰骋沙场，带着满腹豪情凯旋回朝时候，却得到宁静姝被册立为太子妃的消息。从此领军驻扎漠北塞外、戎马倥偬，再度回朝时，得到的是心爱女子弑君后服毒自尽的噩耗……他悲伤、却更加愤怒，而他的怨念当中那高高在上的人影，竟是皇上！心酸之感侵袭而来，我蹙眉轻叹：“你不相信是她做的，是吗？”

82

华容添一把捏住我的手腕，厉声问：“你在说什么？”

我紧紧盯着他，对他施迷魂术，慢慢说：“王爷，你的心结其实不是她，而是皇上。”

不一会，他便眼神慌乱，抓着我的手更紧了：“你……”

“不必害怕，于归是王爷的人，绝不会透露出去半分。”再次按住他的心窝，用法术试探他心底的每一丝情绪，柔若无声说：“你认为皇位原本属于你的，可是……太子也知道皇上有意传位于你，便设计害了皇上。你恨他夺了你的全部，爱人、皇位、父亲。”

他渐渐镇定下来，忽然拥住了我，紧紧地箍得我快要窒息。他的声音压得极低，贴着我的右耳说：“我手上有先帝传位于我的密旨，可纵有密旨在手也报不得仇，更因此担惊受怕多年……”

“既然已经过去了很多年，为何还不能释怀？”我轻轻抚着他的肩，

“或许心里住了人之后，就不会寂寞了。”

他拥着我，下颔在我脸颊摩挲，呢喃细语：“于归，你可愿意住进我的心?”我一惊，忙推开他，方才施了迷魂术令他对我吐露心事，不料他却……

收住法力，华容添回过神来，警觉盯着我：“我方才都说了什么……于归，你不该这样试探我，知道得越多，反而越危险。”

“我只是想帮你。”

他苦笑一声：“你那双桃花眼还真会迷惑人，我从不曾对谁说过的话，今日对你说了。”

“于归愿意为王爷分忧。”

“方才的问题你还未回答。”他将我的手按在自己胸口，“可愿意住进我的心?”

我撇头避开他热烈的目光，低声答：“王爷，你不要再辜负她们，”

他松开了手，长长叹了声：“……睡吧，我不会对你怎样。”

我可不信，于是弹指一挥，令他沉沉睡去了。这样，我才放心笑了。

睡梦中，好似颈部被虫子蜇了一下，想要挣扎、却被什么东西越缚越紧。我猜这不是什么好梦，于是拼命醒来。

不一会我醒了，却是被吵醒的。一睁眼便被眼前的情景吓一跳，紫葳和京墨赖在矮床上，一人抱着华容添一条腿，嚷嚷个没完。华容添耐心地哄着他们：“乖……紫葳，带着弟弟出去等一会，爹马上就起来了。”

“爹！你为什么在这里睡觉?”紫葳阴阳怪气说着，还狠狠瞪我。

我摸了摸凌乱的发，拢起衣襟，不好意思问：“王爷，我先伺候你起床吧?”

“不用了!”紫葳盛气凌人站了起来，“二娘带了人来伺候爹，你走开!”

“紫葳!”华容添一下将她揽在怀里，“不许这样说话，你是我们王府未来的郡主，不可失礼。”他起身将床帘放下，牵着孩子们走下床，朝门外高喊两声：“瑰瑰，进来!”

交代几句，奶娘将孩子带出去了，华容添的声音骤然冷下来：“你怎么能任由他们闯进来?”

容妃慢条斯理答："王爷，他们的性子你也知道，胡闹惯了。"

"这可不是小事，平日里胡闹就算了，他们……"华容添语塞，一时在气头上，竟粗声说了句，"都是被你惯的！"

"王爷今日要为了一个……书童，对孩子动怒么？"容妃笑了两声，"他们是被谁惯的？还不是你这个爹？"

"瑰瑰，此事非比寻常，无论如何，他们也不能闯到寝室里……"

"你怕他们看见什么不该看的？"

这略带尖酸的话语，立即触怒了华容添，他喝道："你这是做什么？看来本王平日太纵容你了，府里女眷不少，若个个像你这般，恐怕家无宁日！回去好好反省罢！"

"妾身告退。"她淡淡答了声，飞快走了。

透过帘子，看见华容添对我微笑，仿若刚才的事情没发生一般。

"王爷，今后还是不要宿在书房。"

"别说了。"他挑起床帘，斜睨了我好一会，笑容狡黠，"好好梳洗。"

我没体会出他这话中是否还有话，他走了之后，一个人对镜梳妆，蓦然瞥见脖子右侧一块显眼的红斑。大概是被什么虫子蛰了，好在没有肿起来，原想用简单的自愈术便可，那红斑却不能褪去，反而越加鲜艳。难道不是被虫子蛰了的伤痕么？罢了，或许没几日会自行消去，暂且用头发盖住，我今日还有正事要做。

秦家隔壁那树梅花早已经谢了，长了满条绿叶。巷边一行柳树枝叶繁茂，伴着三两点雨星，还显寂寥。

我请了几个人拉着大车将树运过来，轻叩院门。

秀秀见是我，回头喊了声："跟夫人说，于姑娘来了！"她又看见横在我身后大车里的树，惊诧道："这回不种花改种树了！"

"是从前秦府那棵树，夫人很想念，我便托人从苏州运过来了。"

秀秀瞠目结舌看着他们将树扛进院里："这从苏州运过来，破费时日，于姑娘，你真行！"

"只要有银子，都好办。"心里得意极了，我现在可算无所不能，区区一棵树而已。我笑眯眯守着那几人动工栽树，秦夫人由下人搀扶着出来了，站在门廊下痴痴望着这边。

我上前讨好一般笑着说："夫人，这便是那株白梅吧？可惜错过了花期。”

秦夫人回过神来，感激地看着我：“于归，你真是令我……无以为报。”

“夫人不要这么说，我只想你高兴。”

“自从有了你，这院子里生机勃勃。”秦夫人笑容满面走下台阶来，牵着我的手，“恰好今日初一，我要去相国寺敬香，随我一道罢。”

我愣了一愣，去相国寺？也好，看看沈云珞，顺便还要找罗净算账。

我从香堂出来，往后山去了。秦夫人只是默许，她当然忌讳沈云珞，毕竟是进了宫的女人，若与秦家再有瓜葛，恐怕两家都要遭殃了。

天色微青，雨点时不时飘落。那院子依然孤零零地坐落在山坡上，与世隔绝。

推开虚掩的门，坐在门边拣菜的宫女惊讶瞪着我：“你是什么人？”

“我是……从前伺候沈美人的宫女。”

她轻应了声，不再看我，冷冷地说：“你不能随意闯进来，这是禁地。”

“我就是想看看她，还望这位姐姐行个方便。”说着，我掏了一点碎银子塞给她。她随手收了起来，没再吱声。

绕过她进了里间，见屋内阴暗，沈云珞伏在绣架上，仿若奄奄一息。我皱着眉过去扶她：“娘娘，你怎么了？”

她猛地抬头，茫然看着我的方向，满脸泪痕。

“娘娘！”察觉到有什么不对劲，我抓住她的手晃了几下，“出什么事了？”

她张开嘴，却没喊出声。那双眸子空洞极了，没有丝毫神采。我伸手在她眼前晃了两下，随即目瞪口呆。

沈云珞声音沙哑说：“我看不见了……”

“什么？”我失声大喊，“怎么会这样？不是有人照顾你么？从何时开始看不见的？”

“有两三日了，不能怪她、她也不能离开这个地方，只有等宫里来人方能禀告。”

我想替她治，却不懂医理，也不敢胡乱施法。想来想去，只有去回去找逍遥王帮忙，告诉皇上沈云珞的情况。“我马上就去告诉皇上，让他派御医来医治你！"

沈云珞猛地拽住我的衣袖，恳切道："于归！我不想回宫、真的不想……就让我在此自生自灭！"

"可你现在这个样子如何是好？都怪你没日没夜地绣花！"我气得一把推翻了绣架，"都被欺负成这样了，还绣什么观音！也不见观音来保佑你！"保佑？灵机一动，忽然想到了一个人，罗净略通医理，或许可以帮忙。

"有了，娘娘，罗净大师懂医理，我去求他来替你把脉！反正他是寺里的人。"

沈云珞只是无助地握住我的手，没作出任何反应。

找到罗净时，他正在亭中抚琴，还不冷不热问我："你怎么进来的？"

"当然是飞进来的。"我着急跑去催道，"你随我去一趟后山，沈云珞出事了！"

琴音立止，他侧目问："何事？"

"她的眼睛看不见了，不知怎么回事，我想用法术医好她，也不知道该怎么医！大师，你去看看吧！"

他垂目思索半晌，说："此乃绝处逢生，是她的命数。小桃花，你我都不是这红尘中人，不要插手他人的事。"

"如何逢生？她都失明了，还如何逢生啊？"

"这件事，你告诉我，不如告诉逍遥王。"

我何尝不想告诉他，可沈云珞不想回宫……难道她的生机，在宫里么？忽然觉得自己很无用，虽然法力高强，却连推算命理都不会，天底下或许没有比我更笨的妖精了。叹气，倚着罗净身侧的柱子："大师，你可否教教我命理之术？"

"你没开天眼，教了也学不会的。"

"小气……"我嗤之以鼻，"难道你开了天眼不成？"

罗净渐渐侧身，面露笑意，双眉之间竟闪过一道金光。转瞬即逝，我却真真切切看见了，扑过去捧着他的脸用力看："哪儿去了？还真有天眼！"

罗净黑着脸将我推开："方才不是看过了么？"

"哎呀，没看清楚！"我瘪着嘴哀求他，"大师，再让我看一次、再看一次吧……”

罗净不理我，自顾自接着抚琴。我仍然紧紧盯着他的眉间，期待哪个不经意他又显出了天眼。他大概被我盯得太久了，越来越不自在，干脆拂袖而去。我乐颠颠跟在他身后一个劲叫唤：“大师，天眼乃稀罕之物，你再让小妖我见识见识吧……大师……”可惜罗净不是华容添，在我的软磨硬泡之下毫不屈服。倒是我说话说累了，耷拉着脑袋嘟囔：“真不知道你们出家人的心肠怎么这么硬……难道佛祖教出来的都是硬心肠么?”

罗净忽然转头扔给我一句：“你还想吃棍子么?”

又威胁我，心中不忿，争辩道：“我说话也算犯了寺规么?”

“你说了对佛祖不敬的话。”

“你……”我搜肠刮肚，脑中灵光一闪，拍手笑道，“你还犯了色戒呢！大师，你应该去戒律院吃棍子了!”

“胡言乱语!”罗净狠狠瞪我，一副恨不得赶我出去的表情。

我嘻嘻哈哈在他身边跑跳，挑衅道：“你敢说那天你在青楼里没犯戒?”

他鼻子里冷哼两声：“那天是为了捉妖而去，那妖孽修炼了一千五百年，可随意幻化，利用采阳之术修炼内丹，若贸然前去，我不是她的对手。”

一千五百年，我咽了咽口水。“化作普通男子去寻欢作乐，你就是她对手了?”

“那妖孽无非是要用采阳之术修炼，急功近利，化作青年男子前去她便不会防备。”

“何为采阳之术?”

罗净眉头一收，目光鄙夷盯着我：“采阳补阴，多为妖鬼所用。”

我仍然不懂，一头雾水：“我也可以用么?”

“你!”罗净双目一瞪，颇有些恨铁不成钢的意味：“那都是邪门歪道!”

我不甘示弱横了他几眼：“那我就不用咯，你凶什么？明明是自己犯戒了，还狡辩!”

“贫僧一心除妖，绝无色心歹念!”

我一面摇头一面啧啧道：“谁知道你心里都想些什么？反正我看见了，你倚在那妖精怀里，亲昵无比，两人还情意绵绵，骗谁啊!”

"那是为了捉妖!"他底气十足吼出这句话，吓得我捂住耳朵。见他气得脸红脖子粗，我有些怯意，放低声说："我看见她亲你了，你就是犯了色戒……"

罗净极力压制怒火，铿锵道："没有!"

"真的?"我小心翼翼反问："她俯身下去，没亲到你吗?"

罗净双眼一眯，似是万分不解地问："你究竟想干什么?"

我有些委屈，喃喃说："如果不是我及时出现，你是不是打算和她……"后面的话不知要如何说，我羞红了脸，垂下头。

罗净的语气也缓和下来，平静道："胡说什么?原本我正要动手，岂料你从天而降，坏了我的事。"

我不依不饶问："她真的没亲到你?"

忽然，他眉毛一扬，轻笑："这与你何干?"

83

"是没什么干系……可是我心里不安。"说这话的时候，我心里更加不安，甚至不知道那份忐忑是从何而来。有些无措，往后退了两步，冷不丁被一块石头绊倒，罗净欺身上前伸臂捞住我。

忽然之间，天地都安静了。我悬在他臂弯里，青丝铺满他的臂膀，他的唇近在我唇边，微微一侧头便能触碰到，心跳、晕眩。只觉得他蜜色的肌肤在春日暖阳下明晃晃，叫我好喜欢。举眸对上他狭长的双目，却发现他的神情僵冷，视线落在我颈侧。

我微微蹙眉，唤："大师。"

他浑身一颤，立即将我的身子扶正了。

我摸了摸脖子，将头发捋到前面，遮住颈侧。见他狐疑，便解释："也不知道昨夜被什么虫子蛰了，这红红的痕迹用自愈术都去不掉。"

罗净目光呆滞，仿若气力不济，低声说："由它自行褪去，现在去掉了反而会令人生疑。"

"谁会生疑?"

"沈云珞的事，你告诉逍遥王即可。"他不再看我，神情恢复了淡漠，甚至带着一种莫名的疏离。望着他的背影，我无端端想起上元灯节那夜，唐府大院中那月白色的孤清身影。罗净，你比华容添还要神秘……

为了去找华容添，我第一次来到王府的正殿，侍婢大多不认得我，待华容添从内堂出来唤我一声，周围众人才心领神会。交代完沈云珞的事，我便要告退。昕妃不知怎么也出来了，笑容可掬要留我吃饭，面对华容添殷切渴盼的目光，我莞尔一笑，婉拒："奴婢不好打扰王爷一家的天伦之乐。奴婢告退了。"

察觉到他眼中的不舍，我心里竟是如此悸动不安，或许是前日的卧谈，令他对我更加信赖吧。转了几个弯，穿过东苑前面的园子，听见一阵唤声笑语，绕过假山，见容妃正带着两个孩子玩耍。他们倚在一片树荫下，有说有笑，难怪容妃得宠，两个孩子都如此喜爱她。

我举步正要离去，忽然瞥见容妃手中闪过一道魔光。眼花了吗？我走近几步，躲在假山后偷看。容妃手中拿一只荷包，跟他们玩变戏法的游戏。我紧紧盯住她的一举一动，又一道魔光自她手中散发！她手中荷包不见了，孩子拍着手欢笑不已。

我大骇，这绝不是普通的妖法！容妃果然有古怪。心里忽然害怕起来，靠在假山渐渐滑倒在地，我与她见过几次，也没瞧出她不是凡人，她的道行只怕远远在我之上。这可如何是好？或许罗净会有法子。

心稍稍安定下来，正打算起身，一个身影猝然冒了出来挡住我面前的阳光。我一怔，探头看身后，孩子已经被婢女带走了。

容妃似笑非笑俯视我："看来我留不得你了。"

我凛然站起来，怒视她："你是妖魔还是鬼怪？为何藏在王府里？"

"你自己不也是妖么？我还没问你究竟用什么妖法迷住了王爷。"她笑得娇媚可人，步步逼近我："你没出现之前，他心里只有我。自从江南回来之后，便魂不守舍。"

我猛地出掌按在她心口，飞快用读心术，她虽然反应快闪躲开了，我还是洞悉了她的内心，愤然斥道："你竟然用迷魂术长期控制逍遥王！"

"可你的出现，令我的迷魂术无法控制他的心。你这妖精，真是会魅惑人心！"

"你的阴气太重，想必习的是歪门邪道的法术，你可知道这样会害了他？"

她平日里笑颜灿烂的脸孔顿时变得邪魅无比，阴笑道："你是妖，我是鬼，井水不犯河水，你不管我的闲事，我便也不拆穿你。"

"你是鬼？"我迷惑看着她，鬼若长期俯身在人的躯体上，要消耗多少法力，而且和我一样，会是冷血的。伸手触到她的胳膊，不解地问："可你的身子怎么是热的？"

"喝人血就可以了，呵呵……"她的笑令人毛骨悚然。

顿觉背脊发凉，越发觉得眼前这张笑颜多么不真实！太危险了，这样厉害的鬼留在王府，还日日和两个孩子在一起，我浑身战栗着，尖叫道："你走！回到你的鬼界去！不许你害人！"

"你虽然是来应劫的，可化成灰也不过是只妖精！难道你以为你比我高贵多少吗？"

"我一心修仙道，你却修的魔道。想过没有，若哪天你真成了魔，控制不住魔性，会伤害这王府里的人！"

"真有那么一天的话，我会离开。"她眸中幽光闪烁，右手聚起一股鬼火，朝我递过来，"你看，我追随他五百年了。每一世，我在茫茫人海中寻他，默默等他长大，然后嫁给他。"

通过那团绿幽幽的鬼火，我看到了一些零碎的片段，她无非是前世与他结了一段情、却不得善终，因此心中起了执念，不肯投入轮回，甘愿堕入魔道，也要陪他生生世世。

"我只是想和他厮守。"她哀怨地看着我，那面容苍白得令人心痛。

"可是你为了保持这具身体，吸干了多少人的血？你为守住一份逝去的爱，不惜伤害那么多无辜的人，这是一种妄执啊！你这样会损了他的阴德，反而害了他！"

"可是我爱他。"她骤然收回手，无助看着我，"你走吧，别分去他的心。"

"如果不用法术操控，他还会宠爱你吗？孩子会喜欢你吗？"

"说到底，你就是想跟我争！"容妃忽然脸色一变，显出青面獠牙，利爪凶狠朝我头顶袭来！

我腾空跃起，落在假山顶，及时躲避了她的狠招："光天化日，你竟敢现原形！"

她指着我厉声叫喊："妖精！你在应劫，为何还藏有如此高深的法力!?"

"我的法力远在你之上，你不走，我亦有办法赶你走！"

"那就试试罢。"她狰狞地笑着，手心重新燃起鬼火，看看天色，已近黄昏了，待夜色降临，她的法术便能完全施展。我心下一阵惊慌，从未习过打斗之法，我输定了！恰在这时，有名婢女在远处高声喊："谁站在那上面做什么？"接着朝这边跑来。

容妃即刻变回人形，从假山后走出去，道："方才孩子们放的纸鸢落在树上了，我命她上去捡。"

我手里变了纸鸢出来，跳下假山，笑答："捡到了。"

婢女福身行礼："娘娘，王爷在等娘娘一起用饭。"

容妃轻轻接过我手里的纸鸢，温柔一笑："好，我们走罢。"

她走了，拖着一袭瑰丽长裙。若不是那婢女来唤，我现在是不是已经死了？四月的天气，我在瑟瑟发抖。

漫无目的在园子里走着，思前想后，只有去找罗净帮忙了，我不能看着她继续害人。

拐出园子的时候，迎面遇上了雪姣。她手里捧着一叠新衣，见着我十分高兴："于归，正好我去给你送夏衣。"

我回过神来："呃……多谢夫人。"

"瞧你也没几身衣裳，怎么不跟王爷说呢？"

"无所谓了。"我心不在焉应道："可是，怎能劳烦夫人来给我送衣裳。"

"我反正也无所事事，不如来找你说说话。"

我恍然醒了神，故作好奇问："夫人可知道容妃的身世？"

"容妃是出身青楼。嘘……你知道就好了。"

"青楼女子乃奴籍，即便进了王府也只能是侍妾。"我佯装不屑叹道，"真不知王爷喜欢她什么！"

雪姣尴尬笑笑，低声说："青楼女子擅长什么？莫过于床第之事。加上两个孩子十分喜爱容妃，王爷更加宠她了。"

冷不丁想起上次在青楼勾引罗净那妖精，气不打一处来，忿忿道："这么说，反倒良家女子不讨人喜欢了？"

"也不能这样说，于归，你还没嫁人，不明白男人。"

这话令我一怔，又想起秦朗坤，对，我的秦朗坤不是这样的，他的专情让我既欢喜又烦恼。

"算起来容妃进府也有六年了，容貌一直没有变化，还是那么年轻。不像我们，年长色衰了。"雪姣忧伤地垂下头，抚着手中的衣物，"我进来的时候，就像你这么大。"

我劝慰道："夫人，你不是还有紫葳么？王爷喜欢她，自然不会薄情于你。容妃也总有老去的一天。”

雪姣与我在书房闲聊，直到夜色深了才离去。她前脚刚走，我急忙腾云驾雾出去找罗净。

相国寺众僧在做晚课，唯独不见罗净。耳旁充斥嗡嗡的梵语，令我觉得异常烦躁。掐指一算，惊觉罗净不在寺里，竟然在城东的唐家大院。转身冲出殿堂跃上云端，朝唐府飞去。

圆月当空，被蒙上一层金黄的光晕，偶尔掠过一两只飞鸟的影子，显得诡异。

站在唐府的屋顶上俯瞰一周，细看之下，才发觉异样。富丽的府第，已然被裹上一片惨白。院中一株桃花正开得灿烂，树下的身影却如此凄清。我心中一恸，飞身落下。

顺着罗净的视线看去，灵堂里的棺木漆黑、仿佛将所有黑暗都吸纳了，有几个人影静坐，无声无息。香烛也安静地燃烧，火光镇定、连一丝摇摆都没有，青烟笔直向上延伸。

罗净好似一个泥塑的人，面无表情，纹丝不动。

“大师……”我怕惊扰他，声音轻微得几乎听不见了，“出什么事了?”

他呆滞望着前方，语气麻木：“走开。”

“大师，我有事……”话说到一半，我收住了，他现在这样子，如何还能管闲事。身子前倾，我盯着他的眼睛，直直看到他心里去……猝间他扭住我的胳膊，沉声道：“我叫你走开!”

从未见过他这样，平时即便对我动怒，也是横眉竖眼或者冷嘲热讽，从没有过这样的阴沉。心中刺痛，我反手抓住他胳膊：“不走，你要做什么，我陪你。”

他忽然急促喘着气，腿脚无力似的退了两步，后背重重抵在树干上。

桃树一震，花瓣飘落。纷纷扬扬，又寂静无声。那些鲜艳的花瓣躺在树荫下，星星点点，了无生机。他也是一样。

我无端端觉得害怕，不知怎么，泪就流了下来，扑过去抱着他：“你怎么了？告诉我好了！我会帮你的!”

他狠狠将我推开，咬牙切齿道：“妖孽，你走开……”

我三两下擦去脸庞的泪水，指着灵堂问他：“那是你什么人？你和唐家什么关系？我打听过了，唐家一门没有男丁，唯一一个五代单传的唐七公子于十年前猝死。而你恰好是在十年前进的相国寺，你就是唐七公子对不对？”

他身子一颤，缓缓侧头盯着我，嘲讽一般笑了两声：“你查我？原来你真的没看起来这样简单。”

“这叫什么话？”我冲上前拽住他的衣襟，“我是关心你、在意你！我认识的人只有你们几个，做什么都会想着你们！你就当可怜我，当我是你的朋友不好吗？你只会当我是妖怪！还是很笨很笨的那种！”说着说着，委屈极了，竟然嚎啕大哭起来。

罗净情急之下捂住我的嘴，腾出一只手揽紧我跃上了树枝。凶巴巴训道：“你想吵醒整个府里的人么？”

我瘪着嘴，一面抽泣一面说：“反正在办丧事，哭几声也算表示哀悼。”

他沉沉叹气，那气息就在我耳边，夹杂了多少无奈的悲伤。我将头枕在他肩膀，闻着他身上的檀香味，心里安定了许多。他是高僧，总是会有办法获得平静。悲伤对他来说是一种奢侈，我又何必偷窥呢？

“唐老爷归天了，无子送终。”他说得事不关已一般。我能嗅到他的心情，已经平静了许多。一转头，唇若有若无擦过他脸颊，罗净没有闪躲，像方才我来时那般纹丝不动。

月光被花枝筛在他脸上，零碎而清冷。那眼、鼻、唇，全部近在我脸颊边。我愣住了，只觉得脸上滚烫、月色撩人、桃花灵香……等等、这桃花香气令我醒过神，心中涌起一阵玄妙的感觉，伸手抚摸树枝，惊叹：“这树！这树令我觉得如此熟悉！”

罗净好似没听见我的话，一直盯着灵堂的方向。

我拽起他的衣袖擦了把湿漉漉的脸，静静待在一边不再打扰他。他想守灵，我便陪他一起守好了。至于容妃……暂时只能靠我自己应付了。

84

我竟然挂在树上睡着了，而且一睡睡到了日上三竿。罗净已经没了人影，我陪他守灵，他就这样扔下我，太恩将仇报了！浑身酸痛难当，运气打坐之后觉得好多了。

躲在花影缭乱中探视唐府，才发觉人去楼空。灵堂里那座棺木不在了，满院都是雪白的纸钱。唐老爷已经出殡了吧？难怪睡梦中好似听见悲啼哀嚎，可是我怎么没被吵醒、反而睡得香甜？心里又对罗净有些愧意，说好陪他的，结果我在他家的树上睡大觉。

时候也不早了，我赶回王府，光天化日要避人耳目，选了王府一处偏僻的院子落脚，再装作若无其事走回书房去。

金银花开得正热闹，白的黄的相映成辉，满园飘香。看到花儿，心情总是会莫名地好起来，暂时忘却了烦恼。推开书房的门，一抬头，冷不丁被桌前的身影吓一跳，华容添眼晕浓重，看上去有些疲倦，眉头紧蹙盯着我。

我立即赔上笑脸："王爷，今日这么早就来书房了！"

"一整夜，你去哪儿了？"

听他语气不善，我小心翼翼走近他，瞧见桌上乱七八糟的几支画笔，白釉瓷碟中沾了几种丹青颜色。故意岔开话题说："王爷画了什么？"

"我问你去哪儿了。"他的语气威严，乍一听竟与皇上有些像，我害怕起来，支支吾吾说："我……我去相国寺，看沈美人了！"

华容添冷笑一声："沈美人已经被皇上接进宫了，昨夜我来正想告诉你此事。"

"真的？"我欣喜不已，"那她的眼睛？"

"太医看过了，她的双目暂时失明是由于肝气郁结、加上每天在灯烛下绣花伤了眼，长期所致。或许喝几服药，能慢慢好起来。"

"但愿她早日好起来。"我松了口气，对着华容添质疑的目光，又接着编："我去了相国寺发现沈美人不在，然后又回来了。"

"从这里走到相国寺需要多长时间？"

"我回来的时候，觉得月亮很美，就在花园里坐了会，没想到睡着了。"我的境界越来越高了，撒谎都不会心虚。华容添半信半疑看着我，语气缓和了许多，"以后不能再这样，我担心了你整整一个晚上。"

"于归知错了。"赶紧认错，认完错再讨好一阵，人都是很虚荣的，爱听好话。

他起身，看上去动作有些僵，我忙扶住他，惊诧问："王爷在这坐了很久了么？"

他微微摇头，自嘲道："许久没活动筋骨了，一天天变老了。"

“王爷怎么会老?”我捂嘴笑起来，“你现在去街上走一圈，不知能迷倒多少女子呢!”

“是么?”他忽然亲昵地捏了捏我的脸，“那怎么就迷不倒你?”

我嘟嘴，娇羞一笑，那当然，我是妖精，只有迷人的份。“王爷画了什么?听说……王爷很多年没作画了。”

他拾起书案上的金边折扇，含笑递给我：“你看看可喜欢?”

我笑眯眯接过来，正要打开，管家忽然急匆匆来报说玉临王登门造访了。我和华容添都感到意外，相视一眼，接着便看见玉临王心急火燎地闯了进来。

玉临王见到华容添如释重负松了口气：“王兄!这次只有靠王兄想办法了!”

“别急，出了何事?”

“本王的侍读学士，也是王兄的朋友秦朗坤秦大人，被府衙关押了!”

“啊?”我脱口而出，“他怎么了?”

“昨夜里出了命案，秦家一个家丁被残忍杀害、弃尸西郊，清晨被拾柴的人发现。不料京兆尹径直闯到翰林院抓了人，连证据都没有，怎可胡乱抓人?我看蔺水蓝真是越发放肆了!连本王的侍读学士都敢抓!”

华容添若有所思道：“最近秦朗坤和他几个同僚频频弹劾蔺家的人，蔺水蓝与他的恩怨由来已久，恐怕这次是公报私仇。只是将杀人的案子强压在秦朗坤头上，蔺水蓝这也太狠了些。”

玉临王稍稍镇定了些：“我问过刑部几位大人，根据仵作验尸的结果，此类案件近几年发生了十几起，都是无头公案。”

我好奇问：“为何是无头公案?”

“看上去像被某种猛兽袭击，咽喉被利齿咬断，身上有抓痕。可是找不到案发地，没有线索。因此民间传闻西郊一带有狼出没，夜晚都无人敢去。”

咽喉被利齿咬断，身上有抓痕。根本未作细想，眼前顿时浮现出王府里那青面獠牙的鬼王妃!真不该放任她，凭我的法力，即便不能胜，也能闹得两败俱伤。只耽误一个晚上，就多了条无辜的性命，还因此间接连累了秦朗坤。罗净此时也不便打扰，我该怎么办……

“四弟，如若蔺水蓝毫无证据，抓了他三日之内必会放人。他虽然跋扈了些，可头脑清醒得很，为了自己的前途着想，也不会乱判。”

“那秦大人无端端地要甘受牢狱之灾?”

“此事却教会了他一个道理，朝堂之上，也是弱肉强食。他太自不量力了。”

“王兄……”

“不必担心，我们去一趟府衙，看蔺水蓝有何说辞。”

我捏紧手中的扇子，往桌上“啪”地一放：“我也去!”

再见蔺水蓝，仍是那样狂傲自大、不可一世。一袭朱红的官服，黑帽、黑靴，还黑着脸。

玉临王自然不能给他好脸色，我也是时不时给他白眼，只有华容添和和气气和他说客套话。他们几人入座，喝茶，我站在华容添身边干着急，玉临王虽然急，却是心平静气的模样，没有吱声。

蔺水蓝就是年轻气盛，比不过华容添那般通达谙练，没一会便沉不住气，板着脸问：“二位王爷找我，必定是为了秦大人的案子。不必绕了，有话不妨直说!”

玉临王想要开口，华容添却按住他的手，慢条斯理说：“有关案件的线索，蔺大人可否告之一二？为何大人如此肯定地认为秦朗坤是嫌疑犯?”

“若没有真凭实据，我敢贸然去抓人么?”蔺水蓝有几分得意，“在尸首的附近，发现一件证物，乃秦朗坤所有，因此下官才关押了秦朗坤。”

华容添问：“是何证物?”

“请恕下官不能直言，一切待到公审才能见分晓。”

我急得插了一句：“即便发现了什么东西，怎么能确定是秦大人的?”

“本官亲眼见过，那就是秦大人的随身之物。”

华容添瞥了我一眼，转头对玉临王说：“蔺大人一定会秉公办理，仅凭一证物，无法定罪。四弟该放心了，待公审那日，我们再来听。”说着，便起身告辞。

就这么走了？好不甘心，那蔺水蓝真真是个大恶人！一出府衙，玉临王面露不爽，摇头说：“秦大人好好的怎么就得罪了蔺大人?”

“四弟有所不知。”华容添笑得促狭，“人一旦陷入欲望，便难以自拔。有的人为功利不择手段、有的人为财富损人利己，蔺水蓝纵使秉性不是那么纯良，也不是万恶之徒。他算是性情中人，一时被迷了心窍而已。”

玉临王似懂非懂问：“他难道……中意秦大人？”华容添不可置否，我吐吐舌头，摆出鄙夷的表情，“有女人不喜欢偏偏喜欢男人，恶心死了！”

玉临王恍然大悟：“早听闻蔺大人好男色，竟是真的？”

“前年，蔺丞相逼迫他娶妻，他怎也不肯娶，这件事才闹得沸沸扬扬，恐怕朝中人都是心知肚明。这秦大人……”华容添笑着摇头，“倒是对了他的胃口。”

“这也太胡闹了，他们二人的私事，私了就好。”

“放心吧，你我都去听审，料他不敢胡来。可我担心的是，皇上对蔺家已经不信任了，若因这件事再被参到皇上那，恐怕……朝中要不平静了。”

“盛极而衰。”玉临王倒是显得平静了，“蔺家近日频频被参，这样有计划的大胆行动，不是几个翰林学士就可以做出来的。”

“为人君者，当然要适当控制丞相的权力。可万万不能让别有用心的人钻了空子。”

“王兄说的别有用心的人，是否国丈府？”

华容添意味深长睨了他一眼，玉临王侧目看看我，没再说什么。他们俩送我回府之后结伴进宫，我马上去找罗净。

正午时分，是阴气最弱的时候，我随罗净高高站在王府正殿的屋脊上。方才他斥责了我一通，说此事应当早点告诉他，不至于误人性命。可是昨晚他那样的情形，叫我怎么说出口。不过我决定让着他，不与他争。

沉凝许久，罗净开口说：“这只鬼靠吸食童子血修炼，十分厉害。若再这样下去，过不久真要成魔了。”

“那我们可以打败她么？”

罗净手掌摊开，一只金环在他手中赫赫发光：“此乃上神法器，只要能套在她身上，我再念咒，她就会形神俱灭，永不超生。”

我心里竟有些冷意：“这样会不会太狠了……”

“她害的人太多了，不可心慈手软。这女子执念太深，其实她与逍遥王的缘分早已破灭，她这样生生世世跟着他、用法术操控他，反倒连累他的每一世都不幸福。”罗净忽然面露笑意，“原来如此……我一直觉得他命中有异数，没想到是因为这只鬼。”

“大师，我们快快抓了她去证明秦朗坤的清白！”

“鬼怪之说惑乱人心，不可宣扬。再者官府有禁令。你想借此为秦朗坤脱罪，实在是妄想。”

“什么？”我着急拽着他问，“那有什么办法么？蔺水蓝太坏了，不能让坏人得逞！”

“我早说过，人各有命，你不要去插手红尘中的俗事。想办法，把这给她戴上。”他手中金光一闪，那法器变成了普通玉镯。

“如果真将她除了，王府里好端端的少了个人，如何向王爷交代？”

“船到桥头自然直，先除鬼！”

我在原地转了个圈，口中咒语一念，变成了华容添的模样，有些不安：“她能看出来么？”

“不用法术看不出来。”罗净一蹙眉，问：“你何时能够随意变幻了？”

好像露馅了，我怔怔看着他说：“白娘子教的。”见他没吱声，我赶忙从屋顶飞下，踏着绿意幽幽的草地，学着逍遥王的潇洒姿态进屋去找容妃。罗净就站在旁边屋顶上，密切注视这边。

一进屋，容妃便笑盈盈望过来：“王爷，我正想着你，你就来了。”

我踱着散漫的步子进去，笑笑：“瑰瑰，本王给你送样东西。”

“什么？”她歪着脑袋，目露天真。

我走到她面前，拾起她的手，将玉镯迅速套上她的手腕。

容妃娇羞而笑：“王爷为何送我镯子？我以为王爷还在生我的气……”

我浑身起鸡皮疙瘩，忙不迭要走，打哈哈道：“没有、没有生气，本王有要事处理，就不陪你了。”

她狐疑盯了我一会，忽然之间原形毕露，一只鬼爪凶狠朝我的脖子伸过来，恶狠狠喊：“妖精！我不找你，你倒送上门了！”

我挥一挥衣袖，将她挡了回去，变回自己的样子：“不是我不放过你，而是你害人太多，再这样下去，整个王府的人恐怕在劫难逃！”

“那你就可以冠冕堂皇地占有他了是不是？”她双手猛地一张，两团鬼火跳跃在她手掌，怨毒看着我，“你真会挑时候，可你是妖，正午时也不会占我多少便宜！”

“我自然是打不过你。”我腾飞在空中往后退，顷刻退到殿外。她追了出来，手臂一挥，几团阴气极重的鬼火极快地袭来！本想出手，却又怕罗净看出端倪，便翻身闪躲了，朝屋顶飞去，大喊：“大师，念咒！”

罗净盘膝坐下，法杖蓦地往空中一横，挡在我和容妃之间。正午刺目的阳光下，那法杖通体金灿，逼得容妃丝毫靠近不得，只能站在屋檐处。

“你真是妖界的败类！为了飞仙，竟然勾结僧人！我倒要看看，区区凡僧，能奈我何?”容妃狰狞地笑着，忽然手臂一抽，面庞痛苦扭曲，渐渐瘫了下去。

85

罗净口中的咒语源源不断流淌出来，绕着法杖，朝四周散去。容妃手腕上的玉镯霎那变回了金环，闪耀着不同寻常的光芒，她凄厉尖叫着：“不可能！”渐渐蜷缩成一团，死死盯住我：“妖精，你会得到报应……”

我忐忑不安看看罗净，双手合什对她说：“我为民除害，没有不对的地方。菩萨明鉴。”

“我绝不会放过你！”

“这一次，你就灰飞湮灭了，永不超生。”我心里有些难过，垂目道，“即便我想找你，也没法找了。”

罗净念咒的速度越来越快，金环的光芒也愈渐强烈，我用衣袖挡住，依然听见容妃絮絮叨叨在念着仇恨和不甘。为了爱一个人，伤害了无数人，她怎会这样执迷不悔。

忽然之间，听见好像瓷器碎裂的声音，迎着强光看去，金环收到最紧，容妃已经说不出任何话了，身体一点点地被金辉侵蚀。这是何其惨烈、又是何等壮观！我注视着她，希望到最后一刻她能放下一切，我不想有谁恨我，那会让我心里负罪一般不安。

可惜，她对我的恨越伴随心中痴缠了五百年的爱愈加强烈。临近最后一刻，她凝视我，用尽力气笑着说：“我不会放过你……你想修仙是吗？我不会让你如愿。”

话音刚落，她拼劲最后一股法力，将所有道行一股脑灌入我体内。只是一瞬间，我来不及闪躲，身躯一震，无数可怕而狰狞的面孔在脑海中充斥。想要大喊，却仅仅张开了嘴。恐惧到了极点，声音都哑了。那些阴暗的魔性在体内膨胀，肆无忌惮。我看见天地在旋转，看见她的面孔变成无数碎片在周围飘荡，看见罗净悔痛的表情，然后不省人事。

梦到一个低微的声音，饱含磁性，温柔念道："桃之夭夭，灼灼其华，之子于归，宜其室家……"

睁开眼，见到了桃花树下吟诗的男子，他折了一枝桃花，无视我的疼痛，转身赠予了身边柔美动人的女子。秦朗坤，你眼里到底只有沈云珞……原来那诗句不是为我而吟诵，我唯一能做的，仅仅是看着你折了桃花赠佳人。可谁能料到，这样一句诗，令我有了元神。秦朗坤，我会帮你到底，谁叫你是我的劫呢……

"于归！"罗净扶住我，一遍遍朝我百会穴施法灵力，"你醒了么？"

揪心的疼痛令我蹙紧了眉头，大喊："疼死了！"

罗净目光哀恸看着我，忽然封住了我几个穴道："今后不许施展法力。"

"啊？"我运气，发觉体内气息紊乱不堪，惊问，"刚才她给了我所有道行！"

"是。"罗净垂目，一字一句说，"她修的魔道，你修的仙道，二者无法并存。"

蓦然想起她说的最后一句话：你想修仙是吗？我不会让你如愿。

我疑惑问罗净："无法并存？是不是一定要用仙术将魔性驱除？否则我成不了仙？"

罗净抬眼平视我："切记，不要再施展法术，否则，你很有可能堕入魔道。"

魔道？宛若晴天霹雳，我傻愣愣看着他："怎么会？我是善良的好妖精，我要修仙的！"

"记得吗？你在应劫，劫数种种，谁能预料下一次发生什么？"顿了顿，罗净冷冷地说，"若有一天，你真成了魔，我会杀你。"

"大师……"我近乎绝望了，哀求他，"你教我怎么避过这一劫，我不要成魔！"

"应劫，本就是天机，你能做的，只有忍受。"

"忍受，我知道了。"鼻子酸酸的，眼泪啪嗒啪嗒往下落，他方才说了，若有一天我成了魔，他要杀我。没有任何事比这更悲伤了。

“我会令所有人都忘掉容妃的一切，就像她从未存在过一样。”罗净盘膝坐好，喃喃念着梵语。

如果有一天我死了，是不是也没人记得我，就好像从未存在过？所以在人间有什么好的，来一遭或许等于白来，只有天是永恒存在的。我能做的，只有忍受，待劫难过去才能得到永恒。

罗净飞走了，留下一种很复杂的表情。我在屋脊上坐了许久，直到日渐西斜。院子里走进熟悉的身影，华容添在容妃从前住的地方踟蹰，仿若要进去，却又不知进去要做什么。我从另一边顺着墙头爬下来，轻轻走过去，试探问：“王爷在这找什么吗？”

他努努嘴，摇头：“忘记了，这屋子可有人住？”

“没有呢，一直空着。”

“奇怪，我来这做什么？”华容添自嘲笑笑，“我就说我老了，你还不信。”

“王爷还未到而立之年，一点不老。”我勉强笑了笑，“王爷该去用饭了，昕妃娘娘在等你。”

他抬脚走了两步，回头说：“秦朗坤的案子后天公审，若蔺水蓝所说的证物凿实，恐怕要费一番周折了。”

“难道秦公子逃不过这无妄之灾？”

“看蔺水蓝肯不肯放手。”华容添脸上挂着惯有的笑意，而我心里也有了主意。

大清早，我便去看秦夫人。街道旁杏花如雪纷纷飘落，落在头上、肩上，本该惬意的，我却仓促而行，心中烦乱。随手弹了弹衣裙，进了秦家的院子。秀秀看见我，顿时又哭又笑：“于姑娘，你可算来了，我家夫人倒下了，我们都没了主意！”

我随她进屋，见到了奄奄一息的秦夫人。她这样的身子，经受不起任何打击了。我安慰道：“夫人，别担心，公子可是玉临王的侍读学士，王爷无论如何也会保他出来。”

她缓缓摇头，有气无力道：“都是命……”

“夫人别这样说，今日我就去找那京兆尹问问他究竟想要什么，如果要钱财，我们凑给他，如果是为朝堂之事，我去劝公子让他一步，不论怎样，我会救公子出来的！”

“于归……可不要再得罪权贵，若你也卷进去，我该如何是好……”说着，她美丽的眼睛里蓄满了泪，“听天由命罢。”

“不，老天一定打盹了，没看见坏人欺负好人。我去叫醒他，叫他好好还我们公道！”我用力按了按秦夫人的手，转身冲了出去。

外面飘起了零星的雨点，我没有了法力，走得快了，竟然气喘吁吁，和原来的沈云珞一样虚弱。可恨人世间的不公平，女子为何样样输给男子？雨越下越细密，如牛毛一般，我发丝上沾了密密麻麻的水珠，脸庞湿漉漉。

赶到府衙门口，底气十足道：“你们去通报，我是逍遥王的人，有事来见京兆尹大人！”

衙差的反应出乎我意料，也没通报，直接领我进了府衙。

“大人，于归姑娘求见。”

这一声更叫我惊讶，原来连衙差都认得我！

推开房门，蔺水蓝坐在案前幽幽笑着，轻佻打量了我一番：“这样好的姿色，也难怪逍遥王纵容你。于归，你伺候王爷伺候得可周到？”

“干你何事？我来问你，究竟何时才能放了秦大人？”

“姑娘这话说的……啧啧，本官可是依法办案。”

“谁都知道你安的什么心思！别以为真的可以肆无忌惮！秦大人可是玉临王的侍读，你这么对他就是得罪了玉临王！”

“方才说了，本官是依法办案！倒是玉临王的侍读学士怎么了？可以不遵国法么？”

“别说这些没用的，你究竟有什么证据？若证据根本不能证明秦大人有罪，你便是公报私仇！”

蔺水蓝眯起眼，像个无赖一般将腿高高抬起搁在桌上：“看着吧，没有人能证明当晚他一直待在家，他便有充分的时间去害人、弃尸。重要的是，尸首旁边就是他的随身之物，待我明日拿出那证据，恐怕公堂之上，他不得不承认罪行了。”

“莫须有的罪名，为何要承认？秦大人究竟哪里得罪你了？不就是参了你几本么？若你们蔺家行得端正，何必怕人参？”

蔺水蓝狂怒而起，狠狠摔下手中的折子：“大胆！朝堂的事，区区一贱婢管得着么?!”

“秦大人的事我就要管！”我蛮横瞪着他。

蔺水蓝怔了怔，狐疑道："你对你们家姑爷还真上心。"

难道他已经知道秦朗坤和沈云珞的关系？我一着急，辩道："你说的什么话？什么姑爷？我家小姐早已进宫侍奉皇上！"

"不要再掩饰了！"蔺水蓝狠狠瞥了我一眼，冲到门前，反手将门紧紧关住，压低声音说，"别以为我不知他们之间那点风流事……"

"你别胡说！"我一惊，他真的抓住了秦朗坤的把柄，所以才如此肆无忌惮。

"哼……秦朗坤早已经过人事！枉我以为他纯得跟只小绵羊似的，其实肮脏得很！他碰过沈云珞是不是？不然秦家怎么准备向沈家提亲？他身上还带着沈云珞绣的荷包，真是一对狗男女！"

如此污秽的话语，令我忍不住甩了他一巴掌。

蔺水蓝捂住左脸，不可置信吼道："你不想活了是不是？"

"你才是不想活的那个！"我气得朝他拳打脚踢，"你对秦公子做了什么？你这个混蛋！"

他毫不费力便制服了我，紧紧钳住我双手，邪邪笑道："你猜？"

"我猜……"面对这样强势的人，失去法力的我怎么也挣脱不开，渐渐泄了力气，含着泪说，"你猜错了，我家小姐是清白的。秦家准备聘礼去沈家提亲，是向我提亲，那荷包不是小姐绣的、是我绣的……你不要这样逼他了。你要人证明他那一晚的行踪么？我可以证明，我和他在一起，就在他房中！你可以去打听，我时常在秦家走动。"

蔺水蓝蓦地松开双手，表情僵硬看着我："你说……什么？你和他……"

"是我！我们的亲事都定下了，秦夫人说，待公子在朝堂站稳了脚，便叫我们成亲，最迟不过一两年。"

蔺水蓝一面摇头，一面牵强笑道："不可能，你是逍遥王的人。一女侍二夫么？就算秦朗坤肯，逍遥王也不肯。"

"我是王爷的书童，仅仅是书童。"一种愧疚的感觉油然而生，我恐怕要让华容添不愉快了。可是情急之下，我没有别的办法。

蔺水蓝失魂落魄站在案边，一手撑住摇摇欲坠的身躯，苦笑道："竟然是你。"

"你们再斗下去，只会两败俱伤。我会劝公子专心侍候玉临王，不理朝政之事。随你们蔺家怎样翻云覆雨、只手遮天，他也不再管！"

"你们……你们怎能这样伤人？"他转过身，仰头望着墙上的字画，小声问，“你跟了他多久了？”

我的声音也柔和下来，估量一下沈云路和秦朗坤交好的时日，答：“五年。”

“我是说……跟了，就是有肌肤之亲。”

我面上一热，好在他背对我，嗫声道：“大概一年。”

“好……”他忽然转身对我邪魅一笑，“至少我得到过一次，一次足矣。你走罢，我当真不愿再这样做恶人了。明日你出来当人证，审过之后，放人。”

终于松了一口气，我没白来，蔺水蓝或许是真的想通了。一出了屋子，掀起袖子一看，竟然满臂都是鸡皮疙瘩。一想起他喜欢男人，便止不住打冷战，一面打冷战，一面逃之夭夭。

逍遥王的金边折扇静静躺在书案上，我已经忘了他何时将扇子遗落在书房。一想起白日发生的事，还是觉得不真实。想要施法运气，无奈我现在却与凡人无异，唯有靠自己平心静气。

随手抓了支笔，蘸了些半干的墨汁，在宣纸上涂涂抹抹写起字来。虽然没了法力，不过听觉还是很灵敏，闻见华容添的脚步远远传来，我便预先煮茶。待他进屋歇息片刻，恰好煮开。

“茶里加了什么？这么香。”

“加了金银花。”我替他筛了杯茶，“王爷还有公务要处理吗？”

“没有。”他端起杯子，在鼻端嗅了嗅，“是廊下开的那几株么？”

“嗯，我捡了许多，晒干了好存放。”

他忽然凝神看着桌上被我写得乱七八糟的纸，我马上夺了过来，揉成一团藏在身后，难为情道：“王爷，我胡乱写的。”

86

他呵呵笑起来，搁下茶杯，招呼我过去。我将纸团扔在角落里，乖乖走到他面前。

“我教你写字如何？”

“怎好劳烦王爷。”

“有什么好不好的，过来坐下。”他挪了下位置，将椅子的一半空让给我，笑盈盈抬手磨墨，一面说，“逍遥王府的书童不会写字，传出去丢的是我逍遥王的脸。"

我没说什么，只在他身边坐下，拿起笔。华容添忽然捉住我的手，低声在我耳边道："你闷闷不乐，是有什么心事？"

我轻轻摇头，冰冷的手被他宽厚的大手握起来，不禁浑身一颤。他稳稳拿捏着我的手和笔，在纸上画出了一个大大的'于'字，接着又慢慢画了个'归'字。

"于归……桃之夭夭，灼灼其华，之子于归，宜其室家。"念罢，他空出来的左手将我的腰环住，下巴贴在我脸颊，"你从不会这样，今日是怎么了？谁欺负你了不成？"

想着明日的公审，我心里百味杂陈，稍稍侧头，不敢看他，只低低问："王爷，如果于归惹您生气了，您会生我多久的气？会一辈子都不理我吗？"

"我会跟小丫头生气么？"没料到他右手一松，捏住我的下颌。我手下一失力，笔挫在宣纸上，划了长长一道乌黑的墨迹，恰好在'于归'二字的中间。墨汁渐渐渗入白纸，不可能擦掉，忽觉那就像一道裂痕，裂了怎么还能复原？

"于归……"他叹了声，将我揽得紧紧的，"你真是只妖精，很多年了，我的心事无人诉说，为何偏偏对你说？"

唇就贴在他颈窝，伸手抚了抚他的肩膀："王爷，你能不能答应我，无论我做了什么，你都不要生气。"

"嗯？难道你做坏事了？"华容添将我的脸捧起，英气的面庞在烛光下变得柔和，"还是……你想做什么坏事？"

他的气息渐渐逼近，独特的男子气息扑面而来，我意识到有些感觉不对，猛地弹起来，惊魂未定看着他。

"你还是在坚持你要的唯一？"华容添自嘲笑笑，"看来我始终没有福分。"

我理了理思绪，清清楚楚告诉他："王爷享尽齐人之福，怎是没有福分？去东苑看看，那里有痴痴等你的人。"

他剑眉一蹙："你赶我走？"

"不是赶，是劝。王爷应当珍惜眼前人。"

"我现在的眼前人，是你。"他仰头大笑起来，笑过之后忽然冲过来抱起我，将我抱上床，抚着我的眉眼，轻轻说，"于归，我想看你笑。"

于是我笑了，却冷冷地说："其实你是想看宁静姝笑。"

他嘴角抽搐了两下，脸色凝重起来："你可知道自己在说什么?"

"我说，你为了最初爱上的那笑容，辜负了多少女子?"

他忽然又笑了："你是怕我辜负你么? 你胆怯、退缩，不敢把心交出来，是因为怕受伤害?"

自作聪明。我只能这样评价他，华容添自信得叫人无语。我扭头不答话，下了床替他脱鞋，闷声说："我去打水伺候王爷睡吧，明天还要去听审。"

他两手支在身后，半仰着身子看屋顶，玩世不恭问："若我迎娶你做王妃，你还会怕我辜负么?"

我也玩世不恭回敬他："要不你娶我试试?"一面不屑地嗤之以鼻，一面端了盆子往外走。临了回头瞥了他一眼，他目光有些发怔，不知在打什么主意。这回我没了法术，不能令他早早入睡，可就危险了。无论如何，我也要睡矮床。

蔺水蓝相较从前显露倦色，官威不减，惊堂木一拍，堂里威武声响起，秦朗坤被提上堂受审。

只几日不见，秦朗坤更加清瘦，囚衣在他身上垮垮的，脸颊几乎快要凹下去，眼周一圈黑晕。看见我，他眼神骤然一亮，直起腰杆向蔺水蓝请求："蔺大人，我实在担心家中娘亲的身体，请在审案前，容我与于姑娘说几句话。"

蔺水蓝眼神涣散，好似谁也没看，只朝我挥了挥手。秦朗坤作揖谢过蔺水蓝，我走过去，轻声告诉他："我昨日去过了，夫人的身子本来就弱，经受不起风浪了。秀秀给请了大夫，说用几味珍贵药材拖上一阵时日再看看情况。公子放心，暂时是不会有事的。"

秦朗坤垂目，双手紧紧攥成拳头："我不该得罪小人，连累娘……若这一次我逃不过，于归，我娘可要如何是好……"

我悄然抓住他的手，声音轻微到几乎只有气息："我去求过蔺水蓝，他会放过你，我做你的人证，证明你当晚一直在家。"

秦朗坤迷茫看着我，大概他不相信蔺水蓝为何如此善变。其实我也不明白，阳和阳之间的事果然很难懂。

玉临王老盯着我，好像看出什么端倪似的，却又紧抿着唇不吱声。

逍遥王一手端茶杯，悠闲地听着蔺水蓝审案，只是少了那把折扇。

他的逍遥扇还在书房吧？他怎么总是不记得拿上。

蔺水蓝简简单单问了一串，秦朗坤平平淡淡答下来。直到仵作拿出物证，正是沈云珞绣的那只荷包，蔺水蓝有气无力问："这可是你随身之物。"

"不是。"他斩钉截铁答。

"可上面绣着一个坤字。"

"大人，叫坤的人很多，不能单凭一个字定在下的罪。"

"死者是你家的家丁，恰好身边又有这个带着你名字的荷包。那么，有无人能证明，案发当夜亥时到寅时之间你身在何处?"

我从逍遥王身后走向前，低垂着头，在秦朗坤身边跪下："大人，我可以证明，秦大人当晚一直在家中，没有离开过。"整个堂上只有我的声音，之后是长久的沉默，气氛十分压抑。

"你如何能证明?"蔺水蓝的声音似乎带了几分嘲意。

"当夜，我在秦家。"顿了顿，深吸口气，"一直在秦大人房中。"

秦朗坤身子一颤，侧目看着我，优雅的眉眼都蹙成一团。

"秦大人！真是有伤风化啊!"蔺水蓝阴笑起来，不知是喜是悲，"可这还是你的一面之词，谁又知道你是不是真的在秦家，或许只是为了你的情郎脱罪。"

"大人，逍遥王爷亦可证明，当夜我不曾回府。"话音刚落，清脆的瓷器破裂声震耳，应声看去，华容添手中茶杯碎了一地，茶水四溅，而那只悬在空中的手依稀滴着血。我不敢看他的眼睛，却觉得那目光要将我刺穿。

蔺水蓝轻描淡写问："敢问王爷，是否属实?"

华容添脸色灰白，点了点头，将手收回，藏于袍袖之中。

玉临王轻呼："王兄，你的手……"

"太不小心了。"华容添起身，淡淡说，"本王先行回府，蔺大人继续审案。"他从我身边走过，一阵香气拂过，然后渐渐散去了。我失魂落魄望着他方才坐过的椅子，那扶手上一滴血沿着浅浅的弧度淌下，好似一滴泪。我知道，他不会再理我了。

阴沉的天空飘起细密的雨丝，打湿了路旁的杏花。

秦朗坤当堂被释放，我和玉临王送他回家。一路上默默无言。

我眼前挥之不去的是那滴血，他气得捏碎了杯子，他从没像今天这样动怒罢。我悄悄拉扯玉临王的衣领，低声问："小王爷，你要不要去看看逍遥王？"

他表情颇为无奈："你惹的祸，你自己去。"

"他是你王兄，他受伤了你不该去看看么？"

玉临王老成叹道："于归，即便我去了，也不会帮你说话。"

秦朗坤目视前方，语带歉疚："于归，是我连累你了。不如我亲自向王爷解释。"

"解释什么？"玉临王好奇问。

秦朗坤看了看我，低声说："其实，于归是为了帮我脱罪才这样说的。所有人都知道于归是王爷的人，下官有多大的胆子敢冒犯？"

玉临王恍然点头："原来如此！"顷刻之间，他又变脸了，对我斥道："就是这样，王兄也不会轻易原谅的。你当着众人的面承认自己与秦大人的私情，那无异于给王爷难堪！况且，你还让王爷替你作证，这一来，王爷岂不成了整个京城的笑柄？皇家威严都毁在你手上了！"

我哑口无言瞪着他，有这么严重么？"小王爷的意思，逍遥王铁定要生我的气了。"

"唉……你真是无药可救！"玉临王忽然一甩手，离我远远的，"且看王兄要如何应对。"

秦朗坤安慰我："我一定向王爷解释清楚。"

我报之一笑，苦苦的一笑，他哪里明白我的心思，逍遥王不要我，你秦公子才能收留我。这样的结局多好。

上次写的字还在手边，于归中间那道深刻的痕迹是无论如何也抹不掉了。他的折扇也在手边，烛光下金灿灿地反光。昨日回来之后，他没来书房问我，我也不敢去找他。便这样僵持着，心中惴惴不安地向往着他快些来，教我写字，或者喝茶闲聊，像从前一样自在地相处。

不知不觉趴在桌上睡着了，闻见一阵香气，吸了两下鼻子，猛地抬头。阳光刺得我睁不开眼，用手挡了一下，看着近处的华容添。只是看着他，不知道要说什么，心里一阵难过。

他手上缠了白白的布条，脸色晦暗："秦朗坤来找过我，说你们之间很清白。"

听着他沙哑的声音，我咽喉抽紧，点点头。

"可你不惜牺牲名节去维护他，真的清白吗？"

攥紧了拳头，鼓足勇气说："我喜欢他，我要嫁给他。"

他笑了，很凄凉地望着窗外："你喜欢他……他能给你唯一吗？他心里还有个沈云珞。"

"我不在乎。"我语气坚定道，"只要能嫁给他，我不在乎。"

华容添收回目光，视线落在书案上："所以你给我的一直是托辞，是……谎言。"

不可置否，我是个骗子，谎言挂在嘴边。我就是这样不诚实，无法狡辩。

他拾起遗落了几天的折扇，低低说："看来，这扇子你也不会要了。"

我心中一阵慌乱，难道他是故意将扇子留下的么？

"喜欢这上面的画么？"

"啊？"我支支吾吾说不出来。

他近乎绝望地笑了："你没看？"

我愣愣看着他，心里好像在抽搐，原来我是如此恐惧于他的离去。

片刻对视，他说："我再也不要看见你。"说完，他转身走了，一步步远离，没有回头。

为什么说出这样残忍的话，我耳旁嗡嗡一片，无可抑制地流下眼泪。

忽然之间，他要收回对我所有的好，于是我发现，自己一无所有。

不知是否还带着起死回生的希冀，我没有立即动身去秦家，反而赖在书房。他再逍遥，也要处理公务吧，迟早会来书房的。我会给他道歉、讨好他，无论如何，也要央求他原谅。

可惜，他真的从我面前消失了。日复一日，廊下的金银花一拨一拨开了又谢。我还在煮花茶，自斟自饮。直到花期过了，院中再无花香。

我认真地学写字，临摹他写的那两个字，于归，我的名字。写满了许多宣纸，都叠在一旁。这一日，管家忽然造访，面无表情告诉我，婚期定下了，在六月初八。

我一惊，手中的笔滑了几下，整张纸又花了。"管家，什么婚期？我要嫁人了么？"

"当然是姑娘和秦大人的婚事。秦夫人带了聘礼前来王府提亲，王爷先替姑娘收下了，日后必当奉还，另外，王爷为姑娘备上了一份嫁妆，一切都由王府操办，姑娘不必担心。”

这突如其来的喜讯并未给我带来丝毫的喜悦，反而愈加恐惧。我要达成心愿了，可是，高兴不起来。拖住管家，恳切问：“王爷最近都在做什么，为何不来书房了？”

管家依然不冷不热说：“王爷的事，下人不得打听。”

“他这样把我嫁出去，不怕外面的闲言碎语么？”

“可是留你在府里，闲言碎语更加难听。于姑娘，安心等着嫁人罢。过几日，会有喜娘过来教你礼仪，我们王府嫁出去的人，可不能再丢了礼数！”管家嘴里吐出来的‘礼数’两个字恶狠狠的，他也对我有气。

暑气正盛，却觉四肢凉，蓦然瘫在座上，脑里一片空白。

87

彩礼嫁妆堆满了整间屋子，此处俨然成了我的闺房。凤冠霞帔，珠宝首饰，件件精致，头一回见到这么多珍贵之物，却没有想象中那样兴奋。只是微微笑着翻阅每一样东西。

雪姣将大红嫁衣铺展开，啧啧道：“这绣工精美绝伦，于归来试试合不合身？”

我听话地除去身上的开衫，穿上崭新的嫁衣。抚摸袖口上精绣的花纹，丝丝缕缕好似在闪光。雪姣也顺着衣襟摸了摸，惊叹：“这可是金线！这衣服价值不菲呐！”

我诧异不已，走到窗边，对着阳光仔细瞧，这样一件昂贵的嫁衣，便是华容添对我的最后一点好了罢。他仁至义尽了。无法预料的忧郁从心中腾起，我转眼望着雪姣，小声问：“王爷还在生气吗？他真的不想再看我一眼？”

雪姣一怔，垂头摆弄桌上的首饰：“王爷……日日眠花宿柳，几乎不在王府里落脚。听闻，跟醉月楼的新花魁好上了。”

“花魁是什么？”我歪着脑袋问她。

她皱了眉：“你没听说过么？就是青楼里才貌并重的女子。”

“青楼？”我不由惊呼，“王爷时常去青楼么？”

“多年前，王爷时常流连于各个青楼，后来有了儿女，便安心住在王府了。”雪姣抬目看了我一眼，又飞快移开视线，“听妃娘娘说，王爷心里不爽快才会上青楼。我们伺候了他几年，他没为谁动过气。可你真的不一样。”

“是我的错。昕妃娘娘若有气，尽管惩罚我。”

“于归，我不是这个意思。”她有些急，抓住我的手，“王爷想做什么，我们是不当有任何怨言的。我只是……只是觉得他为人父，就该正其身，家里的女人他不要就罢了，可孩子……孩子一个月没见着爹了，会作何想？”

我仰面轻叹了一声：“他是逍遥了，却辜负了多少人。”

“也不能这样说，王爷他心里苦……”雪姣幽幽说，“他有心事，却从不对人说。可我能看出来，他不如意。直到你出现，他时常莫名其妙地一个人笑。你好像有一种魔力，令他愉悦开怀。”顿了顿，她小心翼翼看着我：“可是，你为何如此伤他？他身为王爷，因你的事而成为朝中笑谈。若我是王爷，也不想见你。”

“三夫人，我……请代我多谢王爷替我操办婚事，他若肯原谅我，于归仍然愿意为奴为婢。”

雪姣摇摇头，叹道：“你安心嫁人，女子的归宿，才是最重要的。”

面施浓妆，云髻高耸，凤冠霞帔，明艳照人。

认不出镜中美艳的女子是我自己，这大概是女子一生当中最美的时刻。我丝毫没觉得这一日与平时有何不同，只是觉得镜中那张脸庞令人生厌。蹙眉，冷冷睨着身边的喜娘：“嘴唇太红了，跟喝过血一样。”

“啊哟，姑娘，这可是京城最好的唇脂，看这娇艳欲滴，多诱人呐！”

我满脸不悦，鼻子里哼了两声：“俗气。”

喜娘一愣，又赔上笑脸：“来来来，盖上盖头，一切就妥当了！”

六月酷暑，身上厚重的装束压得我喘不过气，汗水湿透了亵衣。红艳艳的盖头下面，妆容在融化，那些汗水夹杂了脂粉淌下，就像泪滴在手背上，可是很浑浊、很污秽。

被人领着一步步走出院子，走向前堂。外面的乐声热闹喜庆，却没有欢声笑语，大概没有人会祝福我。

眼前出现一双熟悉的靴子，他就站在我面前，用力吸鼻子，还是能嗅到他的龙涎香。只停留一刹那，他又不见了。

我被继续拉着扶着往前走，出了门，上了轿。一路吹吹打打，街上的小孩子嚷嚷着看新娘子。在轿子里颠簸，被浸在漫天遍地的红色里，快要窒息了。就这样浩浩荡荡到了秦家，一只冰凉的手扶我下轿，那是来自我相公的冷漠和疏离。曾经做过的梦如今实现了，但我却无比清楚地知道这不是通往幸福的路。我是妖，要幸福做什么，成仙才最要紧。

脚下就是门槛，迈过去我便是秦家人了。就在抬脚的一刹那，伴着人群中的咋呼和尖叫，突如其来的一阵疾风将我卷上天空。直到落定在云端，闻到身边熟悉而又俗气的檀香味，才猛地反应过来，我被一个和尚抢亲了！

——桃妆Ⅰ完

番外：罗净篇

从噩梦中惊醒时，我浑身冷汗。

外间的丫鬟听见响动挑起帘子，曼声询问：“七公子，酒醒了吗？是时候奉旨进宫了。”

我心有余悸地问：“我睡了多久？”

“昨夜公子醉倒在院子里的桃花树下，夫人亲自将公子送回屋的。”

“那桃花酒清醇得很，我贪杯了。”

我犹自说着，汗涔涔地从额角沁出——我又做那个噩梦了。

梦里，赤焰在天际焚烧，通天火光从巍峨的皇宫辐射千里，四野俱是哀嚎。一个白发如瀑的女子站在火焰的中央，泪水化开了她眼脸腮庞的桃妆，她神色凄楚地看着我，樱唇微启：“你有没有爱过我？究竟……有没有爱过我？”

她凄绝的声音不绝于耳，仿佛从梦中跟着我到了梦外。

尽管帘外春光正好，一阵莫可名状的凉意还是在我后背攀爬起来。

我连忙跳下床，飞快穿好衣袍，顾不上别的，一径出了门。

路过中庭时，我不由自主地顿住脚步，将目光落在那株伴我十余载的桃树上。微风过处，花影婆娑，梦中那个女子的容颜再度浮现在我眼前。

我又是怅然，又是惊惧，快步离开了它。

今日立夏，宫里的人来得很准时。我带着新酿制的桃花酒代唐家酒庄入宫敬献贡酒。

我年仅十二，却凭一坛倾世好酒名声大噪，人们惯用“唐七公子”这一雅号称呼我。而我，则因倾倒于手中这坛新酿的酒，将它命名为

——桃七酿。

轿子抬得四平八稳，没有颠簸摇晃，隐约听见外边的人说快到宫门了。我的心猛烈地跳动起来，眼前一黑，仿似闻见烈火焚身的焦臭味道。怀中的酒坛子险些摔落，我惶然挑开窗帘，让午时的阳光驱走黑暗。

迎夏宫宴上，皇上对桃七酿赞不绝口。恰逢江西景德镇官窑进贡三只红瓷茶盅，皇上龙颜大悦之下赏了我一只。这是我第一次见到朱红的瓷器，高贵而凝重。传闻天下仅有三只，第一只赏给了江西巡抚，我竟得了第二只。

皇上兴致大好，笑谈间，将最后一只红瓷盅赏了出去："三皇子此番收复塞北失地，战功显赫，朕甚感欣喜！来，也赐红瓷盅一只！"

"儿臣多谢父皇！"一个沉静的声音响起，我不禁循声看去，打量这位名扬四海的三皇子。他是一个传奇，拥有绝代风华之姿，却在束发年岁毅然投军，放弃锦衣玉食的生活，奔赴大漠苦寒之地，驰骋沙场。

眼见之下，这位皇子果然英姿勃发得紧，眉眼间自有一派慑人的气度。大抵是感觉到我的目光，他微微回眸，看了我一眼，淡然一笑。我一怔：这张脸，仿似在哪里见过……待要细想，脑中却一阵抽痛。

回府之后，父亲将那只御赐红瓷茶盅高高供了起来，全家人一同跪拜。父亲欣慰得很，对家人大声宣布："有了桃七酿，唐家酒庄从此便能在京中立于不败之地。"

父亲一向严苛，我怕他知晓了昨夜我醉酒的事，早早躲回了房。

把酒临窗，我浅浅抿着桃七酿，望着院中亭亭玉立的桃花兴叹，除了它，别处的桃花酿出的酒都不曾有这般滋味。

我深知桃七酿的酒性，这回没敢贪杯，然，依旧醉了。

一样的梦境。她的白发在风中翻飞，扫在我脸上，生疼。她的泪晕开了胭脂，浑浊的、带着桃花色。远处的皇宫里哀嚎惊天，她漠然不理，只是一遍遍地问："你有没有爱过我……"

我怎么知道呢？迷茫望着那火，好似情不自禁渐渐逼近，闯入炽热的大火中。脚下不再是琉璃瓦，闻见一阵焦臭，发觉我的身躯在焚烧，宛若遭受地狱之火痛不欲生……

周围景象瞬变得叫人眼花缭乱，那女子、白发染回青丝，笑靥迷人，穿着大红嫁衣，款款朝我走来……忽又出现一袭玄色身影，遗世独立，那是九五之尊，牵走了我的新娘……只惊鸿一瞥，我认出了，竟是今日才见过的三皇子！

被雷声惊醒，摸摸身子，并没有烧着，还好只是梦。外面已是一片风雨凄迷，暮色中夹带着云雾。我狐疑看着那半壶喝剩下的酒，觉得自己是真的中邪了。

就在此时，屏风外面闪进一个倩影，匆匆唤我：“七公子！相国寺住持突然来访，说要见你！此刻正往此处来！”

“相国寺住持？”我失笑，难不成是来给我驱邪的？

灯盏依次点上，顿时亮堂了。外面还是一片哗然的雨声，我规规矩矩从里屋走出来。

须发苍白的老僧目光悠远，看着我点点头：“老衲乃相国寺主持，玄明。方才我见这边屋子金光四溢，原来是这位小施主开了天眼。你可愿意随我走？”

我扑哧一声笑了：“走去哪里？当和尚？”

“小施主与佛有缘，早一日入空门，便能早一日造福苍生。”

我一本正经解释：“大师，我要继承唐家祖业，不管什么天眼佛缘，我是不能随你走的。造福苍生更是与我无关。”

“你知道何为天眼？”老僧枯木般的手指在我额头轻轻一按，“你能看见前世和未来，看见了吗？”他的指尖好似有股极强的吸力，将我的思绪拉到高高的云端。俯瞰苍茫大地，城楼前面的断头台上，二十几人痛哭流涕，那分明都是我的亲人，娘亲和姐姐们……另一方的宫墙之内，烈火熊熊，生灵涂炭……

“这场灭世浩劫，皆因你而起。”老僧倏然递出左手，托着巨大的金钵，“看吧……”

我迟疑看去，金钵中顿起烟雾，逐渐呈现清晰的画面：

一枚仙界的蟠桃从天而降，穿过云层，跌落在深谷中。一个醉酒的少年恰好拾得它，吃净这枚仙果后，将果核埋入土中，并以酒为水浇灌它。本是随手之举，不料，那果核竟于他转身之际发芽。

数年后，桃花初长成，一名落魄儒士惊羡于它的美丽，便在树干上刻下一句：桃之夭夭，灼灼其华。之子于归，宜其室家！从此结庐于桃花树下，寄情山水，陪着这株寂寞桃花逍遥度日。

桃花芳华无限时，一双爱侣从树下经过，少年轻吟树上镌刻的诗句，并折了枝桃花送给心上人。就在他吟诗折花的刹那，桃花的元神被惊醒了。她第一眼看到的，便是那个少年。

苏醒的桃花元神化为一股清气，拜在白娘子座下修行，自称于归……就在这时，金钵内的景象开始错乱，我隐隐绰绰地看到了一个绝色少女的笑颜，看到了自己和她的纠葛，更看到了一场因我而起的泼天浩劫。那场浩劫，毁灭了我和她，也将整个唐家挫骨扬灰。熊熊烈火燃烧了数日，尘埃落定之时，一切幻灭。

看到这里，我喉头紧锁，一颗心遽然下沉。

玄明大师收回金钵，徐徐道来道："那吃了她又种下她的人是前世的你，你是她的劫。第二人伴其终生，是她的缘。第三人虽是无心路人，却能左右大局——他将折的那枝桃花随手插入土里，意外成活，恰好便是你院中用来酿酒那株，这带有仙气的桃花酒令你开了天眼。因果循环，当真难以预料。前世因缘既定，今生劫难难逃——你是要步那迷局，还是跟我超然世外?"

我欲要再问些什么，他只是摆手道："天机不可说破，你当自行参悟。明日我再来。"

顾不得电闪雷鸣，我冒着大雨，失魂落魄走到桃树下。风雨打落了许多花瓣，片片粘在酒缸上、泥土里。我打开树下最后一坛桃七酿，喝得烂醉如泥，从此一病不起。

三个月之后，我剃度了。皈依佛门，怀着一颗迷茫凄惶的心。

唐家对外宣称唐七公子英年早逝，丧事办得声势浩大。直到那天，世人方知，原来唐七公子名为其华。

桃之夭夭，灼灼其华。之子于归，宜其室家……

出殡那日，我站在罗汉殿的顶端，赤足踏着五彩琉璃，遥望旭日。

图书在版编目（CIP）数据

桃妆/池灵筠著．—北京：九州出版社，2009.7

ISBN 978-7-5108-0107-5

Ⅰ．桃…　Ⅱ．池…　Ⅲ．长篇小说—中国—当代

Ⅳ．I247.5

中国版本图书馆 CIP 数据核字（2009）第 105933 号

桃　妆

作　　者	池灵筠　著
出版发行	九州出版社
出 版 人	徐尚定
地　　址	北京市西城区阜外大街甲 35 号（100037）
发行电话	（010）68992190/2/3/5/6
网　　址	www.jiuzhoupress.com
电子信箱	jiuzhou@jiuzhoupress.com
印　　刷	北京紫瑞利印刷有限公司
开　　本	710×1000 毫米　16 开
印　　张	17
字　　数	253 千字
版　　次	2009 年 7 月第 1 版
印　　次	2009 年 7 月第 1 次印刷
书　　号	ISBN 978-7-5108-0107-5
定　　价	26.00 元